小説「ドストエフスキー入門」

浜本眞司
HAMAMOTO Shinji

文芸社

目次

著者より

大学を留年した矢先のある日の午後、大学生協の食堂の出入り口でビラ配りに出会った。そのうちの一人がぼくに近づいてきた。アジビラだと受け取らないのだが、そうではなかった。

『何で女子学生が配るの？』と、ぼくは彼女のことを訝《いぶか》り、少々心配にもなった。彼女が笑顔を振りまいて差し出したビラの表紙は、オールナイトでの日活ロマンポルノの三本立ての上映案内だ……。

「裏面を見てください。黒澤監督の映画『羅生門』がリバイバル上映されていますよ。こちらは二本立てです」。彼女の勧誘は、彼女自身と表紙の何人かの女優の姿態とを餌《え》にして見事に成功した。ぼくは瞬時に全身が火照るのを覚えた。

彼女の推しはどうやら『羅生門』にあったようだが、ぼくはもう一本の『白痴』の方に興味を惹かれた。

セカイのクロサワがロシアの文豪、ドストエフスキーの長編小説『白痴』を映画化したのは一九五一年、『羅生門』がヴェネチア国際映画祭で最高の賞である金獅子賞を受賞した翌年のことだ。かれこれ四半世紀前になるが、『白痴』は乾坤一擲の意欲作だったとの大層な解説だ。

「ありがとう」。ぼくは幸運の女神に微笑んだ。そして、即刻その足で、二刀流の剣豪宮本武蔵と吉岡一門との決闘で有名な一乗寺の近くにある映画館に向かった。蛇足ではあるが、ついでに日活の三本立て映画のあらすじも丁寧に読み、後日、徹夜で鑑賞することを忘れなかった。

クロサワ映画の『白痴』の舞台は昭和二十年代の札幌だ。学生時代からドストエフスキーに傾倒していたクロサワは、ドストエフスキーの原作の文学的世界に真正面から取り組んだ。クロサワは四十歳。力業を貫くだけの気迫と情熱を備えていた。何とも壮大な野心に駆られたクロサワが編集を終えた時点では『白痴』は四時間二十五分という〝超〟が付くほどの長編映画に成長していた。クロサワは前後編二部作の予定で上映するつもりだった。

ところが、映画会社からは四時間を超える上映にクレームがついた。クロサワはやむなく一時間カット。それでも、冗長と判断されたフイルムは更に縮減され、結局二時間四十六分で上映の運びとなった。そのせいだろう、場面が変わる直前や大事な局面で日本語の説明や解説がスクリーンを埋め尽くした。

純粋無垢な主人公ムイシュキン公爵は森雅之、その対極の野獣のように粗暴な悪役のラゴージンは三船敏郎が演じた。二人は『羅生門』で殺し合いを共演したばかりだった。彼らもロシアの文豪の傑作に果敢に挑戦した。だが難解な役柄の熱演をカットされ、さぞや失望したのではないか。それに原節子も久我美子も折角の美貌のヒロイン役が余計な字幕に翻弄されたことを残念がったに違いない。しかし、最も悔しがったのはセカイのクロサワ本人だった。

この作品は日本では壮大な失敗作という不評を買った。公開されると評論家も観客も作品の筋運びが理解できず、上映時間の長さだけが印象に残った。そればかりか、『白痴』の小説までがひどく退屈であるという印象を与えてしまった。上映は早々に打ち切られた。

しかし、ぼくは違った。セカイのクロサワはぼくを映画館に三度も足を運ばせたのだ。あのロシア小説『白痴』を日本の銀幕の世界に持ち込み、奇妙な三角関係の主人公たちを当時の銀幕スターに演じさせたのは、クロサワだからこそできたのだと思った。クロサワの『白痴』への挑戦は、ドストエフスキーへの挑戦だとも思った。ぼくはセカイのクロサワに感銘し、そして感化された。

それにしても最後の場面で、役柄とは言え、ナスターシャ役の原節子を三船敏郎に殺《あや》めさせたのは何と贅沢な演出だったろう。

『白痴』はドストエフスキーにとってもクロサワにとっても遠大で夢想に過ぎた失敗作だったのだろうか……。

ぼくはドストエフスキーをありがたがる鬱陶しい青年だった。ぼくは大学に入学したばかりの頃――もう半世紀近く昔のことになるが――ドストエフスキーに中毒感染した。熱に浮かされるように、ただ面白いから読んだ。読めば読むほど謎が深まり、読まずにはおれなくなったのだ。何があんなにぼくを惹きつけたのか、下宿の四畳半に閉じこもったぼくは、ある種の心躍る恍惚状態に近かった。まずは『罪と罰』と『悪霊』がぼくをその中毒と恍惚へと導いた。困惑しながらも、何度も懊悩《おうのう》しながらも、嬉々として夜を徹して読み続けた。

作家の冗長、冗漫な文章を意図的で毒々しいと辟易《へきえき》する読者は長続きしない。登場人物は主役も脇役も節度のない告白癖で、饒舌を好む。そのくどくどしさに嫌気がさす読者も然りだ。それに作家が神と格闘する難解な宗教哲学は読者を苦しめ、ついには読み続けることを放棄させる。だからだろうか、『カラマーゾフの兄弟』を読破できるかどうかで、ドストエフスキーとの距離を決定づける」というのが、ぼくなりの持論になった。

幸か不幸か、ぼくの場合はドストエフスキー嫌いにならず、それどころか大枚をはたいて全集まで購入した。

ドストエフスキー生誕百五十年記念という名目で自分への褒美だと納得させたのは良かったが、ぼくのような貧乏学生はしばらくの間、当時はやりのカップ麺ばかりを食った。もっとも当時のカップ麺は真新しい即席もので、今のようにどこでも手に入らなかったし、必ずしも安い価格ではなかった。

ぼくは真夜中に即席のカップ麺を食いながら、全集に食い入った。夜十一時から明け方まで一巻一巻、夢中になって読んだ。夜を忘れて読んだ。次の日も、又、次の日も、我を忘れて読んだ。

全集読破には学業を一時的に中断するほどの忍耐と時間を要した。授業にも殆ど出席していないぼくは、留年した。

ドストエフスキーとの巡りあいで、今も記憶に残る象徴的作品は、読破に苦労した『カラマーゾフの兄弟』、クロサワ映画と奇縁の『白痴』、それに『罪と罰』と『悪霊』だ。

下宿からあの婆さんの家まではきっかり七百三十歩で、ものの数分歩くと強盗殺人の現場だ。例の高利貸しの老婆殺しの瀬踏みは、殺人決行の一年半前から何度も計算していた。『罪と罰』の主人公、ラスコーリニコフは事件の二日前に時計を質に入れた。その際の独白と共に、ぼくは自分自身がラスコーリニコフになった。

『虱のような高利貸しの婆さんを殺すことは良心の命ずるところだ』。ぼくは四畳半の法廷で、言うなれば、ドストエフスキーによってシベリア流刑の判決を下されたようなものだった。

『こんな非人間的な考えがまかり通るのか！』。人間の本性には果たして道徳的限界線なるものが引かれてあるかどうか？　すべては許されるのかどうか？　……ドストエフスキーはこうした懊悩のプロセスを青二才のラスコーリニコフに演じさせた。ぼくは彼が抱懐する危険な理論がどうなるか結末まで一気に読んだ。そのうちぼくはカップ麺を飽きもせず毎日啜《すす》るようになった。それほどまで、時間を惜しむ時期があった。もともと細身の体は一層痩せぎすとなり、見るからに貧相な顔立ちになった。爾来《じらい》、今もって貧相のままだ。

『悪霊』には戦慄が走った。その経緯は連合赤軍事件に遡る。

大学浪人を終える頃、ぼくは機動隊が山荘に鉄球を打ち込む、生々しいテレビ映像に釘づけになった。山荘の中には超過激派『連合赤軍』の何人かが銃を武器に立てこもっていた。山荘の管理人が人質だった。逮捕後に判明したことだが、彼らは内ゲバのリンチ事件で『総括』と称して、十人を超える仲間を殺害していた。その後、迷走した挙げ句、山荘での銃撃戦となったのだ。因みにこの十日間の攻防で現場のマスコミや機動隊に重宝されたのが発売間もないカップ麺だった。

この一連の事件は奇しくも帝政ロシアの作家の描いた『悪霊』が、日本でも現実に起こったことを証明した。この事件をいち早く『総括』したのは、後にノーベル文学賞に輝いた作家だった。ぼくは事の真相を知りたくて、『悪霊』を読んだ。ドストエフスキーの『悪霊』のシナリオは『連合赤軍』の愚行に見事に符合していた。ドストエフスキーの革命家への悪辣なパロディは、反動的というよりも、痛快ですらあった。ソ連政府から反動小説として一時期発禁処分になっていたことが腑におちた。

ここで、大風呂敷を広げることをご容赦願いたい。ドストエフスキーの作品は、人間とは何か、生きることの意味、死とは何かを、もっと言えば、革命とか、人間の救済とかを、考える手掛かりとなる。しかも、それは答えではなく、問いかけだ……。

『罪と罰』『白痴』『悪霊』『カラマーゾフの兄弟』の四大長編は、人間への信仰、その深さへの信仰といった根本的な考え方に何か大きな展望を与えてくれるものがあった。ぼくは人間への信頼を深め、大きな精神的解放を感じる幸運に恵まれた。この安っぽい、いささかモラトリアム的な文学青年はドストエフスキーを読んで、いやはや何を隠そう、救いのない暗黒の中に突き落とされることがままあった。しかし、それ以上にすがすがしい喜びを与えてくれたのだった。

ところで、ドストエフスキーに関わる重大な事件の数々は、その作品と相俟《あいま》ってすでに伝説になっている。帝政ロシアの圧政と混迷の時代を生き抜いた彼の五十九年の人生は、それほどに凄まじい。昔からのことだが、ドストエフスキーの作品そのものを面白がって読むことよりも、ドストエフスキー自身について書かれた書物を漁《あさ》って、ドストエフスキーを論ずる傾向がある。

彼こそは「事実は小説よりも奇なり」を体現した小説家だった。だからだろうか、ドストエフスキーの世界は人を魅了し、ときには迷わせる。

実のところ、ドストエフスキーへの評価は、いつの時代においても、批難か容認かという白黒をつけたがる傾向にある。危うい絶壁で激しいせめぎ合いをしながら、変転してきたと言っても過言ではない。批難を意図する場合は「ドストエフスキーは天才的な作家だが、反動的だ」となるし、容認の場合は逆に「ドストエフスキーは反動的な作家だが、天才だ」となる。ドストエフスキーに関する文献は一人の人間が一生に読み切れる分量をはるかに凌駕していると言われている。それほどまでにドストエフスキーの作品と人生は人々を困惑させながらも、魅了してきたのだと思う。

世界中のドストエフスキー研究者が長年にわたって説いてきた「ドストエフスキー転向説」というものがある。世に「ドスト嫌い」という言葉もあるぐらいで、こうなるともっと辛辣だ。ドストエフスキー作品の告白癖や饒舌、それに感情露出の激しさと深刻さという粘着質で、重々しい特徴は、節度を尊ぶ伝統的な、例えばイギリスの作家や批評家には顔をそむけてしまうほど我慢がならないということらしい。彼らの転向説はいたって単純だ。

「ドストエフスキーは若い頃は社会主義者だったが、ペトラシェフスキー事件で逮捕されて独房に入れられて、忽《たちま》ち腰砕けになった。その上、シベリアのオムスク監獄へ徒刑《とけい》されると、それまでの信念を捨てて、帝政支持者に変わった」というものだ。これはイギリスの著名な歴史学者が大戦前に唱えた代表例だ。日本の評論家の中にも日本の社会主義者の戦前、戦中の転向体験を重ねて読み込んで、この定説に従っている人たちがいた。

だが、この定説は受け入れがたい。

「人間とは決して自分自身と一致しない存在なのです。人の心の中は常に善と悪、真と偽が戦っているのです。それは人間の外側だけを見た本人不在の定義では決して捉えきれないもの、人間の内部にあって決して完結しない何ものかなのです……人間の矛盾は果てしがないのですよ」と、述懐したドストエフスキーの人生は死ぬまで激しく揺れ動いたのであろう。彼は生涯、懐疑と不信の中で、人間の謎と理想を追い求めた。

十年ものシベリア流刑生活を経て、彼の社会主義はその後の二十年の歳月でどのように変遷していったのか、晩年のプーシキン祭での記念講演においても、それに突然の死を迎える最期においても、求めていたもの、唱えていたものは何だったのか……。

『ドストエフスキーは天才的な作家であるばかりか、革命的でもある』

本人不在の定義で恐縮だが、これこそが、ぼくの『ドストエフスキー観』だ。

さてさて、ぼくもこうなると正直に告白せねばなるまい。古今東西、ドストエフスキーに誘発されて、何かを書くことを試みる人間は世界中に何千、何万、否、何億と現れることだろう。だが、彼らの殆どはペテルブルクの文豪に全く歯が立たないことにすぐ気づく。シベリア徒刑のような過酷な経験もないし、いわんや銃殺刑の直前で救われたという恐ろしい体験もしていないからだ。だが、そのような途轍もない人生経験や生存の苦痛の断面を切り取らなくとも、文豪との根本的な資質の差に愕然とさせられるのが落ちだ。仮に試みたとしても、すべてにおいて格が違い過ぎ、全く太刀打ちできないと判る。テーマ、題材、世界観、人間観、心理描写、それに一字一句の文章表現に至るまで、ものの見事に挫折を味わい、白旗を掲《あ》げることになる。それでも、一線を超えたがる天邪鬼はいるらしい。

かつての鬱陶しい文学青年も、半世紀を経て今やその一人となった。つい最近のことになるが、ぼくは全集に改めて挑戦した。そして『白痴』をレンタルビデオ店で借りた。便利な世の中になったものだと感心しながら、二時間四十六分の映画を三度、鑑賞した。ぼくの感銘と感化はあの時と同じだった……そして、生誕二百年を機に、『天才的な作家であるばかりか、革命的でもある』ペテルブルクの文豪のことを書く決心をした。

こうして実におこがましいことに、ぼくは、言わば「ドストエフスキーのススメ」となるような物語を書きたいと考えた。そのために思い描いたのが、ドストエフスキーとその伴侶アンナ夫人との小説のような出来事を小説にすることだ。

それでは、さっそく本小説「ドストエフスキー入門」の本文にとりかかろう。

一　罪と罰

つかの間の解放感が青年を友人宅に向かわせた。真夜中までの長い文学談義と朗読を終え、巣窟に戻ってきたのは、午前三時過ぎだ。彼は長椅子の寝床には見向きもせず、窓際に腰を下ろした。このところの青年の夜はもの書きに浸るか、もの思いに耽るかのどちらかだ。

青年は工兵将校を辞して一年になる。退路まで断って、鉋掛《かんなか》けを幾千、いや幾万回となく繰り返した日々を振り返った……。

青年が全ての希望と情熱を注ぎ込んだ作品は昨日の昼間、彼らの手に渡った。作品発表の手蔓が無いにも拘わらず、『雑誌投稿すればなんとかなるだろう』という当てにならない見込みで執筆した作品が、ついに批評のまな板にのったのだ。

『成功か失敗か、一か八かの勝負だ。もし失敗したら、ネヴァ川に飛び込む覚悟だ！』。青年はアパートへの道すがら呪文のように唱えていた言葉を部屋の中でも反芻している。

今や青年に残っているのは、少なからずの借金と目の下の隈、それに過剰なまでの自負心だけだ。彼は不意に窓際から離れると狭い部屋を歩きだした。全くの無一文の青年はすっかり疲れ果てているようだ。彼はほんの一年前に、亡父の遺産相続権を放棄して得た一時金も、スッカラカンにしてしまったのだ。慢性的な睡眠不足であろうか、彼の目は充血していて、彼の仕種はどことなく落ち着きがなく、随分と不機嫌そうに見える。一目で極端に感じやすい、神経質で病的な青年だと判る。

青年は大変な空想家のようで、それに自分の才能を買いかぶってもいるようだ。作品を手渡した際は丹念な鉋掛けに完璧なる自信があった。それなのに、今になって『まだまだ推敲の余地があるのではないか』と、あれこれと思い悩み、後悔し始めている。

『いや、一か八かではない。ビリヤードの賭けとは違い、こちらの賭けは負ける筈がない。否、負ける訳にいかないのだ！』。青年はその作品に己の一切を託している。だが、狭い部屋の中での足の運びと同じように、彼の心はせわしなく希望と絶望が行ったり来たりしている。小説の始末がどうなるか全く見通せないでいるのだから無理もないことだ。

それにしても、何とも困った青年だ。部屋を徘徊する彼は文壇への仲間入り後の饗宴やパトロンとの付き合い方などをあれこれと妄想する一方で、突如我に返り、『潔くネヴァ川に飛び込むにはどうしたらよいか』を深刻に悩む始末だ。期待と不安で心が悶々と揺れ、こんな時刻なのにいつまでも寝付かれないでいる。

ところが、全く予想外の、それは空想家の青年がどんなに空想に熱中した瞬間にも予想すらしなかった出来事が、青年に不意に降りかかった。

彼らがやって来たのだ。青年はこんな時刻の闖入者《ちんにゅうしゃ》に茫然としながらも、彼らの突然の来訪に意味があることを敏感に察知したようだ……『今こそ小生の出番だ』という意識は、その遠い記憶の夢想の世界の青年の中に、するりと入り込んだ。『こんな時間に何としたことだ。おお、三年前に死んだ、かの詩人、ニコライ・ネクラーソフがいるではないか！』。彼と小生の間には気まずいこともあったが、しかし、永久に忘れ得ないような一事件が存在していた。

それこそが若々しい、いつまで経っても新鮮な感覚の善き思い出で、それに与《あずか》った人たちの心に永遠に残るような、劇的な出来事だった。彼らはすぐさま青年時代の小生に抱きついてきた。いやはや何とも常軌を逸した歓喜と絶賛の声だ。『ぼくはどうやら賭けに勝ったようだ。ぼくの前途に何かしらまったく新しいことが始まろうとしている。ぼくはこうなる運命だったのだ！』。昂揚感に満ち溢れ、青年は一気に解放された。と同時に、彼は完全にのぼせあがってしまった。

帝都の白夜は青年たちをそのままずっと永久に眠らせないつもりだろうか。昼のように明るく、素晴らしく気持ちの良い時候だ。いやはや、これは夢なのだろうか、いや、夢ではない。これは現実だ……おや、どうしたことか、そこに、おまえが現れたではないか。

おまえと目が合った。若々しい息づかいは、小生を刺激するほどに愛おしい。『この世に未練があるとすれば、間違いなく、おまえだよ』と、心底《しんそこ》思う。おまえの柔らかい眼差しと掌の感触が小生を現実に戻してくれた。

近頃のおまえはいつも地味な黒い衣服を身に着けているが、それでも驚くほどに魅惑的だ。おまえはロシア女性に特有の太り方には程遠いし、それどころか心も体もまだまだ乙女のようにに初々しい。それでいておまえの肉付きの良さは、小生には狂おしくもある。『おまえはわしの全てだ。希望だ、信仰だ、幸福だ、わしの徹頭徹尾の天恵の肉欲だ』と、心の中で雄叫び、おまえの肌にのめり込んだのはつい最近のこと……いやはや我がことながら何とも勇猛果敢なことか。

書斎で夜明けまで仕事をする小生は書斎のソファを時おりベッド代わりに使う。そのソファの横に簡易ベッドが置かれている。数日前に癲癇《てんかん》の接近を予感したからだ。夜間の発作に備えての処置だ。おまえのこうした用心深さと何よりもおまえが寄り添ってくれていることで、小生は癲癇の発症を恐れなくなった。

癲癇を起こすといつも死を意識する。予後には重苦しい気分に襲われ、虚脱感がしばらく残る。二日、三日で終わることもあれば、一ヵ月も続くことがある。だが、そんな耐え難い辛さもおまえが傍にいるだけで安らぐ。自分が愛し、自分を愛してくれる人間がすぐ目の前にいることほど感動的なことはない。

枕元には『作家の日記』の一月号と、それに重なるように福音書が置いてある。この月刊個人雑誌は復活号を出したばかりだ。次の号の執筆も既に上々に仕上がっている。

使い慣れた福音書はデカブリストの恩ある奥様から授かったもので、かれこれ三十年のつきあいになる。福音書の最初のページには真新しい手紙が挟まれている。

小生は今年六十歳を迎える。昨年末に『あと十年は書き続ける』とおまえや編集者に誓い、『カラマーゾフの兄弟』の続編の創作に意欲満々だった。ところが、誓ってから一ヵ月後、不意打ちを食らったのだ。昨日書斎で激しく喀血した。見事なまでの鮮血だった。

小生を襲ったのは癲癇ではなく、肺気腫だ。突如の出血は肺からで、小生の第二の持病がついに悲鳴を上げたのだ。小生は五十代になって慢性的な咳や痰に悩まされ、夏になるとドイツの鉱泉保養地で療養生活を送っている。しかし、このざまだ。恐らく再度の喀血は死を意味するだろう。ソファの脇の痰壺が何とも恨めしい。

誰しも持病の一つや二つはあるものだが、小生はこれまで五つもの持病に苦しめられてきた。癲癇、肺気腫、痔、それに賭博と恋の病だ。最初の三つは、今も小生の肉体に巣くう病魔だ。最後の二つは、小生の魂に一時的に巣くった惑乱だった。いずれの持病も発症すると命懸けだ。しかも、苦悩の一方で小生の創作意欲を大いに掻き立ててくれるのだ。この心身の苦痛は快楽でもあり、ある種の不思議なマゾヒズムでもある。つい最近も『懲役のような労働』を終えたばかりだ。

だが、ここにきて記憶力ばかりか想像力の衰えを心配している。そのうちに癲癇が小生から書く力を奪ってしまうのだろう。厄介なのが健忘症という奴だ……だが、これとてどうなるのか、見てみたいものだ。

さてさて、小生はこのまま安らかに眠るという覚悟ができているのだろうか。全くそんな心境ではない。まだまだやりたいこと、やらねばならないことが山ほどあるのだ。

昨年末に『作家の日記』再刊の広告を出したばかりだ。小生は今年もペテルブルクで冬を越し、春を迎える。白夜に夜ふかしをし、短い夏の間にドイツのエムス峡谷へ行く。鉱泉療養で数週間を過ごす。秋にはモスクワ郊外の保養地、スターラヤ・ルッサで『カラマーゾフの兄弟』の続編の構想を練ることにしよう。息を吹き返したところで、おまえを誘って外遊もしよう。刺激的で転地療養にもなることだろうから……過激、過酷に生きてきた小生は、この先どんな苦難が待ち構えていようとも、もっともっと生きることを望んでいる、ただただ書くことを望んでいるのだ。

『我思う故に瀕死の我あり』。いつものこととはいえ、過剰、過敏な自我には困ったものだ。小生が誠に往生際が悪いのは、続編の創作のこともあるが、何と言ってもおまえの存在だ。

　おまえは誠に若々しい、だが小生はすでに老人だ。謎多き人間の人生を解き明かすのが小生の仕事だが、小生の人生こそ誰よりも謎だらけだと断言しても良いだろう。いやはや何とも未練がましいことだが、今一度、自分の人生をおまえと分かち合いたいと切に思う。何となれば、おまえこそが小生の最高の理解者であり、唯一無二の相棒であるからだ。

〈アーネチカ、ここは地獄かね、それとも天国かね〉

〈あなたは地獄からは歓迎されないし、でも天国に召されるのは尚早よ。ここは、さしずめ天国に近い、この世かしら〉

〈それならば、わしはまだ生きているということだ〉

〈ええ、フェージャ、昨夜はぐっすり眠っていましたよ〉

〈いつ眠ったのか覚えていないのだよ〉

〈体調はどうかしら？〉

〈良くはないが、昨日よりはましだよ〉

〈お医者さんもこういう時は睡眠が一番だと〉

〈寝すぎたくらいだよ。おかげで、おまえの夢を見たよ〉

〈まあ、どんな夢かしら〉

〈わしの劇的なデビューの瞬間だよ。夜明けに彼ら、熱烈な訪問者がやって来た時のことだよ。それにどうしたことか、そこへおまえが現れたのだよ〉

〈嬉しいわ。でも、私はまだこの世に生まれてなかったわ〉

〈そうだったかね。だが、おまえはわしのことを大層喜んでくれたし、それ以上に心配もしてくれたようだ〉

〈私は夢の中でもあなたの大ファンということかしら〉

〈お蔭で眠りから覚めたのだよ。ところで、今、何時かね？〉

〈午前十一時よ〉

〈ほう、わしの健忘症はひどくなるばかりだが、カントのような習慣は何とも律儀なこと

だ〉

〈そのようね。でも、しばらくは口述筆記の協力はしませんからね。それに創作ノートもしばらくは封印ね〉

〈それは実に残念なことだ。創作ノートに書き連ねた構想を実現するには十年では足らないのだから〉

〈ええ、十年どころか、二十年でも足りませんでしょうよ。でも、今は辛抱して。私は永遠にあなたの速記者よ〉

〈では、その代わりに、アーネチカ、おまえの話を聞かせておくれ。無性におまえと話がしたいのだよ、どうかね〉

〈じゃあ、フェージャ、私の身に起こった、あなたとの奇跡はどうかしら?〉

〈世の中の連中は、おまえとわしに起こったことを何でも奇跡と呼んでいるらしい。おまえもわしとの結婚を奇跡と考えているのかい〉

〈さあ、どうかしら。でも、私の話を聞けば自ずと分かることですわ〉

〈おまえも言うね。だが、お願いだから、アーネチカ、その奇跡とやらを語る前に、わしの青春の物語から始めたいのだが、どうかな〉

〈いつもながらの、あなたの我儘《わがまま》ね。いいわよ、フェージャ。あなたの罪と罰の告白ね。でも、声を出して大丈夫かしら〉

〈なあに、わしには『猫の活力』があるからね〉

〈いつもながらの、あなたの底力の発揮ね。危ない時は私がドクターストップをかけてよ〉

〈それはありがたい。では、いつもの通りにやってみるよ〉

〈ええ、いつもの得意の朗読調でお願いね〉


小生が生まれてこの方、帝政ロシアには三人の皇帝が君臨した。アレクサンドル一世、ニコライ一世、そして、アレクサンドル二世だ。いささか不遜な物言いだが、小生の人生を語ることは皇帝を語ることになるのだよ。

もう三十年以上も前のことだ。看守長に引率されて、その部屋に入ると、空色の軍服を着た男が待ち構えていた。彼と小生は対峙した。二人はほぼ同年輩に見えるが、制服はかくも人の属性や優劣を端的に示すものだ。片や秘密警察官、片や囚人だ。

「長官殿は皇帝陛下に上奏中だ。そこで待たれよ」。秘密警察官は応接用のソファには目もくれず、部屋の片隅を指さした。彼は長官用の長机の傍の席に戻った。小生のことは構いなしで、どうやら秘書業務に専念しているようだ。

「長官はいつ頃戻りますか？」

「分からないし、囚人に答える義務はない」。何とも横柄な返事だ。だだっ広い部屋の隅に立たされた小生は、秘密警察官の政治犯への敵意が想像以上に強く、生半可でないことを改めて悟った。生身の秘密警察官と実際に接してみると、あたかも永久的に交わることのない平行線というよりも、互いの一方がこの世から抹殺されるまで戦うことを意味するほどの憎悪の念を強く感じた。

長官室の天井が異様に高く見える。長官席の背後の壁に掛かる矩形《くけい》の大きな額縁のせいだ。縦長の中に描かれているのは見慣れた皇帝の全身像だ。それは人が見上げる位置にある。絵の背景の灰色の壁には黄金の双頭の鷲を模《かたど》った小さな紋章が描かれている。軍服姿の皇帝の威厳を際立たせるための工夫であろう。部屋の主が皇帝の絵を自席の背後に飾る魂胆が容易に察せた。

長官室の皇帝の真新しい絵は小生に帝国陸軍中央工兵学校の学舎を思い出させた。学舎の中の皇帝の騎馬姿の絵も負けず劣らず大きく、尊大そのものだったからだ。ニコライ一世は額縁の中では十年経っても年齢をさほど重ねていなかった。

人は子供時代や思春期を語ることを好むものである。思い出したいこともあれば、逆に思い出したくないことばかりが脳裏に浮かぶこともある。概して思い出したくないことには必ずや好まざる人物が介在するものである。小生の過剰な意識が不意に二人の人物を抉《えぐ》りだした。その人物とは小生を帝国陸軍中央工兵学校に送り込んだ父親と小生を今の境遇に貶《おとし》めたニコライ一世だ。

小生の父、ミハイル・アンドレーヴィチ・ドストエフスキーは元軍医で、モスクワの貧民救済病院の院長だった。病院はモスクワの北の外れに位置し、近くに行き倒れや身元不明の死者などを一時的に収容する施設や広大な墓地があった。父はその病棟の一角に住居を与えられた。

小生はその病院で一八二一年に生まれた。病院の広々とした庭はドストエフスキー家の子供たちの恰好の遊び場だった。小生は見捨てられた、貧しい人々の周辺で幼年期を過ごした。

病院の庭に傷病軍人を見かけることがあった。彼らの殆どが四肢のどこかを欠損し、貧相な身なりをしていた。彼らの中には体を病んでいたばかりでなく、心を病んでいる者もいた。後遺症が長引くほどに彼らの体も心も酷くなる一方だ。彼らは軍人扶助が十分受けられない下層の生活困難者で、元軍医の父を頼ってやって来たのだ。小生がまだ幼い頃、ナポレオン戦争の後遺症に悩む彼らに優しく接する父を嬉しくも頼もしくも思った記憶がある。

父は三十代後半になって貴族の仲間入りを果たすと、四十代前半で田舎に幾ばくかの土地と農奴を所有する身分になった。モスクワの南百五十露里にある谷と林に囲まれた痩せた土地だ。一家は休みを取っては田舎で過ごすのが楽しみとなった。

母はひ弱な体ながら四男三女の子供に恵まれた。商人の娘らしく家計の切り盛りが得意だった。それに何かと気難しい父を手なずけるのが上手だった。音楽と文学が好きだった母は、教育熱心で、夏になると子供たちを連れて大修道院参詣にかこつけて出かけた。片道七十露里を五日から六日かけての旅行だ。母と子供たちだけの田舎暮らしは、つかの間の自由と解放を与えてくれた。

「お父様は仕事が忙しいの。だからあなたたちとの旅行には一緒に来られなくなったのよ。でも、お父様抜きの田舎暮らしの旅行はしばらくできないわね。ごめんね、フェージャ」と、笑顔で語る母の父への画策を知ったのは、母が肺病で療養中のことだった。

だが、慈愛に満ちた母よりも家父長的な父の影響の方が強かった。父は人一倍教育に熱心な反面、子供たちが自由思想に染まることを嫌った。強権的な元軍医は家族たちにも自分への絶対服従を強いる人だった。

人が懐かしみ、ほろ苦く語る思春期は、誰にとっても人生の岐路の一つに違いないのだ。

小生が十五歳の時、肺を患っていた母が亡くなった。すると、父は突然医者を捨てた。田舎の零細ながらも自由気ままな地主貴族の道を選んだのだ。父は田舎にこもると一段と酒浸りとなった。酒癖の悪い地主はやがて農奴を虐待し、ひどく専横な癇癪《かんしゃく》持ちになってしまった。

その頃の小生は一つ年上の長兄ミハイルと共に文学に傾倒していた。特に、プーシキンとなると、二人でプーシキンの詩を諳《そら》んじるほどに熱中していた。だが、兄弟の性格はまるで正反対だった。幼少の頃から落ち着きのある兄に対し、小生は全くその逆だった。利かん坊なところがあり、そのくせ父に叱られるとすぐに泣いた。常に激しく闘争心を燃やすために家族からは『火の玉フェージャ』とあだ名された。火の玉が燃え盛るのを抑えてくれたのも、泣きじゃくるのを慰めてくれたのも母であり、兄であった。兄弟は実に仲が良かったのだ。

小生は母が亡くなると、父のことを徐々に、だがはっきりと煩わしく思うようになっていた。日増しに粗暴になっていく父の姿に心を痛めた。

父は母が亡くなって半年足らずで、兄と小生に帝都ペテルブルクへの遊学を強いた。帝国陸軍中央工兵学校の受験準備のためだ。父は軟弱な長男と次男を帝都の寄宿舎に送り込んだのだ。兄弟は運命の気まぐれによって軍人の学校に迷い込んだと観念するしかなかった。

寄宿舎には監視役として元工兵将校が待っていた。ところが、父の思惑とは異なり、兄も小生も父から離れていることが何よりも嬉しかったのだ。兄弟は文学もやりながら軍人になるための猛勉強をした。工兵学校に合格しない限り、自分たちの文学の未来もないと考えたからだ。もっとも文学の未来といっても頑是《がんぜ》ない少年たちには漠然としたものだったし、将来の士官候補生への自覚もこれまた全く漠然としていた。

監視役の元工兵将校は父をごまかして幾ばくかの金銭を取っただけで、学科や製図それに実地の教練にはさほど熱心ではなかった。むしろ兄弟の成績に満足して格別優しくしてくれたほどだった。父が託したにしてはずる賢くも、御《ぎょ》しやすい人だった。

父により強制された進路は窮屈ながらも、ある意味では願ったり叶ったりだと思われた。だが、そのような楽観的な思惑は工兵学校に入学するや否や、ものの見事に吹っ飛んでしまった。

一八三八年一月、小生の帝国陸軍中央工兵学校での寄宿生活が始まった。教室での講義、戸外での教練、衛兵勤務など朝早くから夕方まで休む暇もない日課の連続だ。五月には恒例の観兵式が挙行される。その後は学期試験が一ヵ月続く。仕上げとして数ヵ月にわたって野営に出て、一学年が修了する。

体験して初めてその辛さが分かったのが入学して間もなくの観兵式の準備だ。小生を完膚なきまでに叩きのめしてくれたからだ。

当時、帝国陸軍中央工兵学校は軍隊好きのニコライ一世が学校長を兼任していた。皇帝一族の権威を示す年中行事はロシア全土から十万を超える軍隊が帝国陸軍中央工兵学校に集められた。この正規軍の大軍が練兵場を行進した後が工兵学校隊のお披露目だ。百戦錬磨の行進に比べて、これではまるで大人を楽しませる、何とも空しい見世物に思われた。

観兵式なるものは軍人の卵には晴れがましい舞台のはずであり、正規軍の行進に憧れるものだ。だが、小生には正規軍の行進はあまりにも間延びしていて、一方で圧倒的過ぎて、あの行進の中の一人になることにひどく違和感を覚えたのだった。

大軍の行進に比べて、数百人規模の工兵学校隊の行進は何とも無機的で、器械的な、言うなれば不器用なばね仕掛けの、おもちゃの兵隊の行進に思えてならなかったのだよ。そう思うのは、威圧的で過酷な訓練を強いられたからだよ。

〈さてさて、アーネチカ、迷える子羊には入学早々何とも居心地が悪かったことか〉

〈フェージャ、そもそもあなたは軍人には向いていないわ。さぞかしつらかったでしょう〉

〈そりゃあ、つらかったどころではなかったさ。わしには呪わしい式典だったよ〉

〈でも、告白しないではいられないのよね〉

〈アーネチカ、そういうことだ〉


厳しい訓練が連日連夜続いた。訓練は過酷な演習と検閲の繰り返しだった。不幸は重なると禍《わざわい》となるものだ。何としたことか、学校長自らが騎乗してのご指南となったのだ。長身の皇帝の騎馬姿は何とも美しく、一つ一つの動きが映えた。だが、皇帝はそのことを自覚しているらしく、言葉は不適切かも知れないが、騎乗で悪乗りをしたのだ！

工兵学校隊員は練兵場で近衛兵と一緒に分列行進や機動演習を行った。学校長兼皇帝はサーベルを振り回しながら、何かにつけ細かくお導きをされるのを好んだ。何せ、近衛兵レベルの卓越した規律と技量をお求めになるのだから新人にはたまったものではない。しかも軍隊をこよなく愛し、正規軍に君臨する皇帝は何でも許されるとお思いなのか、厳格に過ぎる軍事教練は時間無制限だった。皇帝の頻繁なご指南とお導きが小生をへとへとにしてしまった。ご指南の恰好の犠牲者はいつも何人かはいるもので、小生は犠牲者の常連だった。この犠牲者の中には不満分子がいた。不満分子は皇帝のご指南の訓練を『兵隊ごっこ』と揶揄《やゆ》した。だが、彼らから第二のデカブリストの反乱将校が生まれるとは到底思えなかった。不満は思想的なものではなく、明らかに訓練のやり方にあったからだ。小生は『兵隊ごっこ』に耐えに耐え、観兵式を何とか乗り切ることができた。

皇帝のご指南とお導きの訓練で死ぬほどに疲れ果てていても、次に帝国陸軍中央工兵学校生たちを待ち受けているのは昼夜を分かたず猛勉強をすることだ。直ぐに試験が始まったからだ。

ここでは製図科目が大事で、製図は数学以上に重く見られていた。築城製図、建築製図、地形表記など四科目もあり、小生は苦手な製図科目で大変な苦戦を強いられてしまったのだ。小生は他の科目以上に勉強に時間をかけ、堂々と試験を受け、立派に合格したと思った。

ところがどうだ、信じがたいことに原級に留められたのだ。何としたことだろう、問題は別のところにあった。小生はその事実を知って憤り、悔しさのあまり涙した。

十月に落第の決定がなされた。野営生活の後半に入っていた頃のことだった。既に行軍等でへとへとだったにも拘わらず、この一大事を真っ先に知らせた相手は父親であった。しかも、何一つ隠さず伝えたのだ。科目毎に点数を羅列し、留年の理不尽を訴えた。そして、小生はあけすけに教官たちを罵倒したのだった。

実際、生意気盛りの反抗期の小生は、訓練や観兵式への不適応も相俟って、生来の『火の玉フェージャ』の激しい性格を抑えきれないでいた。それに自尊心が小生の反抗的な態度を助長してしまったのだ。特に、代数の教官とは個人的に不快な衝突や乱暴なやりとりが絶えなかった。

「君は文学にうつつを抜かすから、情緒不安定なのだよ。それに全く歯がゆいほどの運動音痴だ。だから、いつも訓練に後れを取る。今すぐ文学を封印し、数学に専念しなさい。理にかなったことをすれば、訓練にも集中できるはずだ」と主張して、2＋2＝4の数学者は世界文学に傾倒する小生意気な不良学生をいじめにかかってきた。小生は全くのところ彼の言こそ理に合わないこと甚だしいと思った。

「数学は大嫌いです。何て奇妙な学問でしょう。必ず正解があるものを勉強するなんて、実に面白くないことです。しかも、工兵にはさほど役に立たないからくだらないのです」と、小生は応酬した。2＋2＝4の先生は怒るに決まっている。

「僕は文学が大嫌いでね。人間を堕落させるだけで何の役にも立たない、それこそくだらない」

「文学こそ人間になるための学問です。文学を嫌う教官がこの世にいるなんておぞましいことです。全く信じられません」

「無意味、無用の文学にとりつかれると、こうも年配者への礼儀を失うものだ。将来の士官候補生として、何となげかわしいことだ」

これ以上のやり取りは冗漫が過ぎて、退屈になるだけなので省略するが、この教官は、「僕は教官を軽んじる君をタダでは済まさないから、よく覚えておきなさい」と捨て台詞を吐くほどに、だれよりも小生を憎むようになった。

野営もひどくつらいものだった。半年に及ぶ野営の期間はテントのほかには身を寄せる建物が無い。大隊訓練の中で最も難儀なのが行軍だ。行軍ではよく雨や雪や嵐に打たれた。どんな天候にあっても、山あり谷あり河ありの、ついでに林あり砂ありの、何でもありの泥沼の行軍だ。重い荷物を背負わされての何十露里もの行軍そのものも難儀であったが、実は行軍を終え、汚い格好でテントに帰ってからがひと騒動だった。

テントのベッドは布を被せた藁《わら》の塊だけだ。軍服、軍帽、軍靴、それに書物、ペン、紙など身の回り品を確保するため、陣取りの箱が必要だった。それが無いと足の踏み場もなく右往左往することになる。事前に隊の従卒の誰かとの相談が必要だ。彼らの認可を得て、小生の箱を置かしてもらわねばならないからだ。行軍の間はその場所の番人も必要となり、これにもお金がかかる。小生は大事な書物を手に余るほどに野営に持参していたから尚更のことだった。それに行軍から戻ってお茶がないと病気になる。陣取りは何も行軍の世界だけではなく、テントの中の陣取りの方が、あちこちで熾烈を極める戦いが起こっていた。

ところで、これらは全てが官費ではない、むしろほとんどが自己負担だ。一度経験すると、野営には恐ろしいほどお金と手間ひまがかかることが分かる。

初年度早々の軍事訓練と式典、更に、野営生活は小生が軍人に不向きであることを徹頭徹尾叩き込んでくれた。学舎やテントの中の小生はプーシキン、ゴーゴリー、バルザック、ユゴー、ディケンズ、ホフマン、ゲーテ、ホメロスを耽読していた。ジョルジュ・サンドには空想的な特別の感情を抱くようになっていた。文学は永遠のロマンだが、訓練も式典も講義も試験も野営も、そして落第も完全なるリアリズムだった。

『人間は謎です。それを説き明かさねばなりません』。兄ミハイル宛に書き送った小生の体験談はどれもすぐれて事件的で、言うなれば十七歳にしてハムレット化していった。実は、兄は屈強な身体にも拘わらず、工兵学校の本試験前の体格検査で不合格となった。後日、見習士官の試験に及第して軍人を目指していた。

さて、件《くだん》の落第事件は野営の最中に起こった。そして瞬く間に及落会議へと繋がったのだ。例の文学嫌いの教官が代数に不当な点をつけ、とうとう何が何でも小生を落第させようと、及落会議でひと運動起こしたのだ。加えて、いやはや何とも驚いたことに、彼以外にも小生を憎んではばからない教官たちが存在した。遺憾千万もはなはだしい。

崩れない壁の積み方や大きな堡塁の築き方を講義する、ナポレオン戦争経験者の教官もその一人だった。小生は一年目の野営が始まって早々のある日、元将官に不意に質問した。

「ナポレオンは何百万もの命を自分の目論見や野心とか、フランスの栄誉の名のもとに犠牲にしました。果たしてナポレオンは正しかったのでしょうか？」

「何という奇妙な質問だ。工兵技術者は哲学者ではない。君は脇道の抽象的なことに深入りしすぎる。帝政はそのナポレオンと闘い、勝利したというのが事実だ」

「人間を殺すなんて、人間がある日突然に殺されるなんて、そんなことが許されるのですか？」

「人を殺し合うのが戦争の法則だよ。技術的任務の工兵だって例外ではない」。元将官は取り付く島もない、見事な冷ややかさだった。築城学を教える元将官は代数の教官に加勢したのだ。

小生は十点満点で平均九点五分もあったのに落第させられた。十五点満点の代数と築城がそれぞれ十一点と十二点にとどまったのだが、どうしたことか小生よりも何倍も試験の成績が悪い連中が進級できたのは小生とは違って、引きがあったからだと嫉妬した。

小生は野営中に落第の伝達を受けた。２＋２＝４の数学者が学校を代表して百露里の道をわざわざやって来たのだ。彼は小生に原級に留まった背景を誇らしげに、しかも自業自得であると説教をしにやって来たのだった。行軍中の小生には弁明の機会は全く与えられなかった。

何という理不尽……人間の悪意というものは人を教える立場にある者にも見事に巣くっているものだ。小生は敵対的教官ばかりか、観兵式のご指南役にして学校長でもある皇帝にも大いに失望したのだった。

それでも、小生は父に対して『どうか落胆のあまり心をお痛めにならぬよう、ご自愛のほど祈ります』と、我慢しなければならなかったのだ。何となれば、この帝国陸軍中央工兵学校へ入ったそもそもから、小生の身分は既に宣誓によって軍人勤務に結びつけられていたからだ。

小生は父の次に兄ミハイルにも落第のことを知らせた。教官たちの卑劣なやり方に憤慨したという内容だったが、その際、小生は思わず父に対する本心を吐露してしまった。『哀れな親父さんのことでは、ぼくの胸は痛みます。あれは全く奇妙な性格です。この世の中に五十年も暮らしながら、世間の人については三十年前の自分の考えをそのまま変えずにいるのだからね。幸福なる無知さ、それでいてあの人はこの世にすっかり幻滅している。それはわれわれに共通の運命らしい』。父のことを気の毒に思った。だが、自分の境遇のことも心底気の毒だと感じていた小生には、父への気の毒な思いはやがて嫌悪の気持ちへと変貌していったのだ。我ながら何とも残酷な心根だ。

いやはや何という一年だったろう……何かが己の脳裏に刷り込まれていくのを覚えた。学舎に集う全ての者は額縁の中の皇帝に朝、昼、夕、拝礼する。毎年の観兵式には威風堂々の本物の軍隊が登場し、皇帝に敬礼する。その皇帝が同じ時期、同じ場所で、直々に工兵学校生を相手にご指南しているのだから滑稽だ。小生は儀式や儀礼に従うことがたまらなく嫌で、将来の軍人生活が全く見通せなかったのだ。正直に言えば、つまらなかったのだ。だからだろうか、どこか釈然としない感覚に苛まれていった。それでも卒業しなければ何も前進しないことだけは自覚していたのだった。

　年が明けると、小生は二回目の野営に備え、父宛てに野営生活の必要経費を無心した。『なつかしの父上、淋しい境涯を村の仕事で紛らわしていることと思います……父上、もしできたら、ほんのわずかでも送ってください。何しろ数ヵ月に及ぶ野営では、お金がなかったら、にっちもさっちも行きません』。小生は昨年の野営生活がどんなに窮屈で惨めだったかを哀訴し、取り敢えず四十ルーブリ（ルーブル）の送金を早々にお願いしたのだった。しかし、この金銭上の助力の願いは、あっさりと拒否された。

『わし自身に金が無くて、ほんのわずかでも送ることができない』と、冷たくあしらわれたのだ。小生は直ぐに返事を書き送った。卑屈なまでに低姿勢だった。父からは多くのものを要求できないと悟ったからで、例えば、お茶は飲まずとも飢え死にしやしないと言い切った。何とか生きていけると言う一方で、野営へ行くための靴代をせめて幾らかでもお願いしたのだった。

『官給の靴三足では市中に住んでいても半年とは保てないのです』。小生は実にいい加減な細かなことを無心の理由に挙げたと記憶している。それに小生にあれほど敵対的だった教官共の多くが、今年は非常によくしてくれていることを知らせた。何としても送金してもらうために、小生は卑屈にも彼らにも歩み寄ったのだ。おかげで成績の方は正当に評価されるようになった。しかしながら、肝腎のお金の送金の方の手助けには何の役にも立たなかった。『もし父上が息子の恐ろしい困窮を助けてやろうという思し召しがありましたら、そのお金を六月一日まで送ってください。よけいなものはおねだりしませんが、お送りくだされば、私の感謝の念は無限です』。小生は依然として四十ルーブリに拘っていた。結局、父からの手紙には何らの進展のないまま、六月に入ると二回目の野営に出立した。

不便なテント生活が再び始まって間もなく、野営地に送られてきたのは父からのお金ではなかった。入校以来、二度目の観兵式や訓練や試験を耐え忍び、単位取得と文学との両立を若さという情熱でやり過ごしての一年半後のことだった。

行軍から戻り、ヘトヘトに疲れた小生は上官のテントに呼び込まれた。そこで聞かされたのは、父が横死《おうし》したという訃報だった。

父は村の外れの淋しい場所で泥酔死した。父の骸《むくろ》と化した原因がはっきりしないまま、むしろ、ある種の疑念を残したまま、葬儀は終わった。

小生の二度目の野営生活は前半の三ヵ月間は昨年と同様の困難を極めた。ようやく秋になって送金があった。送金者は父の死に伴いドストエフスキー家の財産の管理人となったカレーピンだ。だが、この妹のやくざな良人はのっけから送金のついでに難癖を付けてきた。『お義兄さん、あなたは何て金銭に貪欲なのですか』。小生はこいつとはまったく相性が悪くて、父の遺産を巡る確執が始まった。小生は年上の義弟にも金の無心をするようになり、とうとう相続権を返上してしまうのだが……それは五年先のこと。

小生はついにテントの中に木箱を確保でき、自分の居場所に軍服も軍靴も身の回り品も不自由なく整然と揃えることができた。野営そのものは相変わらずつらい。更にもう三回も過酷な経験をしなければならない。だが、我慢できるだろうと不思議な感情が芽生えていた。その感情とは未来に向けての限りない希望、自由な未来を手に入れたというものだった。それは自分で努力して勝ち取った自由ではなく、父の死に涙したことだけで得たものだった。自分が解放されたことを喜ぶのと解放してくれた父のことを偲んで泣くのは、同じことだった。何とも素朴で純真な、しかし、恐ろしいことだと思った。

さて、小生が皇帝という存在に特別な感情を抱くようになったのは観兵式だけではなかった。帝国陸軍中央工兵学校の学舎は大天使ミカエルに因んで、かつてミハイロフスキー宮城と呼ばれた。つい昔の一時期、ロマノフ王朝の新たな宮殿だった。校舎の広大で華麗な装いは建築学的にもそれこそ学校長ではなく、皇帝に相応しい建物だった。

しかも、何という偶然だろうか、旧ミハイロフスキー宮城こそアレクサンドル一世の父殺しの現場でもあった。小生がこの事実を知ったのは受験勉強中のことだ。例の監視役の元工兵将校の口から伝わったのだ。彼は『公然たる機密事項』だと言って、三十数年前の惨劇をひそひそと教えてくれた。その時の小生は皇帝暗殺には興味を示したものの、皇帝の親殺しにはさほどの意識はなかった。

ここからはロマノフ家の醜聞を語ることになる。多分に小生の推量がはいっているが、その信憑《しんぴょう》性は相当に高いと思う。

親殺しの被害者は、パーヴェル一世だ。皇帝殺害の遠因は母親との確執にあった。彼の母親こそはエカテリーナ二世。かの女帝は六十七歳で病死するまでの三十余年間、当時東ヨーロッパ君主国において上からの改革を図る、いわゆる啓蒙的専制君主として君臨した。しかし、彼女の治世は『貴族には天国、農民には地獄』という厄介な政治・社会問題を十九世紀のロシアに持ち込ませた。農奴制を強化しながら、近代化に取り組まなければならないという根本的な矛盾は国民を蒙昧と貧困の中に留め置いた。

エカテリーナ皇后は良人である無能な先帝ピョートル三世を追放し、帝位についた。それだけでは済ませず、彼を死に追いやった女傑だ。女帝には十指を超える公認の愛人がいたことでも有名だ。パーヴェル一世は女帝の第一皇子に違いないが、彼女の最初の愛人との間に生まれた子であるという説が有力だ。女帝自身が回想で述懐しているので恐らく事実だと思われる。どちらにしても啓蒙的専制君主は公私とも多忙だった。

複雑な事情が絡んで、パーヴェル皇太子は幼年時代を同じく女帝である祖母のもとで育てられた。溺愛は帝王学にほど遠い、我儘な人間を育てる結果となった。

一方、アレクサンドル皇子はエカテリーナ二世に育てられた。エカテリーナ二世は自分の手元で帝王学を学ばせた孫のアレクサンドル皇子を皇位に就けることを強く望んだ。パーヴェル皇太子は皇子の誕生後、間もなくして自分が母親に暗殺されると疑心暗鬼に陥ったに違いなかった。しかしながら、女帝は皇太子を廃嫡することなく脳梗塞で急逝した。

後々のことだが、エカテリーナ二世の愛人の多さに『玉座の上の娼婦』とまで酷評したのは、もう一人の孫、ニコライ一世だ。ただ、女帝のために弁護すると、啓蒙的専制君主の女帝にとっての愛人はボディガード兼相談相手であり、孤独な女帝の唯一の気晴らしでもあった。だが、こちらの孫は何とも傲岸で品性を欠いた皇帝だった。

一七九六年、四十二歳で帝位に就いたパーヴェル一世はさっそく新たな宮殿の建設に乗り出した。壮麗ではあるが、周りを堀に囲まれた防御的な城、身を護るための新たな宮城がミハイロフスキー宮城だった。

しかし、四年かけて完成したミハイロフスキー宮城に移転して四十日後、パーヴェル一世は近臣の近衛兵たちによって寝室で暗殺された。母帝への意趣返しに明け暮れた彼の五年の治世で唯一後世に残ったのが、皮肉にも女性が帝位に就くことを禁止した帝位継承法のみだった。

謀反人たちがパーヴェル一世の寝室になだれ込んだ時、アレクサンドル皇太子は同じ宮城にいた。彼は陰謀を事前に知っていたが、不作為を貫いた。帝位を継承したアレクサンドル一世はナポレオン戦争と親殺しの憂鬱に生涯悩まされた。

で、主のいなくなった悲劇の宮城はその後どうなったのか？　アレクサンドル一世は暗殺犯の一人に下賜したのだ。白い象と化した皇帝の憂鬱の象徴は二十年近く放置され、紆余曲折を経て帝国陸軍中央工兵学校の学舎に生まれ変わった。

父親の横死に関し、宮城の二十三歳の皇太子は有罪だが、学舎の十七歳の士官候補生は明らかに無罪だ。ところが、士官候補生の父親の横死は『あんな人間がどうしてまだ生きているのかわからない』と兄宛てに父親を詰《なじ》ってから一年も経っていなかったのだ。何という不逐、父親の横死に負い目を感じたのは当然のことだ。父親の存在を快く思わない、時には憎しみを抱いていたという意味では、小生も同じだった。

小生は暴君として領地にも家庭にも君臨する残酷な父を心底憎み、この暴君から解放されることを願っていた。親殺しの罪の意識はひどく共通していた。こうして皇帝の親殺しの憂鬱に自身を重ねてしまったのだ。そして父の横死直後、願いが一気に叶った小生は兄宛に堂々と宣言した。

『ぼくの魂は以前のように荒々しい衝動を感じなくなりました。さながら深い秘密を隠した人の心のように、静まり返っています。人間及び人生は何を意味するかということを学ぶ点では、ぼくもかなり進歩を示しました。

人間は神秘です。それは解き当てなければならないもの、もし生涯それを解き続けたならば、時を空費したとは言えません。ぼくは人間のもろもろの性格を研究するという神秘と取り組んでいます。なぜなら、人間になりたいからです』

我ながら何とも早熟の気負った物言いだ。

父からの解放が意味するもの、それこそは小生が罪の意識を背負ったことだ。そして人間を研究する作家の道を志すという決意をしたことにほかならないのだよ。

〈アーネチカ、アレクサンドル一世の憂鬱は、わしの憂鬱となったのだよ。『親父の血に関して、ぼくは無実です。罰を受け入れるのは、親父を殺したからではなく、殺したいと思ったから、恐らく殺しかねなかったからです』と法廷で告白したカラマーゾフの長男、ドミートリーは、わし自身の言葉でもあるのだよ〉

〈何てお気の毒なこと。でも、ドミートリーは潔く有罪を受け入れたわ〉

〈わしは一生涯悩むことで罪を受け入れているのだよ。だが、決して許されるものではない〉

〈いいえ、フェージャ、あなたは憂鬱の人、懐疑の人よ。生涯を人のため、いいえ、人類のために懊悩すること。これこそがあなたの仕事よ。それで、いつか許されてよ〉

〈おまえだけだよ、わしの憂鬱と懐疑を理解してくれるのは。では、そろそろ、わしを逮捕させた皇帝の話に移ろう〉


一八二五年に即位したニコライ一世は兄の憂鬱症は引き継がなかった。それどころか、この皇帝は宣誓式の日に、屍を踏み越えて毅然たる第一歩を踏み出した。貴族出身の青年将校たちの反乱を武力で鎮圧したのだ。彼ら青年将校は、ナポレオン軍に反撃を加え、パリまで遠征した英雄であった。そして、フランスの自由と平等に直に触れた彼らは、ロシアの後進性を皇帝の専制政治とそれを支える農奴制にあると強く感じていた人々だった。

彼らはアレクサンドル一世の崩御の間隙《かんげき》をぬった。自由主義を唱え、三千人が蜂起した。しかし、彼らは革命による共和制の樹立と皇帝暗殺の密議を計ったとして、首謀者は絞首刑、生き残った他の者たちはシベリア流刑となった。この乱に参加した人々は、反乱が起こったのが十二月というので、デカブリスト（十二月党員）と呼ばれることになった。

ニコライ皇帝は乱の直後に皇帝直属官房第三部という秘密警察を設置した。帝政にとって危険だと見做した人物や集団を容赦なく逮捕させるためだ。

観兵式の主人公は学舎外では死刑の判決を宣し、命令一つで革命家たちのみならず、無数の無辜《むこ》の人たちをシベリアの収容所に放逐していたのだ。学術や文学や芸術の自由が圧迫され、弾圧政治がその反動性を強化した時代でもあった。

後年、逮捕者の中に小生が含まれることになろうとは、当時の文学好きの士官候補生の脳裏にあろうはずがなかった。だが、この皇帝こそ小生の青春を根こそぎ異界に放逐した張本人であった。

政治犯となった今、こうして秘密警察の長官室で皇帝の肖像と対峙していると、小生がかつての宮城で士官候補生として五年間学んだのは運命の皮肉だったとつくづく思う。学舎の騎馬姿も長官室の全身像もニコライ皇帝の足は極端に長く描かれている。宮廷画家によるお手盛りは並外れた外見を与えていた。皇帝は実物以上に大変な長身に見えた。額は高く、胸は厚く、描かれている。眼は異様に輝き、威厳に満ちている。

小生はニコライ皇帝が教育者とは真逆の人間であること、そして、皇帝の存在は崇めるだけのものではないことを改めて学習してしまったのだ。

十九世紀半ば、ヨーロッパから革新的な思想がロシアに入ってきた。小生が丁度文壇デビューした頃のことだ。いわゆるインテリゲンチャたちがこの革新を受け取った。勿論、小生もその階層にあって未知なる刺激を求めていた。

ドイツではマルクス／エンゲルスの『共産党宣言』が発表され、フランスではブルジョワ革命が起こり王政を打倒、第二共和政が樹立された。この二月革命に中央ヨーロッパは沸き立ったが、ロシアには何事も起こらなかった。だが、ロシアの青年たちは頭だけはヨーロッパの政治思想にかぶれ、インテリゲンチャたちは社会主義の理念に燃え立っていた。

当時も今もあらゆる思想は帝政ロシアの監視下にある。哲学も危険な学問と見做されていた。その頃のイワン・ツルゲーネフはベルリン大学で哲学を専攻していたのだが、しかし、帰国するや危険なヘーゲル哲学を捨て、文学の道を志したというわけだ。何とも変わり身の早い青年だった。もっとも、ロシア文学も勃興期にあって、抑圧の対象となっていた。作家たちも秘密警察の監視や検閲下に置かれていたのだ。

当時の青年たちは結社というものを作り、そこに集《つど》った。自由な意見を交換するためのサークルだ。ペテルブルクには社会主義に憧れた青年たちのサークルがいくつもできた。その中でも人気を博したのがペトラシェフスキー・サークルだった。若い外務省官吏であるミハイル・ペトラシェフスキー宅には毎週金曜日に夢見る青年が何十人も集まっていた。

この革命思想研究会は『人間は皆兄弟だ』という理想に立って農奴制を批判し、検閲の撤廃を語り合った。しかし、社会主義とは言っても、当初は空想的社会主義者の集まりだった。サークルの会員たちは博愛主義的夢想を唱え、暴力的なテロリズムとは未だ程遠く、実際の改革運動とも縁遠い存在だった。

だが、当時のこうした新しい思想はペテルブルクの若者たちの気に入り、この上なく神聖で道義的なものであるとして心地好かったのだ。そして何よりもまず全人類的なものであり、全人類に例外なく当てはまる未来の法であると実に生真面目に信奉していた。

いやはや、今にしてみれば信じがたいことだが、当時は何か奇跡的なことによって、言わば外的な状況の変化ともいうべき力によって社会主義の実現が一挙に進展し、広まっていくものだという考え方を、皆が皆信じていたのだった。何とも非科学的で無責任なこと甚だしい考えではあったが、小生も実のところ、当初は本気でそう夢見ていたのだった。

その頃の小生はどうだったかと言うと、華々しい文壇デビューにも拘わらず、その後は、実に困難な文壇生活を送っていた。文壇の交流に疲れ果てて、とうとう健康まで害した。抗し難い憂愁に精神まで蝕まれていった。しかも、小生はその状態を、極度に意識していたのだ。

小生は死に物狂いで自分の目指すものや求めるものの何かを模索していた。サークルはまさに青春の思想の奔流だった。『火の玉フェージャ』こと、小生も間違いなくその多感で博愛的な青年たちの一人であった。

小生がサークルを訪れ始めたのは一八四七年頃で、最も早い会員の一人でもあった。しかも、小生の魂の奥底にはプーシキンやデカブリストの青年将校たちがいたのだ。小生はペトラシェフスキー・サークルの中でも最も革命的志向の強いサークルに加わったその最中に、いやはや何とも、逮捕・勾留されたのだった。

一八四九年四月、デカブリストの乱の鎮圧者がついに強権を発動した。『ヨーロッパの憲兵』を自認するニコライ一世はロシアに何も起こらないことがお気に召さなかったのだ。ご指南役のお導きというやつだ。今度はペトラシェフスキー宅に集う金曜会の三十四人の青年たちが犠牲となった。

九号独房……小生は常時監視下におかれた。囚人を諦念させるような固くて重い閂《かんぬき》、人道を排除するような錆びた鉄の寝床と悪臭の染みついた用便桶。人生の意外性と不測性に愕然とさせられた。突然の逮捕劇は小生の心身を打ち砕かんばかりであった。

悪いことは更に重なった。ヒポコンデリー（心気症）と痔が悪化し、ひどく苦しむようになったのだ。独房の中で三日ともたないだろうと覚悟を決めたくらいだった。その三日目の朝、小生は皇帝直属官房第三部の長官室に呼ばれた。

「長官殿はお前さんに尋常ならざる関心を抱いているようだぜ。きっと死刑の宣告をなさるおつもりだ。観念することだな」と、看守長は小生を引率の道すがら脅した。

長官がようやく戻ってきた。長官の赤ら顔が小生に近づく。恰好の獲物を睨《ね》め回しているかのごとくの、いやらしい目つきの、実に無礼な振る舞いだ。

「たった今、皇帝陛下殿に上奏してきたところでね、フョードル・ミハイロヴィチ・ドストエフスキー、あなたは大した有名人じゃ」

『小柄で何とでっぷりした男だ。それに酒飲み特有の赤ら顔だ。一見愚鈍そうに見えるが、こいつは意外に手強いぞ』。長官の角張った顔は不敵に見える。人を一時間、二時間待たせることを何とも思わない、無神経で傲慢な人間のようだ。

長官の目配せに秘書官は素早く動いた。彼は瞬時に小生を長官の執務机の前の椅子に座らせた。

「わしは皇帝直属官房第三部の長官、ピョートル・マルメラードフじゃ」

「将軍で、伯爵でもあらせられます」と、秘書官が気を利かせた。

「よろしい。だが、今日のわしは将軍でも貴族でもなく、皇帝直属官房第三部の長官として、フョードル・ドストエフスキー、あなたを審問する。よろしいかな！」

「何なりとお聞きくださって結構です」。小生は悪名高い秘密警察の長官の審問に、それこそ尋常ならざる関心を抱いた。この種の人間の研究に興味を持ったのだ。こんな状態なのに、小生は政治犯であると同時に作家であることを強く意識した。

「よし、そうきたかね。フョードル・ドストエフスキー！　『貧しき人々』で著名な作家のあなたとは是非とも友好的になりたいものじゃが、どうなるかはあなたの心がけ次第じゃ。よろしいかな！」

「私たちが友好的になるかどうかはマルメラードフ長官殿のお心がけ次第でもあります」

「ほう、のっけから非友好的じゃ。これは面白い。

皇帝陛下はわしの報告は全部聴いてくださる。そして、皇帝直属官房第三部の報告書は隅々まで目を通され、細かな事項までご自身で指示を与えられるお人じゃ。何でもご指南するのがお好きなお人じゃ。

何せ、皇帝陛下は帝国にたてつく輩は絶対に許さないのじゃ。特に政治的犯罪が大嫌いで、有害な思想を取り締まるための組織をご自身で設けたほどの徹底ぶりでな。それが皇帝直属官房第三部じゃ。これを敵に回すとどうなるかよくよく考えることじゃ。

手始めに理念の勝る政治犯の情けない話をして進ぜよう。

この男が入獄の際、タバコを取り上げられた時のことだ。彼は苦しさのあまり、タバコをもらいたい一心から、自分の思想を裏切ったのだよ。こういう男がロシアの民衆や人類のために闘っているなどと減らず口をたたいているのだから、こんな闘士に何ができるというのか？　自由どころか隷従もいいところだ。兄弟愛や人類愛への献身など語る資格はない。フョードル・ドストエフスキー、あなたはどうだったかね」

「………」

長官の不敵な物言いは小生の自尊心と闘争心に火を付けた。どうやら長官は政治犯の特質を見越して面白がっているようだ。一種の挑発だ。こちらも負けるわけにはいかない。

『こいつらは南京虫のように吸い付いてくる、吸血鬼だ。脳髄にくらいつき、吸い付いてくる。人の思想まで吸い取る奴らだ。そう簡単に思い通りにさせるものか』と、小生は心に誓った。

「そもそも、この事件の審理は皇帝陛下の命により軍事法廷委員会に全権を委ねられておる。従って、わしが囚人に対してこんなことをするのは特別のことでな。

フョードル・ドストエフスキー、あなたは元軍人、あなたのお父上は元軍医、親子そろって、わしたちの仲間だった。

そこでだが、何もかも正直に話せば、悪いようにはしない。あなたが本当の話をしてくれれば、わしは真っ先に喜べるのじゃが、どうだね」。父のことまで口にした長官はどこか居丈《いたけ》高《だか》だ。

元軍医の父はモスクワの貧民救済病院で憐れな傷病軍人を何千、何万人と手当てした。看取った軍人も数知れない。軍人は戦場で武勲を立てれば英雄にもなれる。だが、負傷して心身の自由を奪われるとつらい現実が待ち受けている。生活に喘ぐ彼ら元軍人の大半は戦争のヒロイズムや犠牲的熱狂から遠い存在となり、なかには帝政に背を向ける者もいたはずだ。やがて、軍医としてのリアリズムが父をペシミストにした。

田舎に引っ込んだ父は、小生をペテルブルクの工兵学校に送り込んだが、結局のところ、小生は軍人ではなく、今や父が嫌った自由主義者となった。あげく政治犯としてこうして裁かれているのだ。

この老将軍はナポレオン戦争やデカブリストの乱では皇帝に対する忠誠を示し、幸い軍医の厄介になることなく、半世紀にわたる彼の国家への奉仕を全うできたのだろう。彼が身に着けている大小さまざまの勲章は何と仰々しいことか。ポーランドの反乱の弾圧では、勇猛だが残酷さをあらわにしたに違いないのだ。

『政治犯に冷酷で驕った敵意を口にする老将軍は小生とは全く相いれない人種だ』と、誰もが理解できる。秘密警察の長官と向き合った最初の瞬間の印象通りだと悟ると、小生はこの審問の虚しさを痛感した。

『全く議論の余地のない、否、議論などは単に体裁を整えるためだけのものであって、まぎれもなく有罪に決まっているのだろう』。それでも小生は戦うことを決して諦めない。

「マルメラードフ長官殿、私は特別扱いされることを望みません。そもそも罪を犯したということも身に覚えがありません。それに元軍医の父は私の嫌疑に一切関係ないはずです」

「ほう、なかなか強気なお方だ。では、わしもあなたに最初に言って聞かせたいことがあるのじゃが、よろしいかな」

「囚人よ、姿勢を正しなさい！」

「これ、わしの客人にそんなに偉ぶるものではない。フョードル・ドストエフスキー、どうか気を楽にされよ」と言うと、長官はわざとらしく間をとった。

「さて、わしのように地位ある人間の勤務上の特権は何かご存じかな？」

「私は特権なるものには全く興味がありません」。長官の特権意識を無視したのは、小生はいかなるものであれ、権威に服することを好まないからだ。

『秘密警察の長の特権など糞くらえ、ですよ』という次の言葉は、喉元でとどまった。

「ほう、木で鼻をくくったような態度はいかがなものか。ならば、是が非でもお教えしよう。だが、その前によくよく知ってもらいたいのは、わしはわが身安全や昇進第一で軍人世界を歩んできたことは一度も無かったということじゃ。これからもそうじゃよ。

そこでじゃが、もう四半世紀も前のことじゃが、デカブリストの乱はご存じかな」

「ええ、青年貴族将校たちの改革運動です。残念ながら彼らの武装蜂起は失敗に終わりました。新帝のニコライ一世が踏み潰したのです。何故に憂国の貴族、高潔なデカブリストたちを処刑にしたのでしょうか！」。小生は圧迫と不正に対する激情にかられて、逆に長官を問い質した。

「いや、改革ではなく反乱じゃ。それに現皇帝のニコライ一世こそが英断をもって堂々とその忌わしい反乱を鎮圧したのじゃ。どこが憂国じゃ、彼らは愚かな売国奴じゃ。

思えば、彼らはナポレオン戦争に従軍した貴族将校たちだった。彼らはパリ進軍中にヨーロッパ諸国の政治・社会制度に触れ、若さゆえに祖国帝政ロシアを誤った方向に導こうとして反乱を起こしたのじゃ。

何とも血迷った連中じゃ。わしもパリに進軍した若造の一人だったが、わしは鎮圧する側の若手下士官の中心となったのじゃ。彼らは自由主義に気触《かぶ》れた愚かな、ただの反乱兵士じゃ。

三千人のデカブリストたちが宮廷に向かって蜂起しても、巨象に戦いを挑む蟻のようなもので、帝政の何十万という軍隊に太刀打ちなどできる訳がない」。長官の赤ら顔は尚も好戦的だ。

「敢えて言うが、わしはこの反乱の鎮圧を契機に軍の中で頭角を現し、その後の戦争がわしを強くしたのじゃ。祖国への粉骨砕身が認められ、今の地位を授かったのじゃよ。

実力で将軍となり、皇帝直属官房第三部の長官にまで上りつめたということじゃ。だから、皇帝陛下の覚えがめでたいのじゃよ」。長官の高笑いが間延びした。彼の誇ったような表情はいかにも権威主義的で、虚栄心にも満ち溢れている。

「まあ、そういうことだから、皇帝直属官房第三部の長官であることはわしの矜持《きょうじ》じゃ。

さて、ここで特権の話となるのじゃが、わしの特権とはどれほど高い地位を占めている者でもわしの前に跪《ひざまず》かせられること、そして、自由に裁くことができることじゃよ。もっとも、皇帝陛下を除いてだがね」

「私は秘密警察の長官の特権には全く興味がありません。むしろ特権や権威から一番遠いところに身を置きたいものです」

「ほう、皇帝直属官房第三部のことを秘密警察と言ったな。大した敵愾心じゃ。皇帝陛下は今日も嘆いておられた。フョードル・ドストエフスキーほどの新進気鋭の作家が、実に恥ずべき不敬な事件に巻き込まれているとは何とも驚きであり、また遺憾なことだと。特権や権威の恐ろしさは後程に十分に味わうことになろうよ。

それに、皇帝陛下によれば、あなたの罪は文学の鼻にポツンとできた面皰《ニキビ》だそうじゃ。だが、こうして実際にあなたと対面してみると、わしにはもっと重傷、いやいや重篤に見えるのじゃ」

「どういう意味でしょうか、何の比喩ですか？」

「有害な思想をもったデキモノじゃよ。ついてはわしがその忌々しい有害物を潰して進ぜよう」

「そのようなデキモノがあるのでしたら、自分で潰してみせます。それにそもそも私の面皰のどこが有害なのですか？」

「いやいや、あなたは文学の鼻にできた面皰を潰すどころか、陸軍中尉の地位を潰したではないか。そして、ますます文学にのめり込んでいったのじゃ。

だが、あなたの鮮烈なデビューは一過性だった。デビューから逮捕までの四年間、作家ドストエフスキーに何が起こったのか、これこそが推理小説の恰好の題材となる事件じゃ。

フョードル・ドストエフスキー、あなたは自尊心をしこたま傷つけられて、さぞかしつらかったろう。わしが証明してやろう。よくよく聞くがよい」

「長官殿、私はあなたの推理小説なるものを聞く耳を持ち合わせていません」

「まあ、わしのいう事を聞きなさい。これは命令じゃ！」

「………」。小生は『審問は始まったばかりだ』と、自分に言い聞かせた。『何ですって、あなたに命令される筋合いはありませんよ！』と、かつての『火の玉フェージャ』のように暴走しそうになるのを辛うじてくい止めた。

「まあ、聞くがよい。あなたは文壇生活を始めて間もなく、まるで毒気にあてられたように人間らしい生活を忘れ、正気に返る暇もないほど疲弊していったそうじゃが、まあ、わしの分析によれば、前借りしては原稿で返すという文筆生活があなたを借金地獄に貶めたということじゃ」

「長官殿、私は職業作家としての労苦は厭いません。貧乏は覚悟の上です」

「じゃが、あなたは貧乏生活を一気に解消するために自費出版を計画した。ところが、『貧しき人々』の次の作品は意に反してどれも評判が良くなかった。失敗の原因はあなたを葬り去らんばかりの批評の狂騒というやつで、これでは読者も商人もついてきてくれない。信用が無いとお金の工面も難しい。貧窮するあなたは、急ぎの執筆を余儀なくされ、それに病気にも見舞われた。

そもそも、フョードル・ドストエフスキー、あなたはプライドが高く生意気ですぞ。今もそうだが、人を困らせる強情な人じゃ。あなたは文壇でも誰かれなく議論を始めだすと、たださえ強情に相手に逆らうばかりだったと聞く。文壇は狭隘《きょうあい》な世界、それに大変な噂好きだそうじゃ。あなたの気難しさと尊大な調子はからかいのお誂え向きの標的となった。文壇生活の困難はあなたを更に苛立たせ、神経質な病人にまでしてしまったということじゃ」

「秘密警察は何でも知ろうとするようですが、長官殿の話はどれも私の嫌疑とはほど遠い、いいえ、無関係なことばかりです。私の執筆活動や文壇生活を詮索する意図が分かりかねます」

「いや、そうでもないのじゃ。わしは動機の話をしているのじゃよ。

フョードル・ドストエフスキー、あなたの不安そうにあちらこちらに走らせる灰色の小さな眼と妙にひきつる青白い唇は、ふむふむ、恐らくデビュー当時も囚人となった今も同じのようじゃ。

あなたは自分の才能をあまりにも買い被り過ぎたのじゃ。自尊心と野心、これらはデビュー以降のあなたの強みとなるはずが、逆に弱みとなったのじゃ。文壇の輩はあなたの弱みを標的にしたのじゃ。どうかね？」

「秘密警察が人間の心理まで監視できるとは思えません。勝手気ままな論評に過ぎません」

「では、勝手気ままに、じゃが、真実を語ろう。

あなたのことを快く思わない編集者や文壇の仲間たちは、もともと浪費癖の強いあなたを放蕩という誘惑の谷に突き落としたということじゃ。なかには悪意のある者もいたろう。あなたは袋小路に追い込まれるように例の過激思想に走った。

面皰はどんどん膨れ上がり、今や厄介な腫瘍に変異しているのじゃよ。どうじゃ、ここまでは正鵠《せいこく》を射た分析だと思わんかね？」

「私の嫌疑とは全く無関係な分析です。それに自費出版の計画にどんな嫌疑があるのでしょうか」

「わしはフョードル・ドストエフスキー、あなたのことをあれこれ詮索し過ぎたようじゃ。今やあなたは手術が必要なほどの腫瘍に冒された状態で、とうとう囚われの身になったのじゃ。どうです、今ではあなたは後悔なさっているのではないかね？」

「後悔しているのは逮捕で中編の作品が中断したことと借金がそのままになっていることです」

「では、どうです、今、この場で、あなたが皇帝陛下暗殺という陰謀の一味について証言されては如何じゃ。そうすればあなたの後悔も解消できるというもの。

何もかも正直に話しては如何かな？　自費出版を手助けすることも考えよう。そうすることがお互いのためになるということじゃ」

「私に恐ろしい嫌疑がかかっているぐらいのことは判っています。しかしながら長官殿、私にも覚悟ができています」

「何、覚悟じゃと？」

「ええ、覚悟です。そもそも陰謀など何もなかったのです。一切なかったのですから、その代わりに、私はもっぱら文学や経済学の議論に参加していたことはすぐにでも立証できます。私が無実であることは自分で判っていることですから、むろん嫌疑は一瞬のうちに片付けられます。そうではありませんか」

「ちょっとお待ちなさい、フョードル・ドストエフスキー。あなたがそんなに早口で神経質に、感情むきだしに全面否認なさるとは困ったものじゃ。そんな覚悟はまっぴらじゃよ。わしは冷血漢ではない。あなたには嘘偽りなしで好意的なのじゃよ。

それでだが、どうです、あなたの所属したペトラシェフスキー・サークルについて話してくださらぬか。洗いざらい正直に、じゃ。

お分かりいただけると思うが、こうしてあなたをお呼びしたのは、あなたを特別に考えてのこと。自白なさったほうが何層倍も有利だからじゃよ。あなたに対する嫌疑もなかったことにしよう、どうじゃ！」

「ミハイル・ペトラシェフスキーと私とは親密な付き合いをしたことは一度もありません。私には長官のおっしゃる自白の意味するところが理解できかねます」

「ほう、自白の意味が分からないとは困ったものじゃ」

「私が力によって革命を起こすことを望み、怒りや憎しみを煽り立てていた証拠をつかまえるとおっしゃいますのなら、どうぞやってください」

「わしが証拠をつかまえるのは簡単なことなのじゃが、ふむ、その続きを聴こう」

「私は証拠を恐れません。どんな密告といえども私から何一つ除去することも、私に何一つ刻印することもできないのですし、あるがままの私を別の私にすることもないのですから」

「ほう、大した覚悟と自信だ。そんなふうに弁解されるとはあなたの文学の鼻の面皰、いやいや、すでに腫瘍に変異している厄介な思想は今すぐに取り除かねばならないのじゃが、ふむ、どうしたものか、困ったものじゃ」

「長官殿が何を困ることがありましょうか。困っているのは私の方です。私の毎日の時間の半分は生計の手段である文学の仕事に取られ、残り半分は絶えざる病気、もう罹って三年近くなりますが、ヒポコンデリー発作に取られています」

「何、ヒポコンデリー発作じゃと。この発作は自分の健康や身体のことが大層心配で、実に心配で、とにかく心配で、いとも気になって、夜も眠れず、小説も書けなくなるそうじゃ。それで、『心気症』ともいうそうじゃ。

わしのような鷹揚《おうよう》な男には縁のない心の病じゃ。それでも小説を書くとは何とマゾヒズムなことか。わしはこのように思うが、どうじゃ」

「まあ、続きを聴いてください。そんな状況ですから、長編小説に対するエネルギーもそれを続けようという気持ちも、半月、ことによりますと、ひと月もふた月も中断されたりするものです。それでも当座のお金を稼ぐための仕事はしなければなりません。従って、友人知己と会うための時間はごくごくわずかしかありません。自分をコントロールするのがやっとの身の上なのです。そんな具合ですから一体全体いかなる理由で私は罪ありとされているのでしょうか！」

「よく考えたものじゃ、『心気症』を患っている囚人とは思えない弁解じゃ。だが、あなたの嫌疑を晴らしたことにならない」

「私の嫌疑とは何でしょうか。私が政治やヨーロッパのことや検閲などについて語ったからだとおっしゃいますなら、そもそも現代において、これらの問題について考えない、また語らない人がいるでしょうか？

長官殿は面当てに私の面皰を揶揄しますが、私に言わせれば、青い世代を代表しての義憤の象徴です。私がフランスの大変革を語り、現代の諸事件に関し敢えて判断を下していたにしても、それをもって、私が自由思想家である、帝政の反対者であると果たしてなるのでしょうか？

もし私に自分の個人的見解を述べる権利もしくは強圧的な意見に同意しない権利がないとおっしゃいますなら、私は一体全体何のために学んできたのでしょうか？

学問によって掻き立てられる知識欲は何の役に立つのでしょうか？

いやはや、とんでもない時代錯誤です。そのような誤謬こそが正されるべきです！」

「ほう、あなたは強気で率直だ。要するに、自白するつもりはない、そもそも罪はないと主張するとは困ったものじゃ。

フョードル・ドストエフスキー、あなたの文学の鼻の面皰は腫瘍になっても、鼻柱だけはまだまだ強いようじゃ。

しかしですなあ、陰謀がなかったとは言わせませんぞ」と言うと、マルメラードフ長官は秘書官から書類を受取った。

「現に、フョードル・ドストエフスキー、あなたたちが毎週金曜日に、決まったメンバーが、決まった場所に集まって、どんなことを話し合っていたかはすべてこちらの把握しているところじゃ。この密告文書に書いてある通りじゃよ。

例のサークルの監視が十四ヵ月に及んだ頃、あなたたちの仲間の一人が我々の側に飛び込んできたのじゃよ、誰とは言わないがね。

その密告によれば、ゴーゴリーに、ベリンスキーに、それにスペシネフの名前がある。皆、あなたの嫌疑に関係している人物じゃ。

よろしいかな、フョードル・ドストエフスキー、皇帝直属官房第三部を甘く見ないことですぞ。あなたは自分の置かれている立場をよくよく考えることじゃ。今やあなたは国事犯の疑いをかけられておるのじゃ。しかも最重要人物の一人ですぞ」

「私を脅しても無駄です。私は囚われの身ですが、有罪が決まったわけではありません。そもそも、陰謀などありませんでした」

小生がサークルのなかに官憲のスパイが紛れ込んでいることを知ったのは逮捕されてから

だった。純な青年たちには秘密警察のスパイを見抜く力はなかったのだ。それにしても『密告者は仲間の一人だ』と嘘をつく秘密警察は何て卑怯な手を使うことか、小生は『スパイの親玉なんぞに屈してなるものか』と心し、長官を睨みつけた。

「その反抗的な眼はなんじゃ！　それに陰謀がなかったとは面妖なことも甚だしい！　いやいや、わしは事件の細部についてあれこれ尋ねるつもりは毛頭ない。わしの関心事はもっと核心的な問題、即ち、いくつかの事柄に関するあなたの態度のことなのじゃがね」と言うと、長官は立ち上がった。彼は背後の権威の象徴を一瞥すると、広い部屋をのしのしと歩き出した。

「よろしいかな、フョードル・ドストエフスキー。

皇帝陛下は限りないご慈愛から、かつてあなたに最高の立派な教育を受ける機会をお与えになり、あなたを工兵少尉補に任ぜられた。それはあなたが忠誠善良な将校に相応しく、立派に真面目に勤務なさると表明なさったからじゃ。

何しろ、皇帝陛下はあなたの学校の校長、卒業後はあなたが忠誠を誓って、見上げる立場の方だ。その皇帝陛下があなたの自白を期待しているのだよ。早めに観念してはどうかね」

「私には自白する理由がありません」

「嘘はいけないよ、フョードル・ドストエフスキー。であるのならば、理由はわしが考えてあげてもいいが、どうじゃ」

「結構です。理由がない事柄に理由はいらないと思います」

「大した弁解だ。ところで、あなたは陸軍省製図局を早々にお辞めになったようだが」

「ええ、一年で辞職しました」

「ほう、これは確かな事実として認めたね？

で、お辞めになった理由は？」

「身体の虚弱さと文学への熱意が退役した動機です」

「確か、あなたは中尉に昇進してから直ぐお辞めになったのですなあ。工兵学校を卒業してわずか一年、中尉に昇進の上の退職は軍人としての見栄ですかな？」

「いいえ、あの頃は見栄どころか、軍人の仕事に全く興味が持てなかっただけのことです」

「何と無礼な！

では、わしも言わせてもらおう。あなたの帝国陸軍中央工兵学校時代の訓練の成績や行儀の悪さから判断するとじゃ、そもそもあなたの軍隊勤務には無理があったということじゃ。何しろ行儀の悪さが原因で落第して一年進級が遅れた。

成績はさほど悪くないのに一部の教官に睨まれたからじゃ。確か、代数学と築城の教官の評価がすこぶる悪かったと聞く。わしの言う『すこぶる悪かった』とは、あなたの性格のことを意味しているのじゃ。まあ、わしがあなたの教官であったならば、あなたの無礼で不遜な言動は即刻退学ものじゃ。留年は自業自得じゃ。

ところでじゃ、あなたの行儀の悪さは製図局に勤務後も続いたようですな。その意味はお分かりかな？」

「文学への傾倒です。文学への志が優りました。退職は退路を断ったということです」

「ほう、正直でよろしい。あなたは貧困者用病院の侘しい環境から飛び出し、栄えある帝国陸軍中央工兵学校で学んだ。だが、無残にも軍人生活に馴染めなかったというわけじゃ。

あなたはペン一本で貧困と無名の時代からいきなり文壇に仲間入りを果たした。鮮烈なデビューに有頂天になってしまった。

だがあなたはあまりにも純粋で、うぶで、何かにつけて準備不足だった。例えば、文壇に集う上流社会の貴婦人の蠱惑《こわく》的な姿態《まなざし》にさぞかし戸惑ったのではないかね。しかしだね、あなたのような屁理屈をこねまわす若造はそのうちに相手にされなくなった。それに、あなたには浪費癖と賭博癖があるようですな。行儀の悪さがここでも出てしまったというわけじゃ」

「またしても私の生活分析ですか。国事犯と何の関係があるのでしょうか」

「まあ、わしの言うことを聞きなさい。あなたは相続権を放棄し、そのお金をもとに執筆活動に専念した。だが、あなたは高級酒場での玉つき遊びをお好みのようで、結局のところ、借金で首が回らなくなった。

だが何としたことか、あなたの文壇デビューは奇跡的な成功をおさめた。ところがじゃ、一気呵成に形勢逆転になるところが、もっとひどい貧窮事態を招いた。さもありなん、何となれば、あなたの金銭感覚、それに女性に対するだらしなさが一向に改善されなかったからじゃ。

ここで敢えて言おう、フョードル・ドストエフスキー、そもそもあなたの文壇デビューはまぐれの当たりくじを引いたのじゃ。それがかえって徒《あだ》になったということじゃ、ハハハ」

「何という失礼な言いようよう。私は長官を名誉棄損で訴えます。でも、あなたの力で即時却下となるのでしょう。ここでは抗議だけにしておきますよ。

それよりも私の相続権の放棄は別の理由です、長官殿」

実はその時期の小生のペテルブルクでの生活は、父の遺産から定期的に送られてくる領地の地代もあり、劇場や音楽会に足繁く出かけたものだった。小生の金銭感覚を苦々しく思っていた後見人からは年に数千ルーブリが送られてきた。しかし、懐が少しでも豊かになると一気に緩むのが小生のはしたなさだった。放蕩を好み、早くも賭博に熱中した。当時の小生を虜にしたのはビリヤードだった。小生の暴走は生半可ではなく、五百ルーブリが翌朝には五ルーブリになってしまい、一方で、すり寄ってくる者には大盤振る舞いをした。小生の支離滅裂の所為《しょい》で借金は嵩むばかりだった。気づくと、小生は三年かかっても返せないほどの大層な負債を背負っていた。

小生は若者の無分別、「勘定しらず」という世評を生みかねないような一時金に甘んじた。わずかな一時金で領地と農奴に対する遺産相続を放棄したのだ。更に退官することで退路を断ち、『貧しき人々』の執筆に専心した。

すると、年上の義弟カレーピンが小生の退官は借財と諸事不始末のせいだと批難を浴びせてきた。『あまりシェイクスピアに熱中するな』と小生の文学への傾倒をなじり、『シェイクスピアなどはシャボン玉と同じことだ』と全くの無理解だった。カレーピンは早婚の我が妹には申し訳ないが、工兵学校の2＋2＝4の数学の教官よりも不愉快な奴だった。

小生はこまごまとけち臭いことを手紙にする財産管理人とは縁を切りたかったのもまぎれもない事実ではあったが、小生にとって農奴制に依拠する土地遺産から離れることは理論的必然だったのだ。自分の独立性を守り、地主権利の束縛から自由になることが必要だった。とは言え、若者の理想と現実には乖離があるものだ。高邁な思想の裏には借金地獄から逃れたいという切迫した事情があったのだ。この一時金の選択とその後も続く浪費癖が、雑誌に投稿すれば何とかなるという日雇いのような職業作家の究極の赤貧生活を招いた。かくして、禁欲生活とは全く無縁な小生は前借りと無心を繰り返す人間になってしまったのだ。

「それに……」

「それに、何だね」

「それらのことは私の逮捕とは全く別の問題です」

「いいや、そういうことではなく、あなたによくよく知ってもらいたいのは、こちらは何でもお見通しだということじゃ。あなたが農奴所有権を放棄したのは、農奴制は廃止すべきと考えている証拠でもあるからじゃよ。それこそ政治的思想の問題ということじゃよ。

それにしても玉突きで一儲けしようと考えるのはよしたまえ。それにどうやらあなたは根っからの女好きのようだが、プロの女性に金を貢ぐのは良くないことじゃ」

「………」

「あなたの沈黙は、察するに、まあ、玉突きも高級娼婦も文学者の嗜《たしな》みのようなもので、国家の転覆には何ら関係ないと思っているようじゃが、わしの言いたいのは人間の性根のことじゃよ。

あなたはすこぶるお人好しで、気前が良くて、人を信じ易く、実際的でない。ところが一方では、何に対しても好悪が激しく、人への猜疑心も競争心もめっぽう強い。何とも過激的で過剰にやり過ぎるのじゃ。これまた実際的でない。

あなたが作家を目指し鮮烈なデビューから逮捕に至るまでの数年間、あなたがお兄上に提案した翻訳事業も自費出版も残念ながら計画倒れになった。結局は先立つものがなかったばかりか、信用まで失ってしまったのじゃ。あなたは心身ともに追い詰められた。まあ、得てして実際的でない人間によくあることじゃ」

「お金に無頓着なのが私の欠点でもあり、美点でもあります」

「何という戯《ふざ》けた言い訳じゃ。あなたのように自尊心が強い人間は謙虚さが足りないのじゃ。あなたのように不遜で、口論好きの喧嘩早い人間がどれだけ周りの人々を困らせているることか。迷惑をこうむった証人はいくらでもおるのじゃ。あなたの友人にはいざという時、味方に付いてくれる者よりも、敵にまわる者のほうが断然多いようじゃ。彼らの何人かはのちのちの裁判であなたの過激さを、それは性格ばかりでなく、思想も含めてのことじゃが、証言してくれる手はずになっているのじゃよ。

わしの見立てではあなたのような性格は生涯変わらないものじゃ。それでだが、悪事を企む輩はたいてい性根が腐っているものじゃ。

あなたのお父上は元軍医だが、わしは道徳的な医者、それもとびっきりの名医でね。お父上は軍医を捨て、あなたは軍人を捨てた。生涯軍人を貫くわしの役割は腐った性根の人間を正し、社会の安寧を維持することじゃよ。

わしの軍医的見立てでは、フョードル・ドストエフスキー、あなたの性根は正す必要ありじゃ」

「私の性根は私が一番よく理解していますので、ご心配は無用です」

「ほう、よろしい。だが、わしはフョードル・ドストエフスキーよ、皇帝陛下をお守りするためにもあなたの性根を何としても正さねばならないのじゃ。

ところで、あなたが最初の作品でペンによって祖国に奉仕する才能をあれ程見事に披露した時、皇帝陛下はあなたの作品を激賞されたのだよ。

浄書しか取り柄のない、貧しい初老の小役人とその遠縁の孤児の娘という取合せ、それに往復書簡形式の物語は斬新で何とも軽妙なことじゃ。

『貧しき人々』は宮廷でも読まれて評判になったのじゃ。皆があなたに共感を示したのじゃよ。わしもその一人で、内容を解説できるくらいじゃ。

大事な書類をまるまる一行抜かして浄書してしまった主人公……はて、彼の名前をど忘れしたが……」

「マカール・ジェーヴシキンです」

「そうそう、そうだった。で、そのマカール何某は不意に閣下に呼ばれ、気も動転したのじゃが、この場面は誠に巧みな演出じゃ。

気の毒なことにマカール何某のしみったれたボロ服に糸一本でやっと止まっていたボタンが、何と不幸にもその金色のボタンがカラカラと音を立てながら閣下の足元へ転がっていった時の、何という恥辱……まるで今の囚人服姿のあなたのようじゃ」

「マルメラードフ長官殿、小説では『ボタン』とだけしか表現していませんが、地味な色がしかるべきでしょう。それにどうして私が恥辱を感じなければならないのですか。ここにこうして囚人服の恰好でいることは恥辱どころか、誇りですらあるのです」

「おや、反論ですか。恐らくあなたの言うことが小説の中の事実でしょう。だが、むしろ、金色の方が目立って面白いと思うのだがどうかね。いやいや、そんなことはどちらでもよいのじゃ。

　さてさて、フョードル・ドストエフスキー、その敵意剥き出しの貧相こそ誰の眼にも恥辱的に見えてしまうことをあなたは分かっていないのじゃ。何ともお気の毒なことか。それとも、誇りですらあると答えたのは社会主義者としての誇りですかな？」

「いいえ、そのような主義主張とは無縁の、言わば、人道的な立場です」

「ふむ、まあいいでしょう。さて、結末は如何ということだが、ぶざまな小役人の服の糸が切れて、床に転がる金のボタン一つに、我がニコライ皇帝陛下は百ルーブリどころか何と百万ルーブリ寄付しても結構なことだと。何とも御心の広いお方なのです。慈悲じゃよ、慈悲じゃ！

　フョードル・ドストエフスキー、あなたの処女作はかくも大層立派な扱いだったのじゃ」

「お褒めにあずかり、光栄ですが、百万ルーブリは長官の絵空事、そっくりそのままお返しします。大事《だいじ》はそこにあらずですから。

『貧しき人々』はプンプン臭うお金が勝利を収め、高貴な精神が踏みつけにされるところで終わらせました。でも、こんな時代こそ終わらせなければならないのです。私はそのことを見定めるまで書き続けなければならないのです」

「ほう、あなたの人道主義はいささか危険な臭いがプンプンするようじゃ。わしの言う大事もそこにあらず、じゃ。

さて、ところがどうじゃ、肝心かなめのあなたは名声に酔いしれて、有頂天になりすぎた。ペテルブルクの外れの狭苦しいアパートにお住いのあなたは、すっかりくたびれたフロックコートを着て、その袖が妙に短い。奇跡的なデビューはかえってあなたをしこたま青白い顔にさせてしまった。まるで病人のようになってしまったのじゃ。ヒポコンデリーという心の病のせいかな。

それとも、そうそう、ペトラシェフスキー・サークルのどなたかが証言してくれたのじゃが、あなたは時おり癲癇に襲われたそうですなあ。あれは発症すると、死を間近に感じるそうで、執筆どころではなくなるそうじゃ。

イワン・セルゲーヴィチはサロンでのあなたのひどい格好と病的な苛立ちを見て、あなたは医者の治療を受けるべきだと吹聴したらしいですな。憧れの貴婦人も、どなたとは言わんが、あなたから遠ざかっていったそうだが、誠に賢明なことじゃ」。長官は小生を凝視した。そして、不幸な人間をあざけるように続けた。

「わしも知ったかぶりをしているが、情報源を明かすとイワン・セルゲーヴィチじゃ。彼とわしとは遠縁の貴族でね。何と彼は二千人もの農奴の所有者だが、大した文人じゃ。将来はヨーロッパで生活をするという考えらしいが、そこだけはわしは気に入らないのじゃよ」

「長官殿、イワン・ツルゲーネフのことも私の生活分析のことも心配ご無用に願います」

「ふむ、しかし、今のあなたの囚人の格好は尋常には見えず、どこか病的じゃ」

「私が文壇の交友に堪えられなかったのは事実です。もっとも、イワン・ツルゲーネフのからかいは私への嫉妬だと思います」

「ほう、こうしてあなたを審問してみると、やはりあなたの欠点は過剰で過激な自尊心と名誉心だと分かるのじゃ。あなたのデビュー後の作品はいずれも皆の期待を裏切った。どの作品もあらゆる点でせっかちで、それでいて冗漫で、しかも疲れ切った頭で書いてしまったから奇怪千万という悪評だったのじゃ。温厚なわしですら吐き気がして読む気にもなれなかったほどじゃ。そう思ったのはあなたの逮捕後のことじゃがね。特に、デビュー一ヵ月後に発表した『分身』の主人公ゴリャードキンがいけなかった。彼を二重人格者として、病的に描き過ぎたのじゃ。まるで今のあなた自身のようにじゃ。

　名声の崩壊という奴はあなたを大いに落胆させた。それに貧乏神にもとりつかれ、とうとう病気になったということじゃ」

「長官殿、あなたは評論家気取りで小生をどこまでいたぶるつもりなのですか？」

「まあ聞き給え。文壇生活を始めて三年にもなると、あなたは方向を違えたことを悟った。わしの結論の行き着くところは、文壇での疎外感、持て余した苛立たしさがあなたをペトラシェフスキー・サークルに向けたということじゃ。

実際のところ、あなたは前借りと急ぎの注文仕事の重荷にもひしがれて、将来が見えなくなっていた。原稿代の前貸しという飴と鞭であなたは縛り上げられ、あなた自身が『貧しき人々』の一人となったのじゃ。

貧しきインテリゲンチャのあなたには新しい生活をもたらす、新たな何かが必要だった。それこそが西から降ってわいてきた空想だったという訳じゃ。これこそがわしの描いた『貧しき人々』じゃ。勿論、主人公はフョードル・ドストエフスキー、あなたじゃ」

「長官殿、あなたは審問にかこつけて、私の文壇生活を当てこすって何になるのですか。それにあなたは何故同じようなことを繰り返されるのですか？」

「ほう、わしの言い回しに気づいてくれたようじゃ。

では、ここで提案じゃが、どうです、まず療養され、その後、こちら側で書いてみるというのは？　そうすれば、あなたは今の貧しきモグラ生活、夜中に仕事をする習慣からも卒業でき、病気の治療に専念できるというものじゃ。となれば、あなたのライバル、金持ちの皮肉屋イワン・セルゲーヴィチも悔しがるに違いない。どうかね、ニコライ皇帝陛下の慈悲をお受けしては」

「せっかくの提案ですが、固くお断りします」

「政治犯が慈悲にすがることは何も恥ずかしいことではないのじゃよ。あなたは皇帝陛下に慈悲を求めるだけで、石をパンにできるのじゃよ？」

「長官はイワン・ツルゲーネフに負けず劣らずの皮肉屋のようですが、私のような玉突き好きは宮廷作家には向かないでしょうし、そもそものような畏れ多い立場になるつもりもありません。パンを求めるよりも自由でありたいのです」

「ほう、パンの道を断るとは何故じゃ？

あなたはペトラシェフスキーが狩り集めた人種とは違うのではないかね？

あなたのような真正直な人道主義者には、国からパンを得ても自由は保障しよう。だから、何もかも白状して楽になっては如何じゃ。祖国ロシア帝国に奉仕する才能を再び見せてもらいたいものじゃ、如何かな？」

「ロシアの運命は私にとっても何よりも大切です。しかし、率直に申し上げて、ペテルブルクの悲しむべき貧しき人々、農民階級の屈辱と隷属。かようなロシアの暗い側面に口を閉ざしてはいられないのです。浄書係の小役人の貧しさを黙って見過ごせと言うのでしょうか！」

「とんでもないことじゃ。そうした貧しき人々や虐げられし人々を救い、できるだけの慈悲をおかけになるのが皇帝陛下ですぞ。


いいですか、あなたは間違った道を歩んでいるのですぞ。ああいう愚劣な似非《えせ》博愛主義者とハッキリ一線を画してこそ、あなたは人間愛に溢れる作家としての任務を真に果たせるのであって、同時に皇帝陛下にペンで奉仕することにもなるのじゃよ。それとも貧者に同情し過ぎたかね」

「私のペンの奉仕はロシア国民に捧げるためです。この機会にぜひ主張させてください」

「ほう、あなたはわしの導きにも応じないつもりかね。まあ、この際だから何なりと言うがよい」

「これは作家としての私の反意です！」

「ほう、反意じゃと、大層なことじゃ」

「そもそも検閲官は明らかに悪意をもって原稿を調べにかかるのです。彼らは作家が何かを書き上げる以前に、作家をすでに何か政府に対する根っからの敵のように見ているのです。

ですから、原稿をあからさまにずたずたにできるのです。秘密警察官に負けず劣らず底意地が悪いのです。

こんな無慈悲な仕打ちには我慢がなりません。何とひどいことをしてくれるのでしょう。それは私にとって気が滅入ることです。それでも、生きていくためには書かない訳にはいかないのです。

よろしいですか、自分が慈しみ、そのために苦労し、健康までを犠牲にして、最善の精神力を傾注した作品が、偏見やあらぬ疑いのために、変更を余儀なくされたり、時には禁止されたりするのを見るのは、絶望的な辛さです。作家という存在が何か国家にとって不都合な、不明瞭な疑いありという偏見によって辱められているのはどうしてなのでしょうか！

よろしいですか、このような全く嘆かわしい検閲や監視をする秘密警察組織の責任者が長官であるあなたではありませんか！」

「それこそ何とも嘆かわしい弁解、それに帝政批判じゃ。フョードル・ドストエフスキーほどの作家が何でもかんでも検閲のせいにするとは、あなたはやはり病気のようじゃ」

「ええ、ご覧の通り、私は多分に病的です。恐らくヒポコンデリーを患っています。それでも、同時に、新しい作品を書けるだけの、心軽やかで愉しい時間を見出さねばならないのです。生きていくために、ロシアの民衆のために、です！

だからですよ、パンを求めるには私自身が自由であらねばならないのです」

「ほう、政治犯としての罪は認めないが、ヒポコンデリーの病気は認めるとは感心なことじゃ。

わしもあなたにぜひ釘を刺しておかねばならないことがあるのじゃ。即ち、ヒポコンデリーも厄介だが、腫瘍はそれ以上じゃ。腫瘍がどこにあり、どんな具合なのかは切ってみないと分からないからじゃ。だから切るのじゃよ。

いいかね、検閲は名医の執刀のようなもの、あなたが主張する偏見でも悪意でもない。底意地が悪いわけでもない。わしの執刀は国家安寧のためじゃ」

「マルメラードフ長官殿、あなたは無実の小生を何が何でも政治犯にしたいのですか？」

「ほう、あなたこそ異なことを言う政治犯じゃ。このままだと無実ではなく、堂々たる政治犯になりますぞ」と言って、長官は小生に歩み寄ってきた。彼は腕組みをしたまま小生を睨みつけた。

「ところで、あなたはとりわけ農民問題とか農奴解放に関心を持っているようですな。あなたは人道主義者であると同時に、いわゆる、何だ、そうそう、つい先ほども指摘したところじゃが、フョードル・ドストエフスキー、あなたは社会主義者じゃ！　しかも、悪いことに急進派のようじゃ。

　わしの関心は面皰ではなく腫瘍の方じゃ。わしは是非とも社会主義という悪しき腫瘍をこの手で執刀したいのじゃよ」

「いいえ、土地や農民のこと、それに社会主義を巡る議論には参加しましたけれども、それとて経済学と文学の興味からのこと。ただ、私は農民の一日でも早い解放の擁護者であることを、誰に対しても決して隠したりはしません」

「そこ、そのことじゃよ。あなたは作家ゴーゴリーに宛てたヴィサリオン・ベリンスキーの手紙を研究会の席で披露した。それも一度ならず、二度、三度とわが国を弾劾し、転覆をはかる卑しき手紙の朗読を重ねた。あれは腐敗した、不逞の思想じゃ！」

「そうではありません、長官殿！

　あなたのご指摘の通り、私は朗読が好きです。従い、美しい手紙を朗読したまでのことで、何ら他意はありません。

　もし、より善きものを望むのが不逞思想であるとおっしゃるならば、その意味では私は不逞思想の持ち主かもしれません。心の底から祖国のために善を望み、全体の幸福を望む者がすべて不逞思想の持ち主と呼ばれ得るなら、その意味で私は不逞思想の持ち主です。しかし、反乱や皇帝暗殺という陰謀に関しては、私は無実です！

誤解を恐れずに申し添えますが、私の人文学的思考について言えば、社会問題に関しては大いに書物を読み研究することが好きです。繰り返しますが、社会主義は経済学の一形態で、社会機構のための多くの方策を内容としています。それ故、私は興味を持ってそれらの書物を読んだのです。あくまでも社会的改良を目指すもの、民衆の一体化、全体の幸福を希求する人道的性格のもので、政治的には無害のものです」

「ほう、なかなかの詭弁じゃ。ふむ、全体の幸福？　つまり、あなたは我が国の民衆は人道的な導きがあれば、自律的な生活と自由な活動ができるとでも言うのかね」

「長官殿、私はそのようになり得ると確信しております」

「ほう、では尋ねるがフョードル・ドストエフスキー、あなたのお父上はどうして亡くなられたのじゃ、教えてくれないか？」

「残念なことに、非は農民たちにではなく、父にありました」

「ほう、いきなり結論とは不敵なことじゃ。

しかしですな、殺人は許されませんぞ！」。長官の四角張った赤ら顔が歪んで、一層赤くなった。小生は赤黒い、やせ細った顔をした、村の憐れな農奴たちのことを想った。

「おや、どうしました、顔色が良くありませんね。さてはお父上の悲劇を思い出しましたかな。それとも、急にヒポコンデリーの症状が出ましたかな？」

「いえ、大丈夫です」

「では、続けるとしよう。で、こちらで承知しているのは、お父上が農奴たちに惨殺されたという事実じゃ。お父上を殺したのは暗愚な農奴たちで、罪は彼らにあるのは明白じゃ。

彼らこそが貴族でもある、失礼な言い方だが、貴族の末席におられたミハイル・アンドレーヴィチを殺害した張本人たちじゃ。

六等官の元軍医殿をこんなやり方で殺害したとは何たる無礼。彼らの擁護者の中にあなたを見出すことは実に奇妙であり、残念至極じゃ」

「私は誰の味方でもなく、客観的な事実を述べたまでのこと」

「では、よろしいですかな。その客観的事実とは、数人の農民たちがお父上に襲い掛かり、お父上の口を布で塞いで、お父上を窒息死させたということじゃ。さらに泥酔死に見せかけたのだから重罪じゃよ。十年前の横死は、殺人事件としては立証されなかったが、その理由も皇帝直属官房第三部は把握済みじゃ」

「父は罪深い地主でした」

「そのお父上は村はずれの、樫の木の立っている畔《あぜ》に、野良犬のように棄てられていたのじゃ。それでも、フョードル・ドストエフスキー、あなたは農奴たちに味方するのかね」

「何と言われようと、非は父にありました」

「じゃが、あなたたちは事件にしなかった。明らかに殺人事件なのにどうしてじゃ、不思議なことよ。どう思うかね、フョードル・ドストエフスキー！」

「あれは父が起こした虐待のせいです」

「いやそうではあるまい。何故ならば殺人事件にすると、お父上の領地のなけなしの働き手が皆シベリア送りになるからじゃよ。だからあなたの伯父上が事件にしなかったのじゃ。そのおかげで、あなたたちは領地からの施しの一部を受け取ることができたというわけじゃ。あなたは帝国陸軍中央工兵学校の生活を続けることができ、卒業後は放蕩三昧ができた。あなたは何ともずる賢い、それに、罪深い青年ということじゃよ。

いいかね、フョードル・ドストエフスキー、あなたの放蕩と浪費癖は社会主義と同様に矯正しなければならない、そう思うが、どうじゃ？」

「これも私の逮捕とは別問題です」

「だが、性根の問題じゃ。いいかね、道徳的名医の考えでは、貧困というものは人をしばしば凶暴にするのじゃ。彼らは人間社会から棒でたたき出すべき輩じゃ。残念なことに、民衆は未だ愚かなままなのじゃよ。自由よりもパンをねだる輩じゃ」

「お言葉ながら、農奴たちに許し難い虐待をしたのは酔漢の父の方でした」

「あなたはお父上よりも彼を殺めた農奴たちを永久に弁護するつもりですか。どこまでも頑固なお人じゃ。だが、わしはその心情はよくわかる。何となれば、あなたはあなたを軍人にしようとしたお父上を許せなかったからじゃ。

で、敢えて尋ねるが、フョードル・ドストエフスキー、あなたはお父上の殺人に関しては無罪と言えますかな？　勿論、心の問題としてじゃがね。

要するに、これがあなたのお父上の横死の隠された真実で、あなたは既に親殺しという心の罪を背負っているのじゃよ」

「罪悪感は人につきもの。しかしながら、そのような心の問題も別件の話です。答える義務はないと考えます」

「心の問題は大事じゃ。あなたのお父上はかつて貧しき人々を助ける名医だった。ところが、そんな医者の奉仕よりも、土地と農民を所有する、貴族の地位を優先した。お母上が亡くなるや、お父上があなたを帝国陸軍中央工兵学校に無理やり送り込んだ。

貧困をよく知るあなたは、貧困者に手を差し伸べなくなったどころか、虐待に走るお父上が許せなかったのじゃ。あなたはお父上を恨み、あなたへの仕打ちではなく、お父上の生き方そのものを許せなくなったのじゃ。

実のところ、あなたもお父上と同じような憂鬱症で、猜疑心の強い人間になっており、そのことを知覚したあなたはあなた自身も許せなかったのじゃ、どうかね」

「国への奉仕者が貴族の地位を得たいと考えるのは罪ではありません」

「いいや、そうではあるまい。フョードル・ドストエフスキー、あなたは貧困者を助けなくなったお父上、逆に農奴を苛烈に虐めるお父上を、もっと酷に言えば、貴族の末席に胡坐をかく暴虐な酒乱のお父上を、その死を望むほどに憎むようになったのじゃ。

遺憾なことだが、今どきのインテリゲンチャは貧困、とりわけ農奴の貧困が許せないと憤慨して、すぐに社会主義に走る思想の貧困者じゃ。

で、あなたもご多分に漏れず、社会主義の信奉者になってしまった。それこそ空想的にじゃ。あなたはフランスからの社会主義とやらを信じ、全人類大同団結こそが最終的解決であると空想の実現に夢中になった。

ところが、おやおや、どうしたことか、それでは飽き足らず、あなたの社会主義は過激になっていった。まるであなたの性格のごとくじゃ。目的の達成のためには暴力革命を起こすこと、畏れ多くも帝政の転覆を計画する急進派に至ったのじゃ。これは陰謀じゃ！

わしはそのように考えるのじゃが、図星だろう」

「全くの作り話です。それこそ空想です。そもそも父の横死のことは私の逮捕とは全く関係のないことです」

「よかろう。では、話を肝心の事件に戻すとしよう。

わしが承知しているところでは、あなたは評論家ベリンスキーと袂《たもと》を分かったのだったね。

彼はついこの間、肺病でくたばったばかりじゃ。

いいかね、皇帝直属官房第三部はあなたの文壇デビューを後押ししたあの男のことも、外交官のペトラシェフスキー同様に国家犯罪人容疑で監視下に置いていたのじゃよ」

『とうとう本題を持ち出してきたか』と、小生は心した。

「で、尋ねるが、あなたと彼とはどんな関係だったのじゃ？」

「私が彼を知ったのは、私のデビュー作品を通じてです。彼は私の作品を激賞し、私に非常な関心を抱いてくれました。

最初の年はかなり親しく付き合いました。しかし、二年目は非常に疎遠になりました。三年目には彼と喧嘩をしてしまい、一度も会っていません。その頃、彼は病身で出不精になっていましたから」

「ほう、喧嘩別れですか。それは思想信条の確執というやつかね？」

「いいえ、そうではありません。私は全体の幸福がやがて訪れることを信じていましたし、今でも信じています。民衆の力を信じているのです。しかし、評論家のベリンスキーは違っていました。

そもそも、彼が私を評価したのは私の小説よりも、彼が私の小説に発見した社会への抗議だったのです。それ故に、彼は私のことを熱烈に歓迎しただけなのです。

彼は私に対してこの上もなく好意を抱き、私を公衆に対する証明、言わば自分の意志の裏書の如く考えていたのです」。小生は彼の常軌を逸した賞賛こそが小生の不自然な門出となったことを改めて思い出した。

「亡くなったヴィサリオン・ベリンスキーのことを悪く言うのは、はなはだ不本意ですが、彼は文学者としての私の才能も意義も利用価値があると評価していたのです。結局、彼の過激な思想は私を利用しただけでした。決別したのは私の方からです」

「ほう、今、評論家であるベリンスキーの思想を過激だと言ったね。ふむ、社会主義者にも色々あると言うことじゃ。批評界の大権威ヅラしたベリンスキーはあなたに最高の賛辞を与えた。ところが、その過激派は掌返しをしたのじゃ。あなたの文学の才能をこき下ろしたそうではないか。

曰く、『才能の濫用者、才能の貧困者』と、彼はあなたへの常軌を逸した賞賛を後悔していることを周りに吹聴したのじゃ。

これもイワン・セルゲーヴィチからの情報だが、全くひどい話じゃ。もっとも、デビュー後に執筆したあなたの作品は、あなたの意に反してどれもこれもことごとく悪評だった。世間の評価だけでなく、恩師のベリンスキーまでがあなたを蔑みそに言ったのじゃ。それで誇り高きフョードル・ドストエフスキー、あなたは傷つき、神経を冒された。

それに決別は評論家の彼の方からじゃと聞いておる。決別した理由はあなたの度外れた自惚れ、金銭面のだらしなさ、それに恩人に対して全く聴く耳を持たなくなったからじゃよ。

だからこそあなたは過激思想の評論家ベリンスキーに対抗するように、人格のみならず、思想までが過激化したのじゃ。わしの見立ては先程に言ったことと同じ結論に行き着くことになるのじゃが、どうかね」

「長官殿、やはりあなたはイワン・ツルゲーネフのような人だ。あら捜しがお上手です。それに何ともくどくどしいおっしゃり方をする」

「彼はあなたの天敵だそうじゃが、その物言いはわしの解釈を認めないと言うことか！」

「ええ、その通りです。長官殿の見立ては全くの的外れです」

「ほう、的外れとはよく言ったものじゃ。

それにしても、ヴィサリオン・ベリンスキーの死は不幸中の幸いだった。彼はわしがお縄にかける前に死んだからじゃ。だが、彼こそは幾万の首をはねてでも社会主義を実現すべきだと熱弁をふるっていた極左の無神論者じゃ。あなたがあの忌まわしい悪魔の誘惑に屈しなかったことを我々は把握ずみじゃ。だが、あなたは別の人間の誘惑には屈したのではあるまいか。皇帝直属官房第三部はすべてお見通しなのじゃよ。あなたがヴィサリオン・ベリンスキーを経由してどのように過激思想に走ったか、このことについては、まあ、徐々に断罪してやるさ」

「長官殿の持って回った言い方は意地が悪く、くどいです」

「ほう、ならばもっと意地を悪くするまでじゃ。

ときに、あなたは民衆の力を信じていると言うが、誠にお気の毒なことじゃが、民衆は字も読めない愚民じゃ。彼らは帝政下であれ、社会主義下であれ、統治の対象に過ぎないのじゃよ。パンとムチとで生かさず殺さずじゃ」

「お言葉ですが、ロシアに社会主義は未だ実現されておらず『生かさず殺さず』の考えは証明されておりません。そもそも民衆にパンを与え、自由と教育の機会を与え、彼らを幸福にするのが国家の役割です」

「その言い分は社会主義じゃ！　ついに本音が出たな！」

「いいえ、社会的改良を目指す、人道的考えに過ぎません」

「またしても詭弁を弄すとは食えぬお人じゃ」

「正論を述べたまでです」

「フョードル・ドストエフスキー、あなたがこざかしく立ち回るのもここまでじゃ」と言うと、長官は席に戻った。机に両肘をつけ、両手を厚ぼったい頬にあてがったまま、審問を続けた。

「ときに、フョードル・ドストエフスキー、あなたはニコライ・スペシネフを知っているね」

「博愛主義のミハイル・ペトラシェフスキーと幼馴染だということぐらいしか知りません」

「ほう、幼馴染、たったそれだけかね」

突如、長官は両手で頭を掻きむしった。腕組みをし、姿勢を正し、小生を凝視し、そして、言い放った。

「あなたは彼とは懇意のはずじゃ。それに、ミハイル・ペトラシェフスキーは博愛ではなく、社会主義者じゃ。わしが知りたいのは駆り集めの人種の中で皇帝陛下及び皇族を抹殺しようという意見を出したのは誰なのか、空想的なペトラシェフスキーの仕業ではないと見ているのじゃよ。

そこでじゃが、フョードル・ドストエフスキー、あなたは誰の仕業か知っているはずじゃ」

「仕業も何も知らないものは知らないのです。不毛な審問はおやめください」

「どこが不毛なものか。

では言うが、ニコライ・スペシネフこそサークルの中では極左に属し、皇帝直属官房第三部が危険人物として監視していた男じゃ」

「………」

「そこでじゃが、あなたがヴィサリオン・ベリンスキーと袂を分かった以降、己の精神を引き上げてくれる絶大な支配力を持つ人物を求め始めた。その人物こそニコライ・スペシネフだったのじゃ。

彼は金持ちの地主出身で、美男子でなかなかの役者じゃ。彼はサークルに入会するや自分のことをわざと秘密めかした立場で、謎めいた人物のように振る舞った。最初は燕尾服を着て、禁欲的に振舞っていた。

フランスのブルジョワ革命を境に、誰もが以前より大胆になり、辛辣になり、より執拗に暴力的反乱を要求するようになった。そうなると、平和的な道に固執するペトラシェフスキーの影響力は落ち、彼に幻滅した人たちがスペシネフのまわりに集まった。すると、彼は燕尾服を捨てて自分の過激な考えを堂々と明確にしていった。

フョードル・ドストエフスキー、あなたもこの謎の人物に惹かれた。彼は武装蜂起を目指す秘密結社の設立を企てる過激派じゃ。彼の悪魔的魅力にあなたは魅了され、屈したのじゃ」

「マルメラードフ長官殿、あなたはやはり空想するのがお好きな方のようです」

「まあ、こちらの情報をここまで明かしたのだから、イワン・スペシネフについて知っていることをそろそろ語ってくれないか？」

「知らないことを報告する義務はないと考えます」

「あなたが作家として再びペンを執るために必要な供述は何かをよく考えることじゃ。罪を悔いるに遅すぎることはないと思うがね。スペシネフが組織した秘密結社について、もう一度聞くが、あなたの知っていることを聞かせてくれないか」

「知らないことを報告する義務はないと考えます。悔いる罪もありません」

「なるほど、ものは言いようじゃ。ところで、印刷機の設置はどうじゃ、これには時間も金もかかるのじゃが、フョードル・ドストエフスキー、あなたはスペシネフの提案に協力したのではないかね」

「いいえ、それこそ何のことでしょう。

繰り返しますが、知らないことを報告する義務はないと考えます。そもそも不可能です」

「ならば率直に言おう。わしは印刷機が社会主義の宣伝に使われる前に、サークルの連中を一網打尽にしてやったが、印刷機が見つからないのじゃ。どこに隠してあるか教えてくれれば、情状酌量できるというもの。何せ印刷機の勝手な使用は罪が重い。それに何よりの物的証拠にもなる」

「知らないことをどうしたらお教えできるのでしょうか！」

「ほう、では尋ねるがフョードル・ドストエフスキー、あなたはスペシネフ・グループの革命家組織の七人組の一人ではないかね？」

「おっしゃっている意味が分かりません」

「あなたは八人目として友人をスペシネフ・グループに勧誘したね」

「何のことでしょう、記憶にありません」

「記憶にないとは無責任なことじゃ。フョードル・ドストエフスキー、わしが手を差し伸べても、あなたは仲間を裏切る勇気がないようじゃ。

ところでじゃが、あなたはスペシネフに五百ルーブリの借金をしたことは認めるかね？」

すると、秘書官が筆記の手を止めた。彼は引き出しの中から何かを取り出し、小生の方に近づいてきた。彼が自慢気に突き出したのは、スケッチ絵だ。

「彼に借金をしていることは事実です」

「ほう、やっと白状したね。あなたたちは金銭の貸し借りのできる間柄じゃ。それは何故？」

「独身の私がいつも手元不如意なのは、長官殿もご存じのこと」

「いや、借りた理由ではなく、借りた相手との関係のことを聞いているのじゃよ。よろしいかな、あなたは五百ルーブリの借金をすることで、スペシネフの言いなりになったのじゃ！」

「あり得ないことです！」

「借金のせいで、彼のために、例えば、そうですなあ、印刷機の設置や印刷物の配布を手伝う約束をしたのではないかね？　七人組の一員にもなったばかりか、勧誘する任務まで負った！　どうじゃ！」

「全くの事実無根です！」

「よろしいかな、あなたは自分のやったことを国家に報告する義務があるのじゃよ！」

「繰り返しますが、知らないことを報告する義務はないと考えます」

「あなた方二人は何度も路上で立ち話をしているところを目撃されているのじゃ。ほれ、ご覧の通り、街灯の下で一時間もおしゃべりをしているところを何度もスケッチされているのじゃ。日時と場所も明らか、これらが何よりの証拠じゃ！」

「そんなスケッチは何らの証拠にもなりません。誰でも、いつでも描けます！」

「このわしが認めれば証拠になるのじゃ！　道徳的な名医は法律家兼演出家でもあるのじゃよ。ほれほれ、フョードル・ドストエフスキー、あなたは陰気で、不服そうな表情をしているじゃないか。あなたの激情的な性質は政治的宣伝活動にはうってつけだと考えてのことじゃ。スペシネフは策略家じゃ。あなたのヒポコンデリーにつけ込んだに違いない。で、あなたはどんなことを頼まれ、何をしたのじゃ？」

「私は彼に支払いの延期をお願いしたことがあります。お金の無心と返済の先延ばしは私の得意とするところです。私のような日雇い作家にはなかなか即金で返せない金額であり、それに、彼は受け取らないのです。彼はそういう人間なのです」

「あなたのメフィストフェレスは皇帝陛下暗殺と暴力革命を唱える反逆者じゃ。それに彼は独裁者になろうと考えているのだから、彼こそ恐るべき悪魔じゃ」

小生は長官がスペシネフのことをメフィストフェレスに譬えたことで、スペシネフの檄を思い出した。

『情け容赦なく、沈着に、断固として敵どもを抹殺せよ！　もし革命がそれを要求するならば臆することなく、大胆に殺さなければならない。流された血こそが偉大な事業だ！』。小生は彼のことを改めてアナーキーな奴だと思った。

ニコライ・スペシネフを巡る噂は魅力に溢れていた。この神秘的ともいえるヨーロッパの放浪者は、曖昧で不可解な噂をまき散らすのが上手だ。ポーランド革命勢力と親密であるとか、ヨーロッパ革命の主要な指導者たちとのパリでの親交のこととかを、漠として披露するのだ。話のついでに誰も知らない秘密結社の名や社会主義者ルイ・ブラン、それにジョルジュ・サンドの名をちらつかせもする。いつのまにか彼の個人的権威は異常に高まった。小生も彼のことを謎めいた人物として、計り知れない高みに上げていた。

『ぼくが皆に恐れられるようになったのは、ぼくが得体の知れない危険人物に見えるからだよ』と、囁いた彼の言葉は一時期小生の心を支配していた。

「長官殿はやはり空想がお好きのようだ。ニコライ・スペシネフは親切にもお金を工面してくれただけですよ」

「ふむ、それだけかね。では、もう一度尋ねるが、あなたはどういう目的で評論家ベリンスキーの手紙文を読んだのか、その真意を聞かせてくれないか」

「美しい手紙を朗読したまでです」

秘書官が小生の傍らに来た。ノートを突き出しながら、今度は吠えた。

「これはあなたのアパートから押収した証拠品です！」

「ほれ、何とも腐敗した不逞思想じゃないか。せっかくだから読んで聞かせてくれないか」

押収された小生の創作ノートにはベリンスキーの手紙文が書き写されていた。小生は秘書官から証拠品のノートを受け取り、堂々と朗読した。

「『あなたは気が付かないのですか。ロシアが自分の救いを感じているのは神秘主義の中でもなければ、禁欲主義の中でもなく、文明、文化、人道主義の進化なのです。

ロシアに必要なのはお説教でもなければ、そんなものは聞き飽きています！　お祈りでもなく、それも飽き飽きするほど繰り返しました。民衆の中に人間尊厳の感情が目覚めることです。そうしたらロシアの民衆が本質的に深く無神論的な国民であることが判るでしょう』」

「止めい、そこまでじゃ！」と、長官が遮った。

小生がこのいわく付きの手紙文を朗読すると、いつも割れんばかりの拍手だった。だが、潜り込んでいたスパイの耳障りになったのであろう。サークルでこの美しい手紙を何度か朗読してまもなく、一網打尽に検挙されたのだった。

「あなたは朗読がお上手じゃ。特に、不逞思想の朗読は得意のようじゃ。それにどうやら今もこの不逞思想に心が魅《ひ》かれているようじゃ。これは有力な証拠になるというもの」

長官も秘書官も不快な表情で小生を睨みつけてきた。

「当時のヴィサリオン・ベリンスキーは病魔と闘いながら作家ゴーゴリに手紙を書きました。彼の最晩年の丸一年、私は彼に会うことはありませんでした。

絶交したとは申せ、彼は私の大恩人です。そんな二人の微妙な事情もあって、文学的好奇心が私に手紙を朗読させたのです。もし私に非があるとすれば、ほとんど偶然で迂闊な振舞いであったと懸念されかねないことです」

「やはり、あなたは強情な、ずる賢い人じゃ。いいかね、あなたは何軒かの家で繰り返し朗読し、それを同志に書き写しさせたことまで分かっているのじゃよ。あなたはスペシネフと結託してこの手紙を広く社会に知らせようと不埒な考えを抱いていたのじゃよ。

あなたがいくら否定しても、残念なことに、逮捕者からは裏切り者が出始めているのじゃ。誰とは言わぬが、時間の問題じゃ。さしずめ、ニコライ・スペシネフもその一人になりそうじゃ！」

「あり得ないことです」

「どうしてそう断言できるのじゃ。ああいう組織には裏切りがつきものだろうに」

「何となれば誰も罪に問われることを犯していないからです」

「断っておくが、虚偽も否認も罪状を重くさせるだけじゃ」

「私は罪に問われるような行為は一切していません」

「ふむ、そうですかな？」

「ええ、何なりと調べればよいでしょう」

「ほう、わしがどんなに譲歩しても、あなたは最後までしらを切るつもりらしい。では、よろしい。この審問の最後に、わしが何と言うかご存知かな」

「もう何を言われても怖くはありません」

「ニコライ皇帝陛下は裏切り者を血の中で踏みつぶすのは朝飯前でね。銃殺刑もシベリア送りも帝政のタナゴコロということじゃよ。

　後日、審理と裁判は厳正に行われるが、フョードル・ミハイロヴィチ・ドストエフスキーよ、あなたが自白しない限り、あなたの運命を変えることはできない。

　いいかね、よくよく考えたまえ、皇帝陛下もわしも今ならまだあなたを救うことはできるのじゃ。今でも遅くはないのじゃ、ニコライ皇帝のご慈悲にすがってみてはどうじゃ、わしが取り持って進ぜよう、どうじゃ！」

「マルメラードフ長官殿、皇帝のご慈悲やご指南の類は、皇帝を崇拝する人々にお与えください」

「皇帝の御心を怖れないとは、あなたはやはり反逆者、国事犯じゃ！

　いいかね、このマルメラードフを甘く見てはいけない。何千、何万もの悪人たちを箒で掃いてきたのじゃよ。今日の審問は皇帝陛下とわしの特別の計らいじゃったが、裏目に出たようじゃ」

　小生は今日の芝居の終わりを悟った。

「さてさて、わしの審問に正直に応じない罪は明白じゃ。つまり、こういうことじゃ」と言うと、長官は軍服のポケットからメモを取り出した。

『退役陸軍中尉、フョードル・ミハイロヴィチ・ドストエフスキーは悪逆なる企画に参加し、国家に対して暴力革命家、ヴィサリオン・ベリンスキーの不遜な表現に満ちた書簡を普及した。そして、多くの同志と共に手刷り機械の方法によって反政府的文書の頒布を企てたる罪は明白なり。よって一切の身分権利を剝奪の上、厳罰に処す』。以上！」。長官はメモから目を離すと、更に重々しく言った。

「で、厳罰とは何か。死刑もあり得るという事じゃ。我がロシアでは死刑は百年も前に廃止された。しかしながら、皇帝一族に対する殺人や殺人未遂には未だ死刑が適用されるということじゃ。どうじゃ！」

「マルメラードフ長官殿、全くの事実無根です！」

「ここに至っては、問答無用じゃ！」。二人は睨み合った。

「シベリア徒刑五年、いや十年ってとこじゃ。いやいや、あなたのような、弁も筆も立つ、強情な危険分子には二十年が適当じゃ。そうすれば、そのうちにくたばるだろうよ。だが、銃殺刑よりましじゃ。どうだね、観念したかね？」

「では長官殿、一つだけお願いがあります」

「この期に及んで何だね」

「紙とペンの差し入れを許可していただけませんか」

「ふむ、それはたやすいことじゃが、くたばる前に小説でもお書きになるのかな？」

「お許し頂けるならば、幸せな、気持ちの落ち着く作品を書きます」

「ほう、何ともあつかましい囚人じゃ。だが当然のことながら、もはや皇帝陛下がお読みになることはあるまい。

では、いずれ近いうちに裁判でお会いしよう。尤も、わしと会うまでに牢獄でくたばらぬことを祈っているよ」と言って、長官は右手で小生を追っ払うような仕草をした。長官は小生に背を向けると、ニコライ皇帝の全身像に恭しく拝礼した。


〈こうしてわしはようやく解放されたのだよ〉

〈ねえ、フェージャ、独房で小説を書くことを許されたのが幸いしたわね〉

〈あの時のわしは、独房の中でペンがなかったならば獄死していたかも知れなかった。長官の審問の唯一の成果だよ。それにしても監獄の中で何と心優しい物語を書けたのだろう〉

〈私もあの作品が獄中で執筆されたものとは思えないの。ヒポコンデリーを乗り切れたのも

その物語を執筆したおかげということよね〉
〈一方で裁判の方は何とも残酷に進行したのだよ。誰一人裏切り者が出なかった。それでもあのような無慈悲な判決が下されたのだから、事件は仕組まれていたのだよ。それにマルメラードフ長官の審問もその一つだと判ったのだよ〉
〈獄中の作品を愛でているどころじゃないわね。改めて、その後のことも聞きたいわ〉
〈皇帝の茶番のことだね〉

六ヵ月の予審委員会の審問を経て、十一月には軍法会議の審議を終えた。そして、十二月に入るや、早々に最終審を終えた。その間に何人かの被疑者が無罪放免となったという噂が出回った。兄が手紙で知らせてくれたのだが、兄ミハイルも弟アンドレイも小生が原因で逮捕されたが、早々に放免された。後で分かったことだが、囚人の誰もがこれだけの人数の被疑者を裁くには短期間過ぎると官憲側の意図的なものを感じていた。
法廷の真白に塗り上げられた正面の壁にも肖像画が掛けられていた。長身のニコライ一世の騎馬姿が見る者を威圧した。最終審を終えてもその場で判決が下ることなく、二週間、三週間と、不安な時が過ぎた。小生は判決がなかなか下らないことに不気味な作為を覚えた。

小生は八ヵ月間要塞に拘禁されていたが、容疑を全面否認した。完全な無罪を主張すること、そして、仲間の誰をも官憲に売り渡さないことを貫いた。どんな刑罰にも潔く殉ずる覚悟は被疑者全員に共通していた。

小生は監獄の独房の中で、『小さい英雄』という短編を書き上げた。モスクワ郊外の明るい田園風景を背景にした、淡い恋の物語だ。

逮捕前の小生は昼夜が逆になった不規則な生活で神経までやられていた。ところが、長官との審問で既に覚悟ができていたからであろうか、獄中では審問と消灯の時間以外は執筆に集中できた。小生は獄中でも作家であり続けた。マルメラードフ長官のペンの許しが皮肉なことに小生を救ってくれたのだ。

キリスト降誕の日を二日後に控えた未明、不意に眠りを破られた。そして独房での朝食を終えると二十一人の社会主義者は馬車に箱詰めにされた。

要塞の門を出てもしばらくはどこへ運ばれていくのか見当がつかなかった。皆やつれていたが生気は失せていない。早めに食った朝食のキャベツスープに珍しく肉片が入っていたことが話題になった。どうやら全員の椀にご慈悲が施されていたようだ。すし詰め状態の馬車の中でのひそひそ話……皆が死への出立であることをそれとなく自覚した。護送兵が「静かに！」と、容赦なく叫んだ。

囚人は八ヵ月ぶりに見る外界に引き込まれていった。長い通りを馬車で運ばれ、大勢の観衆の前にさらされた。囚人は立たされたままで、彼らの肩から上は群衆から丸見えだった。いくつかの通りを曲がり、さらに進んでいった。度を越した時間をかけての行進だった。いちばんはずれの遠くの方に広場が見えた。セミョーノフ練兵場だ。どうやらそこが目的地だと分かった。

小生は道すがら思った。馬車に乗せられた囚人たちはその見せしめの行進中もまだ自分の前途には果てしない人生が広がっていると希望をもっている。次の通りの曲がり角まではまだまだ相当の時間がある。こちらも物珍しそうに左右を見渡し、何千人もの物見高い群衆を眺めやる。群衆はこちらに目を釘づけにしているが、囚人も自分たちは彼ら群衆と同じような仲間だとそんな気がしている。一生に一度の光景だと目を凝らす。曲がり角が何度か過ぎ去っても、どれほど多くの家々を過ぎ去っても、広場にたどり着くまではそんなふうに考えつづけるのだ。だが、馬車が目的地に着くと、その広場の現実は冷酷で容赦がなかった。

雪が降りだした。

セミョーノフ練兵場は閲兵や教練のための近衛部隊の広場だ。今日は練兵場の広場を囲む土塁の外に夥しい群衆が集まっている。それはまさしく雲霞《うんか》のごとき群衆だった。シンシンと降る雪。それにしてもなんという冷徹な静寂さだろう。小生は群衆の中に兄ミハイルがいないか目で追ったが、雪にも遮られ、来ているかどうかも分からなかった。

護送兵が政治犯を馬車から降し、一人一人整列させた。やせ衰え、顔も黄ばんで、髭が伸び放題になったインテリゲンチャたち。詩人や法律家、技師、将校、官吏、ジャーナリスト、元神学者、そして作家だ。その中にはミハイル・ペトラシェフスキーもニコライ・スペシネフもいる。

そして、この時、小生の視界に入ったのは、運命を確信するものだった。政治犯が整列した前方に、壁を背にした数本の柱がかすかに見えるのだ。

政治犯たちは突如ちょっとした騒動を起こした。それは整然とした隊形のままで言葉によってなされた最後の抵抗のようなものだった。

「銃殺刑は一瞬で楽になれるさ」と、誰かが呟く。

「いや、ギロチンの方こそ、一瞬だ」と、誰かが続けた。

「まあ、失禁する首つりよりましだな」

「それにしても、死刑は重すぎる」

「ぼくたちはいったい何をしたというのだ」

「不逞な思想を抱いただけで罰せられるのだ」と言ったのは、小生だ。

「秘密警察の点数稼ぎさ」

「いやいや、深慮遠謀の帝政の陰謀だ」と帝政を揶揄する声が続いた。

「広場で死刑宣告をやるのだろう。皇帝による何て身勝手で、強欲な悪戯だ」

「間違っても、皇帝万歳と叫ぶなよ」

すると、間近で「社会主義万歳！」と叫ぶ声がした。「万歳！」「万歳！」とわざとらしい声が一斉に呼応した。小生も「万歳！」と叫んだ。

突然群衆の叫びが聞こえた。彼らも「万歳！」の大合唱だ。広場は万歳の目的が社会主義なのか皇帝なのか曖昧に混在していた。

「黙りなさい！」という護送兵の大声に死刑囚の声が止んだ。だが、群衆の「万歳」の声は尚も続いていた。

政治犯たちは練兵場に設けられた台に上げさせられ、隊列を組まされた。すぐ前方には柱がはっきりと見える。実に無慈悲に立っている。

「静粛に！　これより判決を言い渡す」。近衛兵の総司令官の声に群衆の「万歳」の声が止んだ。

一人一人に罪状と判決が読み上げられた。群衆に聴かせるための勿体ぶった死刑の判決は極寒の世界を一時間以上食いつぶした。

小生の罪状は八ヵ月前のマルメラードフ長官の言及通りだった。違ったのは懲役ではなく、死刑を言い渡されたことだ。

二十一人は氷点下の凍ての中で白い裾長の寛衣《かんい》を着せられた。これより死刑執行だ。ヨコ三列、タテ七列に並ばされ、小生は第二列目で死は目前だった。最初の三人が柱のところに連れていかれ、縄で縛られた。ミハイル・ペトラシェフスキーがその中にいた。彼は小生よりほんのちょっと早く逝くにすぎない。目隠しをされた彼らの次が小生の番だ。

「銃撃隊、前へ！」と、号令する声が聞こえた。六人の銃撃兵が柱の前、決して的を外さない間合いまで歩を進めた。小生は己の社会主義的信念に関する限り、良心に一点の曇りもなく死刑執行の刑場に立つことができた。その思想や観念を悔悟するどころか、むしろ、殉教者と感じていた。こうして、奇怪なほどに恐るべき確信を抱きながら、二十八歳にして忽然と人生を終えるのだ。

練兵場で死刑宣告を受けるとはどういうことか……金輪際死から逃れっこないということ。まもなく魂が身体から飛び出して、もう人間ではなくなるということ。そして死刑執行はそのことを確実にすることだ。

いよいよ残りの三分間で、それ以上命はないというとき、小生は何を考えたろうか……。「ヨーロッパでは公開処刑は興行的で気晴らしをする場だぜ」。ニコライ・スペシネフがサークルで話したのを思い出した。

公開処刑を執行する無慈悲な輩は、ラッパや太鼓の小道具まで持ち寄って、陽気な見物の群れを集めるという話だ。見物客は望遠鏡や双眼鏡や華やかなアクセサリーで処刑を楽しむ。音楽と観衆の異様な興奮の中で、異教徒は火あぶりに、王侯貴族はギロチン台にかけられるのだ。

それに比べれば、ここセミョーノフ練兵場での余興は「皇帝、万歳！」の喚声と死刑宣告だけで、ペテルブルクのしびれるような雪の中の群衆に相応しいし、こっちの方がよっぽどましだと思った。

すると、小生の脳裏に奇妙な考えがふと浮かんだ。

『人はいつか死ぬ、だから懸命に生きるのだ。もし永遠に死なないとなると何でも好き放題、やりたい放題だ。善より悪が勝ってしまうだろう。そのうちに生きているのが嫌になるだろうし、それに地球は人口を抱えきれなくなっていずれ困ることになるだろう。

こう考えてみると、人の死は人類の長い歴史にとって合理的な使命を果たしているといえる。だが、人間一人一人の人生にとっての死は、実に不合理で、不条理そのものだ。その死の原因が戦争だったり、疫病の流行だったり、犯罪に巻き込まれたりだと、尚更のことだ』

公開処刑と言い、人類の調和と言い、何とも不思議なことが脳裏をよぎった。

小生は、人間はいつか死ぬという合理的使命に則って、死の原因が何であれ、死の瞬間がどうであれ、死後がどうであれ、今まさしく堂々と死の不条理を全うするのだ。

高遠な芸術を創造していた頭とそれを支える胴体が、皇帝の銃弾によってもう直ぐ停止する。罪なき国事犯の頭と胴体が無に帰する、ただそれだけのことだ。小生は死の順番を毅然と待っていた。

「狙え！」という号令がかかった。銃殺隊は銃を構えた、まさにその時だった。

「ドドーン、ドドーン」と、太鼓が鳴った。そして、幾秒かの間があった。

「撃ち方、止め！」。突如、総司令官の声が練兵場に響いた。

「………」

「たった今、ニコライ皇帝陛下が死刑囚の諸君に助命を賜れた！」

「………」

「よいか、皆のもの、これは皇帝陛下の慈悲である！」。銃弾の炸裂音の代わりに、最後の土壇場になって皇帝の赦免状が突然読み上げられたのだ。

〈ついに本当の判決が伝えられたのだよ〉

〈フェージャ、天国と地獄を見たのね。命が助かったことの感慨はいかばかりだったのかしら〉

〈死刑執行を間一髪のところで免れたことで、特別な感情が沸き起こったのだよ〉

元死刑囚たちは唐突の命拾いに唖然とした。

続いて、総司令官はニコライ皇帝が特別に恩赦を賜った理由を明らかにした。囚人の多くが年齢的に若いこと、及び反乱が実行に至らなかったからと言うのだから、誠にありふれた陳腐な説明だった。小生はすぐに事の真相を理解した。と、群衆がざわめき、あちこちで騒ぎ出した。

「これは帝政ロシアの偽善の風習だ」と怒りの声がすぐ近くで聞こえた。理不尽な逮捕から死刑の宣言と中止まで皇帝の慈悲を示すための仕組まれた茶番だったのだ。この世にこんな生死をもてあそぶ芝居があっていいのか。

逆に、自分の命が図らずも帝政に委ねられ、明日の命の保証のない絶体絶命の境遇がそれこそ一気に解放され、一瞬にして命が助かったとなればどうなるのであろうか……。

「寸前で、恩赦で助かったのだ」

「これこそ皇帝陛下様のご慈悲じゃ」

「シベリア徒刑は特別のご慈悲じゃ」

「格別に良きことをなされたのじゃ」。そのような群衆の声が聞こえてきそうだった。

群衆が再び「皇帝万歳！」と叫び、拍手喝采をし始めた。茶番劇のわき役の役目を終えた馬車は、素早く監獄に向かった。小生は馬車が広場を去るまで「万歳」を叫ぶ群衆を見つめていた。

ところで、ニコライ皇帝の茶番には付録がついていた。銃殺刑の執行は近衛軍の総司令官が行ったが、実はペトラシェフスキー事件の被告たちが収監中に、その総司令官でもあった皇帝の弟が急死したのだ。後任がアレクサンドル皇太子で、彼が茶番劇の現場の責任者に任命された。ご指南好きの皇帝は従順な皇太子に最高の演技を要求したに違いないのだ。誰かが死刑囚を縛る柱の前方には穴が掘られていないことを指摘し、その意図も茶番の一環に違いないと興奮気味に言った。声の主は暴力革命家のスペシネフだった。

いやはや、こんな死刑の恐怖体験をすると人はどうなるのであろうか。刑場で泰然と振舞っていてもいなくても、それこそもう怖いものなしだ。何でも許されると悪事を働くか、ただ一度の人生の可能性をとことん追求するかのどちらかだ。

だが、おお、何としたことだろう！　このような人間の魂に対する残忍酷薄は全ての人がよく耐え得るものではない。最初の三人が柱から解放されるやいなや、その中の一人は青ざめて瞬時に精神に異常をきたしたのだ。小生は〝帝政許すまじ！〟と、心底思った。

命拾いした小生が徒刑地に赴く前、最後の手紙で兄に伝えたのはニコライ皇帝の残酷な気まぐれではなく、率直な決意だった。

『果たしてもう二度とペンを手にすることは無いのでしょうか？　ぼくは四年経てば可能性は出てくると思います。ぼくは落胆なんぞしていません。望みはまだ残っているのだということを忘れないでほしいのです。

だって、ぼくは今日一時間もの間まさに死の手の中にあったのだし、その間、死ぬものと思っていたし、最後のギリギリのところまでいったのです。それが今、もう一度生きているのですから』

翌々日の二四日深夜、小生は足枷を引きずりながら橇《そり》に乗せられ、シベリアの徒刑地、オムスクへ向けて旅立った。死刑が突如減刑になって二日後の慌ただしさだった。澄みきった冬の空気の中、雪原を超え、森をくぐり抜ける旅は小生の新たな人生の旅立ちだった。いやはや何とも切換えの早いこと。どん底にいた人間の再生への率直な意志が芽生えていたのだ。

オムスクへ向かっての二十日間の橇の旅は小生の心身の活力を取り戻してくれたのだった。もっとも、ほぼ生涯続く、小生への厳格な監視と検閲が始まったのもこの旅からだった。

〈ねえ、アーネチカ、このペトラシェフスキー事件はただ単にわしに降りかかった偶然ではなく、わしの運命がかかる事件を起こしたのだよ〉

〈皇帝との因縁に導かれたと思っているのね。皇帝が事件を起こさせ、セミョーノフ練兵場では小説をはるかに超える奇跡を演じさせた。

フェージャ、あなたはあのようなお芝居は生涯許せないのよね〉

〈あれのどこが奇跡なものか、偽善だよ。許せないのは皇帝そのものだよ。そのことについては最後に語ることにしよう。

ここで、アーネチカ、お前の出番だ。小説を超えた、もう一つの話に移るとしよう。わしの登場の際はくれぐれもお手柔らかに頼むよ〉

〈それは保証の限りではないわよ。でも、こちらは正真正銘の愛と真実の奇跡の物語よ。フェージャ、あなたと私との、一つ目の奇跡の話には覚悟のことよ、くれぐれもね、フフフ〉

二　賭博者

職員室の前の廊下の掲示板には真新しい印刷物が張り出されていました。私もその日を心待ちにしていた一人で、登校するや先客に混じって掲示板に見入っていました。恒例の月初めの成績発表は私たち学生を一喜一憂させ、次の試験への発奮材料にもなっていました。

私は一年前に父の病気が理由でやむなく師範学校を中途退学しました。手に職を持ちたいと考えた私は、両親の勧めもあって速記学校で学んでいるのです。

「アンナ・グリゴーリエヴナ、オリヒン校長がお呼びよ」

職員室の窓口から聞きなれた声がしました。声の主は担任のアレクサンドラ先生です。始業前でしたが、私は彼女に伴われて校長室に向かいました。

『何かご褒美を頂けるのかしら』。実際、私の成績は私にちょっとした期待を持たせてくれました。でも、それをご褒美と言うのでしたら、そのご褒美は全く望外なものとなっていく運命にあったのです。あら、少し先を急ぎすぎかしら……。

「おはようございます、オリヒン校長」

「やあ、アンナ・グリゴーリエヴナ、おはよう。あなたも朝は早いようだね。掲示板は見たかい？」

「はい、しっかりと見ました」。私は誇らしげに返事をしました。

「あなたは今回も立派な成績でした」。オリヒン校長は私の手をいきなり強く握りました。

「あなたは文学の仕事に紹介できるうってつけの、最も優秀な速記者ですよ」。私を褒める校長の手に更に力が入るのを感じました。校長の大仰な仕種は私を戸惑わせるのに十分でした。

「私の見立てに間違いはありませんわ」と続けたのは、アレクサンドラ先生です。私はいつもと違うお二人の雰囲気に気づきました。

するとオリヒン校長が「嬉しいことに、実はね……」と言って、手柄話をするような、でも、何か火急の用を私に託すような面持ちで、速記の求人依頼の話を切り出してきたのです。

速記の仕事はほぼ一ヵ月、毎日午後の四時間、但し、時間延長あり。明後日から依頼主の自宅で口述筆記を行うという内容でした。どうやら締め切りが差し迫って余裕がない日程のようです。

「報酬はベテランの速記者並みの厚遇ですよ」と言った後、校長が署名入りの依頼状を示し、仕事の依頼主を告げたのです。

「あなたは作家のフョードル・ドストエフスキーをご存じかな?」

「ええ、勿論ですわ。今流行の『罪と罰』の作者です。虚無的な主人公ラスコーリニコフの生みの親です」

私は作家の直筆の依頼文と署名に接したその瞬時から大変な興奮状態に陥っていました。

先生たちは顔を見合わせました。そして、校長は私をまじまじ見ながら言うのです。

「ほう、あなたは主人公のことを虚無的だとはっきり言いましたね。その通りだよ。この際だから私もはっきり言っておきますが、私はニヒリストのどんな観念も老婆殺しを正当化できないと考えているのだよ」

「校長先生、本題からそれていますわよ」

「これは失敬。私も『罪と罰』の熱心な読者なものだから、つい力が入ってしまったようだ。アンナ、あなたのような優れた学生が『罪と罰』の作家の速記者ともなればわが校の誇りです。何とセンセーショナルなことでしょう。学校にとっては箔がつき、勿論、あなたにとってもきっと魅力的な話ですよ」

二人はまたぞろ顔を合わせました。私にはその意図がすぐに分かりました。

「だが、ちょっと心配なのは、作家はラスコーリニコフ以上に変人らしいのだよ。アンナ、あなたには予め言っておきますが、依頼主はシベリア流刑を十年も経験した元政治犯で、今もって社会主義者かもしれないのだよ。そういう経歴の持ち主ですから、過激で、偏屈な性格の作家としても有名だよ。

それに彼は今もって秘密警察の監視対象者であることは間違いないね。

おやおや、どうして秘密警察だなんて恐ろしいことを言ってしまったのだろうね。正式にはアレですよ、えーと、そうそう、皇帝直属官房第三部のことですよ。あそこの人間は唐突にやって来ては、『皇帝官房だ、逮捕する』の一言で、罪があるかどうかもはっきりしない民衆を根こそぎ連れて行くのだからひどい奴らだ。

ここで、はっきり言いますが、私たちが元政治犯の作家を速記で手助けしたからという理由で秘密警察に連行されることはないですよ。だからアンナ、あなたは心配しなくても良いからね」

「………」。オリヒン校長のどこか矛盾した勇ましい言葉に、私は答える術が見つかりませんでした。すると、アレクサンドラ先生が間髪を入れず話を続けました。

「それに依頼主のフョードル・ドストエフスキーは今や有名作家となったのに、お金には大層困っているという噂よ。何でも外遊のたびに賭博に夢中になっては負けているそうよ。それに女性、特に若いお嬢さんにはすぐに心魅かれるという噂よ。

まあ困ったことね。でもアンナ、私たちは作家の悪口を言っているのではなく、特徴を話しているだけよ。それにもう一つ、あの方には癲癇というなかなか厄介な持病があるらしいの。周期的に発症するから気が気でないわね。あなたの初めての速記の仕事としてはちょっとお気の毒ね」

　お二人とも異口同音に私の初仕事は荷が重いと感じているようでした。校長室は緊張感でいっぱいになりました。私は重苦しい雰囲気を感じ取りました。

「喜んで、お引き受けします」

「………」

「………」

「私にとって大変な挑戦になりますが、精いっぱいやります」

「まあ！」とお二人は驚かれたのですが、私は先生たちの期待と心配とを一気に解決して見せたのです。

「実は、つい半年前に亡くなった私の父は作家フョードル・ドストエフスキーの大のファンでした。私は病床の父の傍らで『罪と罰』をしばしば朗読しました。

　父は『お前が最後を朗読してくれるまで死なないよ』と言い、私は『ええ、物語はまだまだ続きますよ』と言って、励ましたのです。でも、母と私の願いは叶いませんでした。

　ですから私はこの依頼状を手に取った際、生前の父のことを思い出したのです。父はペテルブルクの名も無き、でも、娘にとっては愛すべき実直な役人でした。『貧しき人々』でデビューした作家を天才と激賞し、シベリアからペテルブルクへの奇跡的な帰還と文壇復帰に歓喜し、娘の私に作家の作品と人生を劇的に吹き込んでくれました」

「まあ、何という奇縁でしょう。これは実直なお父様が導かれたご縁ですわね」

「それにしても、アンナ、あなたは何とも頼もしい人だ。私たちも助かったよ」

お二人とも私の快諾を心配しながらも喜んでくれたのです。私たちは早速その場で難敵相手の仕事の予習を始めたのです。私への特別課外授業です。二十歳の私には不安よりも好奇心の方が優り、むしろ天にも昇る高揚を感じていたのです。

こうして一八六六年十月の運命の一ヵ月が始まりました。


翌々日、私は指定された住所に向かいました。私はこの邂逅が自分の将来の職業に繋がることを少しく期待していました。私は今流行のジャーナリズムの世界で速記の仕事を活かしたいと考えていたからです。『罪と罰』の流行作家が口添えしてくれたらどんなに頼もしいか、そんな夢のような望みを胸に抱き、目的地に向かって歩んでいました。

『亡き父が大ファンだった元政治犯の作家、フョードル・ドストエフスキーとはどんな人だろうか……初めての速記の仕事はうまくやっていけるだろうか……』

遠くの方からこちらを向いて立っている男の人が見えました。肉眼で彼の顔立ちがぼんやりと見えだすと、私の心臓は徐々に高鳴り、足取りが早くなるのを感じました。

依頼主はアパートの玄関前で私を迎えてくれました。今、ペテルブルクで最も有名なラスコーリニコフの生みの親を間近にし、私は何だか既によく知っている人に会いに来たような気持ちになっていました。

「ドストエフスキーです。あなたはアンナ・グリゴーリエヴナ・スニートキナですね」

憧れの作家は私の軽い会釈を確認すると、「よく来てくれました」と言って、両手を広げながら歓迎してくれました。私は非常に姿勢のいい中背の作家に微笑みました。

『変人、偏屈だと評判の作家は本当のところはどうなのかしら？　私の第一印象をどう見ているのかしら？』と、私は不安と期待、それに好奇心が入り混じった心持でした。

作家の赤みを帯びた明るい褐色の頭髪は、寝癖が付きやすいのでしょうか、それとも見た目を気にされるのでしょうか、たっぷりとポマードを撫でつけていました。灰色の眼はどこか不安そうで、いささか落ち着きがありません。目をしばたたく仕種はここのところ睡眠不足が続いているように見えました。唇は蒼白く妙にひきつっていました。

青い色のラシャのジャケットはかなりくたびれた感じに見えました。でも、カラーとカフスのついたシャツは、シミ一つなく真っ白でした。総じて、第一印象は思っていたほどは悪くはありませんでした。ええ、私はお二人の先生との過日の予習のせいで、作家のことを相当にひどく考えていたのです。でも、父親の影響で程よく調和され、失礼な言い方ですけれども、それこそ『百聞は一見に如かず』かしら……。

〈おいおい、アーネチカ、わしは第一印象をよくしたつもりなのに、『思っていたほど悪くはない』とは、ひどい言い草だね〉

〈いいえ、ひどいのはその後の展開ですよ。第一印象が無意味なほどの、とんでもない物語に発展していったのですから。思っていた以上の、それこそフェージャ、あなたの小説の題材になるような事態が私を待ち受けていたのですから。

私の方は一刻も早く速記術を試したかったものですから、気が気でなかったの〉

〈そうだったかなあ。多分、わしのいつもの悪癖のせいだよ〉

〈うぶだった私がその悪癖とやらにどれほど振り回され、それにやきもきさせられたことか、再現して見せましょう〉

案内された書斎には大きな書架を除くとほんの僅かばかりの家具が備えられているだけで、私には誠に質素な暮らしぶりに見えました。作家の机の上は実にきれいに整理されていて、決して広くない部屋に書籍類と文具類が几帳面に整然と並んでいます。私がいち早く理解したのが、作家のこだわりでした。巻タバコの入った小箱、数種類の新聞、それに手紙と使い慣れた辞典類と福音書、それらが全てその決まった場所に置かれているように見えたのです。部屋の主の矜持を感じた私は、早々に自分の速記術をすぐにでも披露してみたいという思いに駆られたのです。

次に印象的だったのは執務机の右端の小さな写真立てです。黒い喪服を着た痩せた女性が私を真剣な眼差しで見つめているのです。作家の奥様のマリヤ夫人が二年半前に亡くなられたことは生前の父から聞いていました。二人が大恋愛の末に結ばれたこともです。だからでしょうか、彼女の上半身の喪服姿からは未亡人となったばかりの悲しそうな、それでいてどこかほっとした表情が見てとれました。

すると、私の乙女心が敏感に反応したのです。というのは過日の特別課外授業での先生方のおしゃべりで作家がここ二、三年で幾つかの恋愛を経験し、破局しているとの噂を耳にしていたからです。先生方の課外授業には、作家は二十歳前後の活発な女性が好みのようだという嘘のような本当の話まで含まれていたのです。私はそんなことを想像する自分のことが恥ずかしくなりました。

「新調したばかりでね、どうぞ」。作家の促しに、私はハッと我に返りました。私は机の傍のひじ掛け椅子に座りました。その時、目の前の作家の素顔がはっきりと見えたのです。

間近で見ると、作家の目はどことなく不揃いなのです。それに、シベリア流刑で深く刻み込まれた皺が際立っていました。どこか実に謎めいた表情で、重苦しい印象を私に与えました。

「つい最近も癲癇の発作で倒れ、尖ったものにぶつかり右目をひどく痛めたのだよ。それで、かようなちぐはぐな眼つきになってしまって」と言って、作家はその時の災難を大げさに演じてくれたのです。私はよほどおどおどしていたのでしょうか、気を使ってくれたのです。

「いやはや、困ったものだよ」と、他人事のように弁解する、そのユーモラスな仕草は亡き父とほぼ同年配にも拘わらず、予想外に若々しく見えました。

「速記はどれほど学んでいるのかね？」

「半年と少しです」と私は間髪を入れず応えました。

「藁にもすがる思いなのですよ」。作家は友人の勧めで、速記学校に急遽求人依頼したことを打ち明けてくれました。その友人とは『罪と罰』を連載中の雑誌社の編集長です。「何せ、彼は『速記者を雇うと仕事は三倍捗《はかど》る』と言って勧めてくれたのですよ。それで、私は速記学校を訪問して、火急のお願いをしたのです。オリヒン校長は誠に親切な方でしたよ。私がどうして速記者を必要としているのか、ついでにここ数年の私のことを長々と話したところ、彼は大変同情してくれました。あの方は実に良い方だ。

そして幸運にも三日後に、学校の責任者の言うところの『文学の仕事にうってつけの、最も優秀な速記者』がすぐに駆けつけてくれたのです」

作家は少しく勿体ぶった様子をした後、

「その人があなたですよ、アンナ・グリゴーリエヴナ」と言うと、欣喜雀躍《きんきじゃくやく》したのです。でも、彼はすぐにその様に気づいたようです。直後に顎ひげをしきりに撫でたのですが、私には照れ隠しのように思われました。

『三倍どころか、五倍ですよ。さあ、早く試してください！』。私は嬉しくてたまらない感情と勇ましい言葉を押し殺し、神妙な面持ちを貫きました。

私は自己紹介を型通りに手早く済ませ、作家の次の行動を待ちました。そうすることが雇用主への礼儀だと教わっていたからです。ところが、作家は『文学の仕事にうってつけの、最も優秀な速記者』を前にしても、なかなか本題に入らないのです。

「口述筆記は初めてでね。悪徳出版業者の鼻を明かすためにも一刻も早くあなたの実力を知りたいのですよ」と言いながらも、しかし、どうしたことでしょう、作家は鼻を明かす理由を明かしもしないどころか、急にいらいらし始めたのです。そして、私が直ぐ傍にいることが頭にないかのように、書斎の中を行ったり来たりしだしたのです。

「こうして狭い部屋の中を歩き回るのが好きでね。ところで、実はね」と言って、作家は不意に実兄の死後に彼の抱えていた莫大な借金を背負い込んだことを吐露しました。そうかと思うと、突然もっと古い思い出話にも夢中になりました。工兵学校時代のこととか文壇デビューの話を続けたのです。そして、作家が自分の物質的困窮には恨みがましい態度を取らないことを、せわしく歩き回りながら、殆ど黒に近い濃い紅茶をすすりながら、それにひっきりなしにタバコをふかしながら、まるで自慢するように、でもしみじみと心を込めて語ったのです。

『この方は奇人変人の類かしら？　でも、何てお話がお上手なのでしょう』。私は作家の昔話に興味津々だったのです。

作家の饒舌は尚も続き、またまた話が逸れてしまいました。

『一刻も早く、私の速記の実力を試して！』と、私の心は逸りながらも、耳を澄ませている自分に興奮していました。

「ところで、アンナ・グリゴーリエヴナ、あなたは『罪と罰』は読んだことがありますか？」

「ええ、勿論ですとも。父は、半年前に亡くなったのですが、その父が大ファンでしたから。それに……」。私のチョットした躊躇《ためら》いのせいで、二人の目が合いました。

「私も先生の大ファンです」。私は自分の発した言葉に赤面したのです。

「親子で『罪と罰』を読んでくれていたとは実にありがたいことです。お父上にも最後の章まで読んでいただきたいのに、お気の毒でした。心からお悔やみ申します」。私と親子ほどに年齢差のある先生からの優しい言葉で、二人の距離が一気に縮まったと感じました。

お悔やみの後、先生は唐突に最近の目新しい話をしました。四月に起こったアレクサンドル二世暗殺未遂事件の犯人、カラコーゾフという現実の青年とラスコーリニコフという虚構の青年との類似性を指摘したのです。二人の年齢は二十代で、ペテルブルクとモスクワの差はあっても、最高学府の法学部を中途退学した極貧の元学生であること。どちらも厭世的で、いわゆる「心気症患者」のインテリゲンチャであることなどです。先生は面食らっている私に、さも自慢げに告白するのでした。

「何を隠そう、ヒポコンデリーこそが私の青春だったのですよ」と。そして、先生は世の中に出現したのは虚構の青年の方が半年ばかり早いと自慢することを忘れませんでした。

「現実の皇帝暗殺未遂犯人、カラコーゾフは裁判を経て九月に公開の絞首刑で抹殺されたばかりなのに、二人の女性を殺害したラスコーリニコフはシベリア送りにするつもりだよ」

「え、本当ですか！」

「小説を読めば自ずと分かること。裁判制度が改正され、新たに導入された陪審制の法廷は、小説という虚構の世界では何かと便利なのだよ。何せ、心神喪失の理論を展開できるからね」と言って、先生は中断している『罪と罰』の続きを尤もらしく語ったのです。その未知の物語に私の動悸は一段と高まりました。でも、何よりも私が驚き、嬉しく思ったことは、今日初めて会ったばかりのほんの小娘に対してかくも率直に話してくれたことです。

先生は二時間経ってようやく本題に入りました。

「実を言うとね、今評判の連載作品『罪と罰』の創作は我れながら信じられないような道のりを辿ってきたのだよ。昨年、私が三度目の外遊の最中、ドイツでギャンブルという鞭に自らを打擲《ちょうちゃく》させながらも、ホテルで飲まず食わずの状態で書き続けた作品なのです。何せルーレットと赤貧がこの作品の生みの親なのだよ。しかも、帰国後にどうにも文体が気に入らず、一人称を三人称にしたのです。もとの原稿を全て焼いてしまい、原稿は一からやり直しました。いやはや何とも思い切ったものです」。先生は一年前の艱難《かんなん》をまるで他人事のように、遠い過去の出来事のように振り返りました。

そして、ようやくのことで先生は『罪と罰』の連載を一時的に中断している理由を打ち明けてくれたのです。

先生は昨年の七月の外遊に際し、ある出版業者から三千ルーブリの借金をしたこと、その見返りに彼と取り交わした契約の履行が今や差し迫っていることを明かしたのです。契約違反は作家ドストエフスキーから著作権を奪うという罰が待っているのです。ですから、相手方は先生からの事前の契約の延期要請や賠償金支払いによる契約の打ち切りの相談には全く応じてくれなかったのです。

「新たな中編をその無慈悲な出版業者に渡す期限までに一ヵ月を切っているのですよ。でも、肝心の作品は下書きとちょっとした構想があるだけなのです。いやはや何とも困ったものです」

私はこの時初めて先生が速記学校に急ぎの依頼をした理由や仕事の期限が一ヵ月後に迫っている背景を知らされたのです。世間知らずの私ですらその契約の悪辣さを直ぐに理解できました。だからです、今や作家ドストエフスキーの速記者となった私の方こそ『いやはや何とも』と言いたくなりました。ところが、依頼者本人からは切迫感が見て取れないのです。『三倍どころか五倍ですよ！』。私はどうしたことか、いやはや何とも猛然と奮い立ちました。ところが、先生は何とも平然としているのです。それどころか先生は自らが逆境に強い性格であることを自慢し始めたのです。切羽詰まった事態での底力の発揮を『猫の活力』と表現しました。

「最愛の妻と兄を立て続けに失った悲しみと借金苦に晒されながらも、新たな生活を始めようとする絶望的なエネルギーのことだよ。私には不思議な力があるのだよ」と、誇らしげに言ったのです。私はまあ何という負けず嫌いの自尊心の強い先生の怠け癖の弁解だと思いました。でも先生の言葉を信じたのです。このエネルギーのせいか、先生が話に夢中になると十歳ばかり若々しく見えました。

「しかしね、このままだと『猫の活力』を全力で発揮しても自力だけでは到底間に合わないのです。まさに緊急事態なのですよ。だからこそ、アンナ・グリゴーリエヴナ、あなたの力をお借りするのだよ」

『だったら早く私の速記の、それこそ私の『猫の活力』を試して下さい！』。私は目で必死に訴えました。

時計の針は午後四時を指し示しています。私は自分の仕事に取りかかることもなく、作家ドストエフスキーと二人で何と三時間も過ごしていたのです。

先生は「お茶にしよう」と言って、同居人の二人を書斎に呼びました。この時になって四人が初めて一堂に会したのです。継子パーヴェル・イサーエフも忠実そうな女性使用人も私への好奇の眼差しがあからさまでした。彼の細面の整った顔立ちは、私に肖像でしか知らないマリヤ夫人を髣髴《ほうふつ》させました。でも、どこか虚無的で、やる気のない、不満顔に見えました。

先生は二人を私に事務的に紹介し、さっさと濃い紅茶を飲み干すと、「今回の作品の執筆は一秒たりとも無駄にできないのだよ」と、無駄口一つ叩かず、二人を書斎から追い出したのです。

「これまでの三時間は無駄に過ごした訳ではないよ」。先生は苦笑いしました。

「では、ちょっと、試してみよう」。先生の突如の促しと同時に、真新しいノートとペンが私に手渡されました。やっとのことで口述筆記が始まりました。試されているのは私です。

ついに『文学の仕事にうってつけの、最も優秀な速記者』を実践する時間がやって来たのです。先生は創作ノートを片手に書斎の中を再び歩き始めました。

『『とうとう、私は二週間の旅から帰って来た。一行がルレッテンブルクに移ってから、既に三日経っていた。私は皆が一日千秋の思いで待っていてくれるものと自惚れていたが、とんだ間違いだった』』と言い終えるや、先生は私のノートを覗き込みました。

「じゃあ、すまないが、復唱してくれないか？」

私の復唱は完ぺきのようでした。

「いやはや、どうやら現実の私の方の『一日千秋の思い』は叶ったようだ」と感嘆した先生の言葉で、私たちの覚悟が決まりました。

「アンナ・グリゴーリエヴナ、私たちの題材は私が外遊でトコトン痛い目にあったルーレットだよ。名付けて『賭博者』というのはどうかね！」

「まあ、とっても面白そうなテーマですわ」。私は興奮すると同時に、先生の賭博癖を覗いてみたい誘惑に駆られました。

翌日、私は三十分遅刻してしまいました。昨夜は清書に時間をかけ過ぎ、それに初めての仕事に興奮し、夜明けまで眠れなかったのでした。昨日の先生宅で起こったことが私を眠れなくさせたのです。母が起こしてくれなかったらもっと遅刻していたでしょう。

「もう来てくれないのかと思ったよ。さあ、始めよう」。先生は私の謝罪に、ひどくどぎまぎした様子でした。

先生は夜の間に『賭博者』を下書きし、昼間、それを速記者に口述して書き取らせます。毎日規則正しく四時間。夕方には速記者は自宅で速記を整理して清書し、翌日先生はそれを最終的に修正します。先生は日を追ってますます自分の助手に慣れ親しんでいきました。

これが初めての仕事なのに、私は最初のチョットしたコツを覚えると先生を喜ばせる術を心得たのです。先生の冗漫で冗長な口述にも直ぐに慣れ、忠実に素早く速記をすることができました。

私が速記者として大いに感銘を受けたこと、それは高名な作家ドストエフスキーの偉大な創作能力でした。好きな作家がすぐそばにいて、作家本人の口から登場人物に命を吹き込む言葉を聴かされたとしたら、それも際限のない表現力が今日も明日も活き活きと鮮やかに続くとしたら、それこそ何と幸運な巡り合わせでしょう。

それに先生は何と朗読がお上手なことか、私は書斎ではいつも新鮮な感動を覚えたのです。私は家でも清書をしながら更に感動し、次の日が待ち遠しくなったのです。

私は父の遺影を前に作家ドストエフスキーのこと、その日の彼との一部始終を報告するのが日課となりました。その間、傍らで母が微笑むのも日課になりました。

私たちには急速に揺るぎない信頼関係が出来上がっていきました。やがて先生はほぼ毎日一、二時間の残業を私に求めるようになりました。二人の間に深い友情が育っていくと共に、『賭博者』は大変な速度で進捗しました。

フョードル・ミハイロヴィチは書斎の中でもタバコと紅茶を交互に、かつ頻繁に飲んだり、吸ったりしました。私は彼がいつか胃か肺のどちらかを患うのではないかと心配になりました。そんな自分を滑稽に思いつつも、ますます彼のことが心配になるのでした。

フョードル・ミハイロヴィチと私は口述と速記と清書と修正を日々繰り返し、その都度に完成までの道程を指折り数えて創作の喜びと締め切りまでのちょっとした危機感を共有できました。彼は私の仕事ぶりを几帳面で素早い、それに特別に勤勉だと驚嘆の念を込めて褒めてくれました。私は彼のおだてに乗りました。

「フョードル・ミハイロヴィチ、小説は期限までに出来上がります。ええ、きっと、必ず。三倍どころか五倍は捗っていますわ。『猫の活力』はすごいです」。彼も私のおだてに乗り、口述と修正作業が滑らかになるのでした。その分、冗長さが加速されますが、ご愛敬というものかしら。

約束の期限が近くなるにつれて、彼はしばしば更なる時間延長を私に求めました。私は素直に従い、私たちは充実した時間を過ごしました。そのせいもあって私の自宅での清書は深夜にまで及ぶことになりました。そして敬愛する作家、ドストエフスキーの創作に幾分なりとも貢献できていることが非常な誇りになっていったのです。

私にとってフョードル・ミハイロヴィチの作品を速記・清書することは、彼の最初の読者でもありました。何て栄誉なことでしょう。彼の独創的な意見に比べると、周りの青年たちの話が何と空疎に聞こえたことでしょう。

二十歳の小娘の心にはフョードル・ミハイロヴィチはすでに敬愛すべき、天才作家の地位を占めていたのです。いいえ、そのようなお行儀のよい感情ではすまされなくなっていったのです。それがいつ頃からそうなったのかは、はっきりしないのです。気が付くと、私の最初の訪問時の心臓の高鳴りはある種の予兆だったと思うようになったのです。

生前の父によって醸成された作家への憧れが、実際のフョードル・ミハイロヴィチに間近で接するや、私の心はかつてないほどの途轍もない化学反応を起こしたのです。

ある時、フョードル・ミハイロヴィチは「そんなことを言える立場ではない」と照れながらも、「利口な妻より善良な妻を好む」と言ったのを機に、私は彼の健康、食物、衣服など暮らし向きのお世話をするようになりました。私は利口で善良な速記娘を演じたのです。

創作の期限が指折り数えるほどに迫った頃のある日、私は食堂から中国製花瓶と机上の写真立てが消えているのに気づきました。別の時には彼が木の匙で食事をしているのを目にしました。どうやら中国製花瓶も銀の匙も質に入れてしまっていたのです。フョードル・ミハイロヴィチは私の怪訝な表情を見て取ると、

「亡くなった家内は嫉妬深くて、癇癪が強かった」と、微笑みながら言うのです。

「……でも、凄く美しい方ですわ」

「あの写真はクズネツクで、未亡人になった直後の、私がマリヤ・ドミートリエヴナを最も愛していた頃のものだよ」と言うと、彼は私をジッと見つめて付け加えました。

「アレには悪いが、しばらく遠慮してもらうことにしたよ」

「まあ！」。彼は質入れのことは一切弁解しませんでした。私は彼のことが一段と好ましく思えてなりませんでした。

その日の夜、私は部屋で清書を終えると、ただならぬ思いに襲われました。フョードル・ミハイロヴィチはどうやら若くて、貧しい女性を妻に迎えてやれば、男は一生恩人として妻の感謝を受けることが出来ると思い込んでいるらしいのです。その証拠に『罪と罰』にはそ

のような男をヒール役で登場させています。フョードル・ミハイロヴィチはこの、男のみじめな性質に気づいて、彼の小説の人物に分け与えています。それに彼の眼差しはどこか哀願的で、それこそ家庭を築き子供をもうける最後の機会だと思い込んでいるようなのです。それに若い女性を好むという話は噂ではなく事実のようなのです。私は一層混乱しました。『ああ、フョードル・ミハイロヴィチ、あなたは何て人なの！』。あの方は崇拝できても、私には最も危険なおじ様なのです。あの方を受け入れるには最大限の覚悟と勇気がいるのです。私自身がある意味、『賭博者』にならなければならないのです。

『ああ、何としたことでしょう』。私の胸の高鳴りは一向に治まらないのです。私は既にあの方を心から深く愛しているのです……。

フョードル・ミハイロヴィチは気分が良い時は私を馬車で送り迎えをしてくれるようになりました。片道五露里の距離でしたが、そのための時間と費用の捻出が心配でした。でも、作家の気持ちを慮って彼の仰せに従うことにしました。

『賭博者』の完成は間近でした。その日の迎えの馬車はいつもより一時間以上も早い午前十時過ぎでした。それに値の張る箱馬車でした。

「すまないが、ちょっと話したいことがある」と言って、フョードル・ミハイロヴィチが馬車の中で不意にシベリア流刑の詳細を語りだしました。

ペテルブルクの街をあちこちと迂回しながらの彼のお話は、それこそは十年に及ぶシベリア流刑と最初の結婚がテーマだったのです。私たちが彼のアパートに着いたのは午後二時を過ぎていました。私は写真立ての所在を気にしながらも、そして、フョードル・ミハイロヴィチの思惑を何となく感じながらも、箱馬車の中での彼の話に引き寄せられたのです。


〈そうだったね。この話はおまえにはつらくて残酷だった。しかし、おまえには知ってもらう必要があったのだよ。

ああ、アーネチカ、わしが話すから、今一度、聞いておくれ〉

〈あの時も、あなたは長々と告白されてよ〉

〈今回は手短にやるよ〉

〈本当かしら、つらい話はほどほどにお願いしたいわ。でも、あなたはたっぷりとやるのよね〉

オムスクの監獄は西シベリア平原の西南部あたりに位置する。もうとっくに取り壊しが決まっている。なのに、未だに囚人を収監することを諦めない老朽のお屋敷だ。

囚人たちは寝板の上に直に寝かされ、睡眠の道具は枕とすり切れた毛布一枚だけが許された。そのうえ短い半外套を被るので足はいつもむき出しの状態だ。おまけに囚人の貴重な眠りの邪魔をする奴らがいた。そいつらは獄吏たちよりもたちが悪い奴らで、蚤、虱、油虫などの昆虫どものことだ。彼らは昼夜を問わず我が物顔で部屋の中をウロチョロしていて、野放図に振舞う。囚人は寒さと昆虫どもに一晩中震えている始末だ。

食べ物で配給されるのはいつもパンとキャベツスープだ。月に一度や二度、ひき肉が入る。獄吏たちは「運次第だ」と囚人たちに期待を持たせる。だが、いつも飢えている囚人たちが使い古しの食器皿の中に肉塊を一片でも発見することは、ほとんど不可能だった。

この活気のない田舎町は殺風景で樹木がほとんどない。いつも砂混じりの風が吹く。夏の暑さはひどく、冬は猛烈な吹雪に襲われた。

小生は獄吏と昆虫どもがのさばる廃屋寸前の木造の監獄で四年間を過ごした。監獄の塀の中での暮らしそのものも苦役に違いないのだが、獄外での労働と用足しは格別だった。特に厳寒での用足しはトンカチとノミが必需品で、経験して分かったことだが、厠でつつがなく用を足すことは第二の苦役だった。

作業は雨や砂塵や雪や霙の中でもつらいやつを当てがわれた。冬はシベリアの凍てつきで、しばしば手足が凍傷にやられた。特に、足の片方でもやられると作業どころではなかった。夏は夏で炎天下の作業は体を動かすのもつらい。薄汚れた手拭いはいつもヌルヌルしていて、ほとばしる汗を拭うにも全く役に立たない。それに濡れると、使い古した雑巾のようにひどく臭った。

それでも人間はどんなことにも慣れる動物だ。諦めも早いが慣れるのも早い。最悪の衣食住と作業環境の苦痛にも慣れることができたのだ。

だが、囚人たちにはもっと恐ろしい別の精神的苦痛が待っていた。獄吏の気晴らしともいえる命令、無目的な作業の繰り返しのことだ。それは水を一つの桶から他の桶へ移し、またそれを元の桶に戻す作業や、土の山を一つの場所から他の場所に移し、またそれを元に戻す作業のことだ。

獄吏の命令は実に気紛れだった。囚人はこんな屈辱と苦しみからは逃れた方がましだと考え、首をくくるか、それとも、悪事の限りを尽くしてやるぞとふてくされるものだ。それこそが懲役における労働のむなしさというものだ。こんなことだからたまに実際の土木事業に従事して、「これこそはお国のお役に立つ働きになる」と、獄吏に生真面目に命令されても、囚人たちにはむなしい作業に変わりはないのだ。

そもそも労働のやりきれなさは、その労働の物理的な辛さとか切れ目のなさではなく、むしろ強制されたもの、無理やりにやらされるものだからだ。

人は自由を求め、何らかの生き甲斐を求める存在であり、それなくしては生きていけない動物である。と言っても、そんな殊勝なことを考える囚人は稀である。ここオムスクの監獄に収監されている囚人はほとんどが刑事犯だからである。しかも凶暴犯ばかりだ。

彼ら殺人犯や強盗犯はここでは作業をサボることで獄吏に抵抗するのがせいぜいだ。刑事犯は獄吏をだまして苦役の現場からの一時的逃避というささやかな、しかし精一杯の悪事を楽しむことに一所懸命なのだ。

四年間のシベリア徒刑は監獄の中も外も苦役だった。だが、強がりでもなく、嘘偽りでもなく、この苦役に満ちた監獄生活こそが小生にとっての救い、言わば転地療法となった。しかも作家であり続けるための恰好の修業の場にもなったのだ。最悪の生活環境、死ぬほどに辛い作業環境が何故に転地療法だったのか？

『誠に幸運であった』と、小生は今でも心底思っている。

第一に、ヒポコンデリーに病んでいた小生の日常は意外にも監獄の規則的な生活と食事とで癒されたことだ。哲学者のカントは生きることと学問に固執する強い情念を堅持するために習慣というものを大事にしたと言われている。かの哲学者は午前五時に起床し、午後十時に就寝する。毎日決まった時間に決まった歩調で散歩する。彼の散歩は近隣の人々の時計代わりになったほどだ。朝は紅茶二杯、タバコ一服、朝食は取らない。

小生のペテルブルクの生活は昼と夜が真逆の、夜中の十一時に仕事を始めて夜明けに眠るという習慣であった。だが、ヒポコンデリー症状に悩まされだすと、昼夜の概念が全くなくなった、実にひどい状態が続いていた。紅茶もタバコも際限がないほど飲む。食事は二回取るが、朝食、夕食の概念を忘れるほど全くの不規則だ。

監獄の囚人は午前五時に起こされ、午後九時には消灯で就寝の時間だ。昼間の苦役で囚人の身体はすぐに睡魔に襲われる。もっとも小うるさい昆虫どもや夏の暑さや冬の凍傷には悩まされはしたが、これらとて慣れ得るもので、むしろ心身を鍛えてくれたと言ってもよい。決まった朝の時刻に起きて、決まった夜の時刻に寝る。小生は皮肉にも官憲の強制的な力による苦役という日課に耐えながらも、日常の健康を取り戻すことができたのだ。人はどんなことにも慣れる存在だ。人は苦しみや悲しみを習慣という名の力で克服していくものだ。

だが一方で、癲癇のような発作が不安定な頻度で起こったのも徒刑中だった。実に不定期に発症する癲癇のような症状が心配の種となった。その内に発症の予兆らしきものを体感するようになった。オムスクの医者に診てもらった際、環境のせいだと言われた。小生も本物の癲癇だとは認めたくなかったので環境のせいだと思うようにした。時たま起こる発作が癲癇なのかどうか、心配の種を放置したままとなったが、小生の健康は入獄前に比べ飛躍的に良くなっていた。

二つ目は囚人の中で暮らすという日常が、小生を徹底的な懐疑家、緻密な観察者に仕立ててくれたことだ。何となれば監獄には強烈な個性の持ち主で、劇的な運命を辿ってきた驚嘆すべき刑事犯がゾロゾロいたからだ。

犯罪者とはどんなものか、どんな顔でどんな性格をしているのか、彼らの実際の凄まじい体験を聞くと、人を見分けることが生死の分かれ目であることが理解できるというものだ。殺人犯や強盗犯がいつも傍にいて、彼らと寝起きを共にし、キツイ作業に一緒に従事することは実に恐ろしいことだと判る。監獄には小生の寝首を掻こうと不意に襲うような、あるいは作業中に突然悪さをしかねないような刑事犯がゾロゾロいたのだ。

彼らの最も顕著な根本的特性は非社会性であって、すべての道徳的本能、義務の感情、良心の完全な欠落だ。彼らは同情とか憐憫などという感情には見向きもしない。

例えばこんな具合だ。

「俺には生まれながらにして人間のもつ最も悪しき性格が刷り込まれていたのだよ。幼くして人生が信じられなくなり、世の中の秩序に幻滅し、悪事をやりだしたという訳だ。不条理という盃に口をつけた以上、自分が滅ぶまで手からその盃を離さないってことだ。それまでは混沌、無秩序のなかで、悪事の限りをつくすのさ」

「おれは世にも珍しい凶悪漢で、多くの老人や女子供を切り殺した。おれはどんなことでもしかねない。いったん気まぐれを起こしたら、躊躇なしだ。

おまえでも誰でも一刀のもとにやっちまってもいいのだぜ、と言っても、ここでは凶器が無い。だが、この手で十分だ。何せこのおれの肉体はおれと同じで、図太い代物だ。この比喩がわかるかい、おまえを絞め殺しても後悔の情などこれっぽっちも抱きはしないということだよ」

彼らは皆社会の下層出身の凶徒であって、野獣的な残忍性を好む。以前に虐げられていればいるほど、監獄ではなおさら自分の犯罪をひけらかし、牢獄の連中を震えあがらせたい欲求が強くなる。時には昆虫どもにも当たり散らすのだ。

正直に告白すると、社会主義的なインテリゲンチャが夢想するような民衆などオムスク監獄には存在しなかった。人間は目的をもって努力するものではない、ましてやより良き存在たろうと意志するものではない。要は、『人間は一匹の虱、それ以上のものではない』と、身に沁みて思ったのだ。ところが、そのような人間が時として美しき日々に向かって歩きだすこともあるのだから不思議なものだ。よくよく観察して、彼らの言い分を聞いてみると、この連中は非凡で、ロシアの民衆全体の中で最も才能豊かで、力強い人々であるかもしれないのだ。しかし、彼らは本来の力を発揮することなく、不法に滅び去ってしまって、今や取り返すことができないでいる。高潔な心、完全な自己犠牲の心を抱いている人間が同時に汚らわしい犯罪行為をなし得るのだ……。

こうして小生の心には歴史の淵に音もなく消えていく、名もなき罪深い人たちへの感受性が強く芽生えた。刑事犯に囲まれていることは世にも類まれな人間研究に値した。小生は新しいタイプの囚人や獄吏を見つけると、その顔つきや動作によってこれは一体どういう性格の人間なのかと探ろうと努めた。何故、何のために、どのようにして犯罪に手を染めたのか、殺人犯や強盗犯の犯罪の実行行為の実際や身の上話には危険を顧みず、聞き入った。

小生は独房でも監獄でも作家であり続けた。四年の徒刑を終える頃、苦役と観察を通じて、はっきりと分かったことがあった。自分には人間観察の才能があり、何かすぐれたものが書けるのではないかという自信を抱くようになった。自分が作家になったのはそれ相応の理由があるという自覚は、自分が世の役に立つためにはこの道をおいて他にないと信じるに至るようになったのだ。

三つ目は読み物と言えば福音書しかなかったということだ。小生は吹雪の中ウラル山脈を乗り越えた。すると何という幸運だったろう。途中のトボリスクという街で、二十年以上も前にシベリア流刑となっていたデカブリストの反乱貴族の妻たちが突如現れたのだ。流刑囚はこの街に集められ、ここから流刑地に分かれていく。彼女たちは新しい道に向かう政治犯を祝福し十字を切ってくれた。その後、一人一人に福音書、獄中で許された唯一の書物を分け与えてくれたのだ。

デカブリストの乱では五人の指導者が絞首刑、百二十一人がシベリアへの懲役流刑となった。

「九人の奥方が自ら願い出て良人の流刑地に移り住んだのですよ」と、彼女たちが教えてくれた。彼女たち自身は何の罪も無いのに、二十五年という長きにわたって司直の裁きを受けた良人たちが忍んだすべての苦痛に耐えていた。彼女たちは栄誉も富も家門も肉親の人々も全てのものを投げうって、自ら進んでシベリアまで良人の跡を追ってきた。

小生はこれらの偉大な受難者たちの一人とその娘と劇的に邂逅した。彼女たちも自ら革命に殉じた人たちだった。つかの間のぬくもりの空間の中で福音書を小生に手渡してくれたその姿こそは、まさしく気高い女神に見えた。デカブリストの妻たちからの贈り物は小生を救ってくれたのだ。福音書は徒刑中の小生にとって生きることへの問いかけでもあった。

小生はほとんど毎日福音書を読み、他人にも読んで聞かせ、何人かの無学な刑事犯にはこの本で文字を教えることもしばしばあった。小生は彼らに読み聞かせることを喜び、彼らが小生の言葉に耳を傾け、理解しようとしていることに喜んだものだ。時には、凶悪犯の心の内を聞くことがあった。

「わしは強盗のために押し入った家で一家を皆殺しにした。子供たちもお構いなしだった。そんな男が、今では監獄の窓から遠くの原っぱでかけっこを楽しんでいる子供たちを飽かずに眺めてばかりいるのだよ。すると、いつの間にか、ある幼子を手なずけ窓の下に誘い込むや、彼らとすっかり仲良しになってしまった。奇妙なことに、すっかり子供が好きになった」と。小生は福音書を通してキリストを学び、キリストを知ったことでどれほど幸福を感じたことか。どれほど心を癒されたことか。慈悲深いデカブリストの妻との巡り合いは小生の一生の思い出となった。あれほど福音書と向き合った日々はなかった。

思うに、善き思い出は人間を救うものである。その一つが文壇デビューの瞬間だ。この善き思い出は唐突で感動的であった。失敗したら大河に飛び込もうとまで思いつめていた小生が、一転して、あの讃辞に相応しい作家になろうと決心した白夜の出来事だ。その後の文壇生活は苛酷を極め、必ずしも思い描いた通りにはならなかった。しかし、あの善き思い出のお蔭で、作家としての決心は決して揺るぎはしなかった。

そして、今も心に残るもう一つは、マレーという名の百姓と巡り合ったことだ。小生には十歳の頃から毎年夏を過ごした村の思い出がある。小生が真夏の野で突如『狼が来る！』という幻聴に襲われた時のことだ。

「誰か助けて！　狼に食われちゃうよ！」。異常な恐怖におののく『火の玉少年』は我を忘れんばかりに地面をのたうち回っていた。するとどこかから何者かが颯爽とやって来た。いつも近くの畑を耕している百姓マレーだ。彼はゆったりと少年を抱き、少年の背をさすった。彼は少年の頬を軽くたたき、小さな頭をなでた。ただそれだけのことだった。少年は元気を取り戻すことができた。あの時の彼の皺だらけの顔の中の優しい目とゴツした強い手が、病的な少年を幻聴から解放してくれたのだ。

福音書とこれらの善き思い出は囚人の気を取り直させ、囚人を救ってくれた。懲役生活を耐え抜くことができたのだ。

四年間の徒刑生活は小生から多くのものを駆除し、又、小生に多くのものを植え付けてくれた。幸福は苦悩という代償を支払ってあがなうべきものであり、人は幸福のために生まれてくるものではない。人は幸福を常に苦悩を通してつかみ取るものだ。オムスクの徒刑は小生に自信と勇気と希望を与えてくれた。

四年間の徒刑時代は沈黙の時代だったが、小生はいたずらに口を閉ざしてはいなかった。創作への意欲は小生の魂の奥底を激しく揺さぶり続け、監獄の中でも作家であり続けた小生は一刻も早いペテルブルクへの帰還と文筆活動の許可を強く望んだ。

明日が出獄だという日の、日暮れ時のことだ。小生はこれが最後だと思い、塀に沿って監獄を一回りした。四年もの間、何千回とこの塀を回って歩いたことか。

『何という自由な日暮れだ。ペテルブルク帰還もそう遠くはないだろう。

忌々しい昆虫共ともおさらばだ。諸君らも達者で暮らせよ、あまり囚人をいじめるなよ。でないとしっぺ返しを食らうぞ。特に、刑事犯には気を付けろ。乱暴な奴らだから、わかるだろう！

そうだ、明日から新しい生活が始まるのだ！』。だが、そうなるには、更に数年の年月を経なければならなかった。

〈アーネチカ、わしの作家としての人生の転換はオムスクの徒刑生活なのだよ〉

〈その告白を初めて聞いてから十五年近く経つのね。あなたは作家になるために生まれ、その運命をずっと背負っているのよ〉

〈ありがたいことだが、実に重いものを背負ってきたものだよ。だが、そのお蔭でお前と巡り合った。おまえはわしにとって最高の善き巡り合わせだよ。

おまえはわしの全てを包み込んでくれる、やさしくて、しかも強い女だ。わしはおまえに何度救われたことだろうか〉

〈フェージャ、そんなに私を褒めるなんてどうしたの？

私もあなたに巡り合い、そして大層鍛えられたおかげで今があるのですから〉

〈そうかね。では、もっと鍛えてあげよう。すまないが、これからが本題だ〉

〈まあ、あなたはいつも本題を後回しにするのよね。でも、私にも覚悟はできててよ。ところで、この後の本題とやらは私に任せてくれないかしら〉

〈わしの狂おしい時代をおまえが物語るのかい。それはあまりにも酷というもの〉

〈フェージャ、あなたの本題の話は正直すぎて、箱馬車の中の私は衝撃の連続でした。あなたの告白が聞かされた者にとってどんなだったか、あなたも知ってくださいな〉

〈そうかね、それはすまなかった。では、アーネチカ、わしがおまえに物語ったという話を聞かしておくれ。わしにもそれなりの覚悟ができているから、遠慮なくやっておくれ〉

〈遠慮なんかしませんよ。ええ、あなたの真実を語るに遠慮は無用というものです〉


ペテルブルクに生まれ育った私にはシベリアは未知の大地でした。フョードル・ミハイロヴィチがオムスクでの四年の徒刑を終え、次の流刑地、セミパラチンスクの地名を口にした時、そして、辺境での軍隊勤務であることを知って、私はもう何度目になるでしょうか、箱馬車の中で官憲への怒りがこみ上げてきたのでした。

一八五四年三月、フョードル・ミハイロヴィチのシベリア常備軍第七大隊での一兵卒としての国境警備が始まりました。四年間の刑期満了の次は中国との国境に近いセミパラチンスクでの兵役が待っていたのです。帝政ロシアは徒刑を終えたばかりの政治犯を僻地に容赦なく追いやり、しかも無期兵卒として編入したのです。何と無情、無慈悲なことでしょう。

セミパラチンスクはあたり一面まったくの荒野で、町は駐屯の軍隊を合わせても僅か数千人の人口です。夏は長くて暑い。冬はオムスクより短いのに峻烈さはほぼ同じなのです。まわりはキルギス人だらけです。辺境の地に追放された直後のフョードル・ミハイロヴィチは、どこもかしこも退屈な人々が住んでいるように思えたそうです。

元政治犯に当てがわれた住いは質素な百姓小屋で、実に淋しいところにありました。部屋はひとつで、天井が非常に低く、二つある窓は裏庭に面し、いつも薄闇が立ち込めているのです。暖炉と寝台と小机、それにタンス代わりの板の箱があるばかりでした。

フョードル・ミハイロヴィチは孤独な生活、他人からは身を隠すような生活を覚悟しました。ほぼ五年間に及ぶ監獄生活は彼の額に深い皺を刻印していました。兵隊の外套を着ていても、シベリアに住む限りは依然として囚われ人だったのです。

ところで、この百姓小屋の周りにはときおり得体の知れない怪しい者がうろついていました。秘密警察の密偵と思しき人たちです。彼らは交代で忽然と出現しては消えるのです。どうやら密偵は複数人はいるように思われるのですが、困ったことに実際に本物の密偵なのかどうかを判別できないのです。

『小生の書簡は全て検閲の対象になり、小生の行動は監視されているのであろう。だが、奴らにそう簡単に尻尾を掴まれてたまるか』。フョードル・ミハイロヴィチは官憲との戦いは半永久的だと改めて覚悟をしたのです。

ここでの新たな懲罰的任務は前線勤務や軍事訓練や検閲などの軍隊勤務です。フョードル・ミハイロヴィチは昔の工兵学校時代の過酷な野営や観兵式の訓練、それに短くも退屈だった工兵局製図課の勤務のことを思い浮かべました。でも、元政治犯には希望の光が見えていました。

何よりの悦びは獄吏による窮屈な監視付きの身柄から解放されたことです。ここでは逮捕以来五年振りに一人きりになることができました。そして、ペンを持つこと、それに音信も許されました。オムスクでの四年間は福音書以外の書物を読むことも小説を書くことも禁じられていましたので、その空白を埋めるのにどんなに貪欲だったことでしょう。

フョードル・ミハイロヴィチは早速、お兄様と連絡を取り、ありとあらゆる書物、古典、歴史書、科学関係書、カントやヘーゲルの哲学書などをねだりました。勿論、お金の無心も始めました。そして創作活動の復帰の象徴として『死の家の記録』の執筆を始めました。

元政治犯は主人公を妻殺しの刑事犯に仕立てる構想を考え、しかも彼の遺品としてシベリア徒刑時代を綴った手記を残させるという巧妙さでした。妻殺しの刑事犯が残した『死の家の記録』は帝政ロシアの暗部を巧みに批判した手記でもありました。作家ドストエフスキーがあの懐かしくも恐ろしい凶悪な刑事犯たちと共に蘇ってきたのです。ですから軍隊勤務の心配事は一ヵ月も経たないうちに慣れてしまったのです。

ところが、ああ、何としたことでしょう！

辺境の地に追放されて間もなくのこと、フョードル・ミハイロヴィチの全人格を虜にする大事件が起こったのです。それこそは逮捕以降の監獄生活のもう一つの空白を埋める出来事でした。

元政治犯で作家の軍人は界隈の住民の興味を引いていました。とりわけ、何人かのインテリ婦人が彼の境遇に同情したのです。その中に彼を虜にする婦人がいたのです。その人の名は、マリヤ・ドミートリエヴナ・イサーエワ。

やがて、フョードル・ミハイロヴィチは彼女の一人息子パーヴェルの家庭教師としてイサーエフ家に出入りするようになりました。彼女の良人《おっと》、アレクサンドル・イサーエフは下士官上がりの町の税関の役人なのですが、その頃はほとんど職を失った状態でした。五十の坂を超した、がっしりとした体格でしたが、大変な大酒家で、始終酒浸りになっていました。むくみの出た顔の色は黄色というよりもむしろ青みがかっていました。フョードル・ミハイロヴィチによればアレクサンドル・イサーエフはもはや酒ビンの底に楽しみではなく、苦しみを求めているような人間に見えたのです。イサーエフ夫人も同情されるべき立場にあったのです。

折しも夫人とフョードル・ミハイロヴィチの巡り合いに化学反応を起こさせる青年がペテルブルクからやって来ました。その青年とは新米の州検事です。彼は十一月の末に着任するや、元政治犯を自宅に招待したのです。

「私はアレクサンドル・エゴーロヴィチ・ヴランゲリです。どうぞよろしく」。新米検事は満面の笑みを浮かべて、恭しく挨拶をしました。

「早速ですが、この木箱にはお兄様のミハイル・ミハイロヴィチから預かったお約束の品が入っております」と言って、彼はテーブルの上の大きな木箱を指し示しました。彼は著名な作家の役に立てたことが嬉しくてたまらない様子でした。

ヴランゲリ男爵も『貧しき人々』に感動した読者の一人でした。男爵はセミパラチンスクへの赴任が決まると、わざわざフョードル・ミハイロヴィチのお兄様を訪ねて行ったのです。お兄様にとっては渡りに船だったのでしょう、男爵に元政治犯の弟宛ての書籍類の入った木箱を運ぶことを託したのでした。

フョードル・ミハイロヴィチは木箱にすぐ気づいて初対面早々に激白したのです。一方の男爵は作家の唐突な激白は大変な驚愕ではあったのですが、同時に作家とすぐに親密になることができたのです。

「いやあ、これはありがたい」と謝意を示すのもほどほどに、フョードル・ミハイロヴィチは初対面の青年に深く秘められるべき恋について一気に、そして滔々と語り始めたのです。『貧しき人々』の作家の赤裸々な告白に、青年はハトが豆鉄砲をくらったような状態で聞き入ったのですが、当の本人は初対面の検事の驚きに全く気付いていないふうなのでした。

〈フェージャ、あなたは彼女のことを誰かに語らないではいられなかったのよね〉

〈わしの記憶では初対面の挨拶も謝意も忘れたほどだったよ。完全にのぼせていて、随分唐突な激白になってしまった〉

〈馬車の中でも同じ激白になってよ。私も驚いた一人よ。今でもよく覚えていてよ。女は執念深いのかしら〉

「実際のマリヤ・ドミートリエヴナは中背で、すこぶると言って良いほどの綺麗なブロンド女性です。あなたもお会いになれば一目で納得されることでしょう。やや細身のためか、いささか病的に見えますが、優美さを損なうことは全くないのです」

フョードル・ミハイロヴィチは軍服の中の狂おしい、しかも、絶望的な恋を新米検事の前では全く隠し立てはしなかったのです。彼の唐突な激白は青年が検事であることを意に介さなかったし、彼が検事であることを忘れさせました。それに、箱馬車の中の私が二十歳の乙女で、今やフョードル・ミハイロヴィチを好いていることも意に介さなかったようです。

「彼女は地方検疫所長の娘さんで、女学校を優等で卒業しました。セミパラチンスクの狭い社交界のご婦人方の中で一番教養があり、知識欲も強く、非常な読書家でもあるのです。彼女は『貧しき人々』に涙したと感激してくれました。大変愛嬌があって、立派な広い心を持っています。とは言え、ものに感じ易い女性で、熱情的で激しやすい人でもあるのです」。新米検事の表情は頑是ない子供のように輝いていました。

「私もぜひマリヤ・ドミートリエヴナにお会いしたいものです」。部屋の主の何とも柔和で好意的な表情を目の当りにして、元政治犯は更に熱くなりました。

「彼女は自分の運命を誇らしい態度で、不平なしに忍んでいます。失業中の、酒浸りの良人にも子供のために忍従しているのです。彼女の眉間に刻まれた小さな縦の皺は思いつめたような、不退転の決意を秘めていると思うのです。

そして、この憐れな、しかし魅力的な夫人に自分がまんざら嫌われているわけではないと夢見てしまっているのです」

元政治犯は嬉しくて図に乗ってしまいました。もう後には引けません。

「私のシベリア流刑という暗鬱な時代に、彼女はまさに忽然と出現したのです。彼女こそが私の魂を蘇らせてくれる女神だと信じて疑わないのです。私はその女神にすっかりのぼせているのです」

「フョードル・ミハイロヴィチ、あなたの女神を私も好きになるでしょう」

「勿論、そうなりますよ。ペトラシェフスキー事件で逮捕された際、私には泣いてくれる女性がいませんでした。囚人服の中にいたのは、唯一、ジョルジュ・サンド女史だったのですが、軍服の中に入り込んできたのが、マリヤ・ドミートリエヴナなのです」

その時、ヴランゲリ男爵は二十一歳、フョードル・ミハイロヴィチは三十三歳で、そして、かの人妻は二十八歳でした。参考までに、私は八歳でしたよ。

〈アーネチカ、許しておくれ。話さずにはおれなかったのだよ〉

〈フェージャ、あなたは馬車の中でも同じ弁解をしたわよ。そもそもあなたが私にヴランゲ

リ男爵のことを口にするのは余程のことよね〉
〈そうだったかな、いやはや何とも〉
〈こちらこそ「いやはや何とも」ですよ。少し長くなりますが、続きを聞いてくださるかしら〉
〈お前の話はわしの話でもある。聞かずにはおれないよ〉

「貴族の自発的国家勤務という、言わば若くしての人生修行のつもりです」と、帝国学習院を卒業したばかりのヴランゲリ男爵は彼の州検事への就任を控えめに語りました。

「アレクサンドル・エゴーロヴィチ、あなたは何て優しい目をしているのだろう」。フョードル・ミハイロヴィチには目の前の若者は単純と言っても良いほどに快活で、善良な青年に見えました。出世欲に憑かれたギラギラしたところが全くなく、それに正義や大義を振りかざして人を裁く人間から最も遠いところにいるような、むしろ、人のためなら労を厭わないような人物に思えたのです。

　ヴランゲリ男爵はこの地方での検事を皮切りに、国家のために有為な人材になろうという高潔なる理想に燃えていました。ノーブレス・オブリージュ、貴族の義務を何よりも優先する青年に思えました。戦場に赴けば、敵の銃弾を真っ先に浴びる尉官になるに違いないのです。

ヴランゲリ男爵の進学も父親の意向でした。貴族社会の子弟の習わしの一つとして、一般の大学に進学させるよりも帝国学習院や陸軍学校で学ばせて国家に奉仕する進路を選択させたのです。彼の場合は学習院生活にすっかり馴染めたのでした。

「国民的詩人のプーシキンは帝国学習院の一期生です。それにデカブリストの反乱を首謀した貴族出身の勇猛な青年将校の何人かも学習院の卒業生です」と、彼は誇らしげに語ったのですが、フョードル・ミハイロヴィチのことを明らかに意識していました。

その日以降男爵はフョードル・ミハイロヴィチを兄とも父とも慕うようになったのです。以来、フョードル・ミハイロヴィチは教練からの帰りや連隊事務所からの帰りにヴランゲリ男爵の家で夕べを過ごすようになりました。男爵に与えられた官舎は女性使用人付きで、部屋が幾つもありました。男爵がまだ帰っていない時は、外套のボタンを外して、キセルを銜《くわ》えながら、居間を歩き回るのを常としました。あの頃はキセルを好み、何か新しい考えが頭に浮かんできて、驚くほど陽気な気分になれたのです。

『刑事犯と慣れ親しんだ元政治犯も検事の家では悪いことはできまいと周りは見ているに違

いない』と、フョードル・ミハイロヴィチは何とも心地好い気分になれたのです。

ヴランゲリ男爵は最初の年を越す頃にはマリヤ・ドミートリエヴナとも打ち解けた間柄になっていました。すると、彼女は新米検事にフョードル・ミハイロヴィチと一緒に暮らすことを勧めたのです。でも、検事という公正な立場やお金の貸し借りの問題や何よりもお互いの生活リズムの差やそれに性格の差などの諸事情から実現しませんでした。

元政治犯の人妻への恋はスキャンダルです。人妻で用心深いマリヤ・ドミートリエヴナはどうやら男爵を監視役にしようと考えたのです。そんな彼女の意図を彼女自身から打ち明けられても、フョードル・ミハイロヴィチの恋は冷めるどころか、ますます熱くなっていきました。

実は、フョードル・ミハイロヴィチが工兵局勤務の最初の頃、お兄様によって同じようなことを強いられたそうです。お兄様は弟の金銭的な無能ぶりを心配し、医者と同居させて、彼の生活の監視を頼んだことがあったのです。その頃のフョードル・ミハイロヴィチは工兵局の俸給に加え、財産管理人からの亡父の遺産の送金があったため、お金は使い放題で、時には人に騙し取られたりして、あっという間に手元からすり抜けていくのでした。ビリヤード賭博に嵌《はま》ったのもいけませんでした。でも同居による監視は全くの無駄骨で、結局、フョードル・ミハイロヴィチが『貧しき人々』を本格的に執筆し始めると、医者の方から同居を解消されました。お兄様の目論見は失敗に帰しました。

それに彼が逮捕される少し前にも空想的社会主義のユートピアを求めて同居という共同生活を始めたのですが、これは自然消滅となったそうです。

そもそもフョードル・ミハイロヴィチが誰かと同居するには彼の生活リズムや性格が極端すぎるのです。相手方にも大変な困難が伴いますので、すぐにいや気がさすでしょう。伴侶になった私も時おりそう思うのですから、間違いのないことです。

ところで、その頃のお兄様は軍人を退役し、ペテルブルクでタバコ工場を経営していました。お兄様は工兵学校の体格検査で不合格となり、見習士官の試験に及第して軍人になったのですが、体格だけの比較ならば、お兄様の方が断然優っていたそうです。それはともかく、お兄様もフョードル・ミハイロヴィチと同じく、早々に軍人生活に見切りをつけたのでした。

早婚で子沢山のお兄様は扶養家族を養うためにタバコの事業を始めました。彼は不慣れな事業に追い回されていたのです。正直なところ、フョードル・ミハイロヴィチのたび重なる無心の手紙に返事を書く余裕など無かったのです。兄弟の書簡のやりとりは一方通行で途絶えがちでした。

ある時、フョードル・ミハイロヴィチはペテルブルクに赴く男爵に兄宛ての手紙を託しました。『他言一切無用、特に手紙の持参者であるアレクサンドル・エゴーロヴィチには』と文中の冒頭にわざわざ念押しをしていたのですが、この作戦がまんまと成功したのです。

その作戦とは、まず元政治犯の機微に触れる手紙が検閲もなく確実に相手に届くこと、その上で、ヴランゲリ男爵を通じてお兄様の率直な考えを確認するというものでした。お兄様もすでに男爵とは顔馴染で、好印象を持っていたのですから、『遠くシベリアで不自由な軍隊生活を送る』弟のことを案ずるお兄様が男爵に相談しないはずがないと目論んだのでした。

この作戦は成功しました。ヴランゲリ男爵の率直な報告によりますと、お兄様はこの手紙の内容の全てを彼に読んで聞かせたのです。フョードル・ミハイロヴィチが今も強い創作意欲をもち、発表する道筋を考慮中であること、子供のいる人妻に恋をしていること、最後はお兄様への度重なる執拗な無心のことなど赤裸々な内容に二人して苦笑したのです。

お兄様のタバコ事業では家族を養うのが精いっぱいで、無心したいのは子沢山の自分の方だと言って笑ったそうです。それにフョードル・ミハイロヴィチの恋には反対の立場で、ここまでのぼせ上がっていては是非も無いことだと苦言を呈したそうです。するとお兄様は不意に『火の玉フェージャ』の実態を暴露しました。そして、男爵に説得を依頼したのです。

勿論、男爵はそんな無駄な説得は試みません。それどころか、男爵は二人の恋に極めて協力的でありたいと表明したのです。この弁護のせいでフョードル・ミハイロヴィチの話題となると、二人は毅然とした態度が交錯する微妙な関係になってしまいました。以降、フョードル・ミハイロヴィチを巡るお兄様と男爵との関係は打ち解けそうで、どこか他人行儀な関係となってしまったのです。

「フョードル・ミハイロヴィチ、マリヤ・ドミートリエヴナがあなたに同情するのは自然の成り行きです。しかしながら、率直なところ、彼女の環境が今しばらく健全さを維持できていたならば、あなたにとって彼女は永遠に高嶺の花ですよ」と、ヴランゲリ男爵は時には検事らしい冷徹で厳格な考察を披露し、のぼせ上がっているフョードル・ミハイロヴィチを落ち着かせるのでした。

一方で、フョードル・ミハイロヴィチが『死の家の記録』の草稿を読んで聞かせますと、「最初の読者の役目が自分に与えられたのは光栄であり、オムスク監獄の刑事犯たちの物語は私にとってもどれほど学ぶところの多いことでしょう」と、大層感激するのでした。そして、「シベリアの牢獄や人のことを悪く書くと発禁処分になりかねないお立場であることを忘れないでください」と、釘をさすことも忘れないのです。

セミパラチンスクでの軍隊勤務が一年を経過した頃、イサーエフ家に変化が起きました。アレクサンドル・イサーエフが新たな職を得て、一家はセミパラチンスクから遥か西方、むしろモスクワに近い町、クズネツクへ移ることになったのです。

フョードル・ミハイロヴィチはこの話を耳にするや、その日の深夜、ヴランゲリ男爵にまたまた悲痛な激白をしたのです。

「彼女が遠くに行くと思っただけで、こんなに身も心も焦燥感に苛まれ、どうにかなってしまいそうだ。どうしよう、どうしたらよいものか、私の恋は理性を超えてしまった。それにしても私は何て貧乏なのだ！　彼女のことを思えば思うほど、余計に惨めだ。何もかもお金が無いせいだよ。

アレクサンドル・エゴーロヴィチ、私の稼ぐ手段は小説なのだよ。そのためには作品発表の許可が必要で、それがないと彼女も自分も救えないのだよ！」

「フョードル・ミハイロヴィチ、あなたはデカブリストの妻たちのような女性には縁がありませんでした。五年間の牢獄生活の空白は大きかったということです。どんなことがあっても、私はあなたの人妻との恋を応援します。お金は何とか工面しますよ」

フョードル・ミハイロヴィチにはこの時のヴランゲリ男爵は想像のつかないほど善良で、

お人好しで、無私無欲の、だが、冒険を好む青年に見えたそうです。そのことは図らずも、イサーエフ一家が旅行馬車で引越をする日に証明されたのです。

五月の引越しの日、フョードル・ミハイロヴィチは男爵の手配した箱馬車に同乗して一家を森の付近まで見送りました。そこで最後のお別れとなり、男爵はアレクサンドル・イサーエフをウオッカでいとも簡単に泥酔に追い込んだのです。彼は出発前に男爵に旅費の一部を負担してもらい、餞別にウオッカを差し入れてもらっていましたので、つい気を許してしまったのです。三人でウオッカを瞬く間に空にしてしまいました。

マリヤ・ドミートリエヴナとフョードル・ミハイロヴィチは箱馬車の中で二人きりになりました。旅行馬車にはイサーエフ親子と見張り役の男爵が乗っていました。男爵の見事な演出でした。

「あなたたちはやり過ぎよ。うちの人はクズネツクまでは大人しくしているでしょう」と言って、夫人は笑いました。

「フョードル・ミハイロヴィチ、あなたは私たち家族に本当にやさしく、そして大層親切にしてくださいました。

うちの人は飲んだくれです。でもうちの人だって私と結婚したての頃は、随分勤勉でしたよ。それに曲がったことが嫌いな人でした。お役所の偉い方が袖の下を要求するのを注意したものですから、それ以降、お役所にいづらくさせられたのですよ。今じゃ、お酒が無いと生きられないのですよ。でも、ああ見えても、うちの人は立派な人だったこともあるのですよ。

フョードル・ミハイロヴィチ、あなたはうちの人や私のつまらない相談にも応じてくださり、パーシャの教育も熱心にしてくださいました。あの子はあなたに懐き、あなたの方を頼りにしています。どんなに感謝しても感謝しきれません。私たちは親友です。こうして別れることはとても悲しいですが、今後も親友同士です」

「ええ、そうですとも、私たちは永遠の親友ですよ。私は無実の罪で逮捕されてから五年の間たった一人で暮らして、心を打ち明けるような人は、本当の意味で誰も持てなかったのです。

ところが、マリヤ・ドミートリエヴナ、あなたたち一家は私を肉親のように受け入れてくださいました。私はお宅にいると自分の家にいるような気持ちがしたことを今になって思い起こしています。あなたのご主人も私に同情的で、良き話し相手でもありました。それにパーシャは私の息子も同然です」

イサーエフ夫人は親友のフョードル・ミハイロヴィチからの抱擁を拒絶しませんでした。その親友は彼女の気持ちを掴み取ろうとして掴みかねたまま、別れたのです。

イサーエフ一家が大きな松の木を通り越しました。視界にぼんやりと見えていた旅行馬車は、やがて音が消え、最後には何もかも消えてしまいました。

「私から見てもマリヤ・ドミートリエヴナは未だ出会ったことのないような、また今後出会うこともないだろうと思われる女性ですよ」。男爵は疑いもなく、最上流社会の婦人をたくさん見てこられた人間です。フョードル・ミハイロヴィチへの最大級の慰めのつもりだったのでしょうが、彼の胸は苦しくなるばかりでした。

「アレクサンドル・エゴーロヴィチ、今日はありがとう。私は絶望しても、諦めませんよ」

「そうですとも、今夜の天空に輝く星は、希望の星です。私はフョードル・ミハイロヴィチ、あなたの未来を信じます」。二人の帰途の夜空は星が幾千とちりばめられていました。

「では、私もあなたの未来を信じることにしよう。私よりは確かな未来があると思えるからね」

「今夜の星空は一段と輝いています。ほら見てください、流れ星が幾つも走っています」

「流れ星ですか……。

アレクサンドル・エゴーロヴィチ、月は満ちたり、欠けたりと忙しいのですよ。何となれば、月は毎月生まれ変わるのですから」

「なるほど。じゃあ、欠けた月はどこにいくのですか？」

「どこにもいきませんよ。古くなった月は、神様が砕いて、星にするのです」

「夜空に輝く星の正体は月の分身ということですか？」

「その通りです。ときどき流れ星があるのは、星は時が経つと落っこちるからです。それで、神様は月を砕いて補充しなければならない。今夜も神様はお忙しいようだ」

「フョードル・ミハイロヴィチ、あなたはシベリアの村のおとぎ話をされているのですね」

「月は悠久、人は一瞬。無数の星を眺めていると、若き日に綴った短編、『白夜』を思い出すよ」

「きっと、幸福な白夜だったのでしょう」

「そうだよ、全くその通りだよ。ちょっと聞いておくれ。

『驚くべき夜だった。それは若いときにのみあり得るような夜だった。空は一面星に飾られ非常に輝かしかったので、それを見ると、こんな空の下に様々の不機嫌な、片意地な人間が果たして生存し得るものだろうかと思わず自問せざるを得なかったほどである。これも、しかし、やはり若々しい質問である』

ああ、あの頃の私はほんのひと時のことでしたが、未来を上り坂一方のものとして描き得たものです。しかし、その後の奈落を這いずり回っていることの長かったこと……。そして今では、おお、何たることか！　譬えようもない未来が、屈折した我が人生が、見え隠れしているのです」

「フョードル・ミハイロヴィチ、あなたの譬えようもない、しかし輝かしい未来はすぐに来ますよ。ええ、すぐに来ますとも。屈折なんかしませんよ」と言って、ヴランゲリ男爵は何度も何度も頷いたのでした。

ついに遠いクズネツクにいるマリヤ・ドミートリエヴナとの間に、激しい文通が始まりました。

彼女の手紙には一家の困窮や良人の飲んだくれのこと、それに灰色の将来のことなどいつも泣き言ばかり書かれていました。何しろ頼りにすべき良人は転地しても肝臓はひどくなるばかりで、彼女自身も体調が芳しくなかったのです。

彼女が頼ってくれるのは嬉しかったのですが、彼女の愚痴を慰める言葉だけでは彼女の現実を救えないというのが現実のフョードル・ミハイロヴィチでした。彼女の苦境を知れば知るほど、毎日手紙を送ることしかできない自分が情けないのです。フョードル・ミハイロヴィチは彼女を思うこと以外は考えられず、その当時あれ程執筆に夢中になっていました『死の家の記録』さえ放り出してしまう始末だったのです。

ヴランゲリ男爵が再び橋渡し役を買ってくれました。セミパラチンスクとクズネツクとのちょうど中間点で二人の逢瀬を画策したのです。男爵はフョードル・ミハイロヴィチが癲癇の発作で床に就いているという噂を流し、他方でこっそり馬車を手配したのです。仮病が発覚すればフョードル・ミハイロヴィチは軍法会議で裁かれ、男爵は運が悪ければ更迭されるでしょう。でも、男爵は州検事で、貴族でもあります。権威と信用がありました。フョードル・ミハイロヴィチも兵役の義務を真面目に果たしていました。

向こう見ずとも思える二人の冒険家はたった小一時間の逢瀬のために三百露里を往復したのです。男爵が手綱を握る馬車は凸凹道の雑草を貪り食って疾走しました。逢瀬の空間が近づくにつれ、フョードル・ミハイロヴィチの心は逸りました。

『大胆不敵だが、決して卑劣ではない』。元政治犯は人妻への恋に不思議と罪悪感はないのです。彼は更に己を狂ったように激しく鼓舞しました。

『彼女のところへ行け、そして、彼女の姿を見、声を聞くのだ。何も考えず、全てを忘れるのだ。たとえ、今日、この一晩、ほんの一分、否、一秒だけでも構わない、一瞬でも会いたい！

おお、愛しのマリヤ・ドミートリエヴナ！』

でも、何としたことでしょうか、彼女には会えなかったのです。馬車は二十八時間かけて引き返したのです。その後、もう一度同じ冒険を試みようとしました。こちらの方は馬車を出す直前に取り止めになりました。

『良人の病気が良くないのです、それに行くにも旅費が無いのです。ああ、何と惨めなことでしょう！』という悲痛な返事が届いたのでした。それでも彼は彼女への希望を捨てることは一切ありませんでした。

「フョードル・ミハイロヴィチ、あなたの辞書には諦めるという文字はない」。男爵はフョードル・ミハイロヴィチのことを気の毒がりながらも、どこか興奮し、煽るようなところがありました。冒険の失敗はフョードル・ミハイロヴィチを意気消沈させるどころか、かえって過剰な思いをつのらせるばかりでした。小説が全く手につきません。それでも軍務の義務だけはかろうじて果たしていました。

「死ぬばかりの憂悶が心を締め付け、喉は痙攣で詰まりそうです。この苦渋はオムスク監獄での囚人生活の比では無い。こんな状態がほんのもう少し続けば、自分に決闘を申し込んで、この罪深い男を自死に追い込みかねないのだよ」と、ヴランゲリ男爵に吐露した矢先のこと……罪深い男に新たな展開が待ち受けていました。

それはイサーエフ一家が転任してから三ヵ月後、二度目の冒険にも失敗してから間もなくの朝のことでした。無謀な逢瀬に挑戦するほどこらえ性のない哀れな男のもとにクズネツクから短い手紙が届いたのです。

『良人は耐えがたい苦痛の中で死にましたが、立派に死にました』。それこそはマリヤ・ドミートリエヴナが幼い息子を抱えて、シベリアの僻遠の地に、たった一人取り残されたという知らせでした。不幸なマリヤ・ドミートリエヴナは良人の死を詳細に伝えてきました。

フョードル・ミハイロヴィチはすっかり取り乱してしまいました。彼は彼女の頼りない境遇を即刻救わねばならないのに、己自身が頼りない境遇にあることをまたもや思い知ったのです。遠い距離が一気に縮まったはずですのに、彼は深刻な絶望に陥りました。

真夜中になっても死にそうなほど頭が痛くなりました。ペンを持っていられないのです。それでも、翌朝にはどうにかしてヴランゲリ男爵に速達を送りました。その時、男爵は仕事で遠く西シベリアの南部の田舎町に出向いていたのです。

『ノーブレス・オブリージュ、良識と高潔な心に従い、同封した彼女宛の手紙に添えて幾ばくかの紙幣を送って欲しい』。フョードル・ミハイロヴィチは彼女に送金すれば、彼女はどんなに幸せかと思うと必死でした。

数日後、ヴランゲリ男爵はセミパラチンスクに戻ってきました。フョードル・ミハイロヴィチは彼のところを恐る恐る訪ねて行きました。

「私はアレクサンドル・イサーエフのことをどんなに哀惜したことでしょうか、セミパラチンスクの地で、酔いどれの彼の真価を認めることができたのは、夫人以外は私一人だけだという自負がありました。気の毒に彼の正義感が己の首を絞めたのです。

マリヤ・ドミートリエヴナの良人は計り知れぬ善良な心、真に高潔な心を持っていました。元政治犯の私にも分け隔てなく付き合ってくれました。

彼はわざわざ『貧しき人々』を読んで『フョードル・ミハイロヴィチ、あなたはゴーゴリの再来だよ』と激賞すらしてくれました。

もし彼に欠点があったとすれば、半分は彼の暗黒の運命、飲んだくれのせいです。

ああ、それなのに私は激情が過ぎて、あなたにはアレクサンドル・イサーエフのよからぬ面ばかりを強く言い過ぎました」と、反省しきりなのでした。

「フョードル・ミハイロヴィチ、ご安心ください。あなたの手紙を受け取ると速やかに手持ちの紙幣を同封して未亡人に送りましたよ」と、男爵は誇らし気でした。彼はフョードル・ミハイロヴィチが一人で懊悩していた数日間、自分からの連絡を待っていたことは気にも留めていないように見えました。その間、フョードル・ミハイロヴィチがどれほど己自身の無力感に苛まれ、男爵だけを頼りにしていたか、彼はこのことを男爵にすぐにでも吐露したい思いにかられていました。

そして、未亡人への送金の御礼の言葉を述べようとした時、続けての男爵の印象的な一言がフョードル・ミハイロヴィチの言辞を封じてしまいました。

「いよいよですね」と、男爵は控えめに、とは言え、我がことのように頷いたからです……。ところで、ヴランゲリ男爵にも厄介な個人的事情がありました。フョードル・ミハイロヴィチからの頻繁の無心に男爵は資産家の父親を頼りました。ところが男爵の父親というのは自分の金のことで子供たちを責めるくせがあったのです。何に、何のために、いかほど使ったかなどの詳細の報告を義務付けるのです。彼がフョードル・ミハイロヴィチのためにお金の工面に難儀したのにはそのような事情がありました。

「きわめて陰鬱で病的な感傷性と寛大な心との、奇妙な混合から成っているのです。個人的に知らないままに、私はこう結論します」と、フョードル・ミハイロヴィチは男爵の父親の性格について恩知らずなことを言った後で、「君もやはり同じような性格の所有者だから気をつけなさい」と、忠告したのです。

「フョードル・ミハイロヴィチ、あなたこそ同じ性格の持ち主です。あなたの無心で新米検事の俸給は直ぐに底をつきます。そもそもあなたが原因で親子関係が拗《こじ》れているのです。あなたは当事者意識が希薄すぎますよ。あなたこそ情状酌量の余地のない、極めて病的な無心者です」と、男爵も負けてはいません。検事らしくやり返したのです。

さて、良人を亡くしたマリヤ・ドミートリエヴナは遂に父親と連絡を取り、父親の助力に頼るようになりました。父親というのはアストラハンというカスピ海の北西岸の小さな街に住んでいて、仕事は検疫所長という相当な地位を占めていました。けっこうな俸給をとっていましたが、俸給のほかには何の財産も無かったのです。かなりの年齢なのにまだ三人の嫁入り前の娘を抱えていました。父親は未亡人となった長女には三百ルーブリを送るのがやっとのことで、マリヤ・ドミートリエヴナは父親の送金が期待ほどでなかったことを手紙で悔しがりました。

年末になると、とうとう父親が自分のところへ来るようにと言い出しました。その間も、二人の文通は綿々と続いていました。二人のやり取りには遠慮が無くなっていました。『シベリアの僻遠の地に世話をしてくれる人も助けてくれる人もいないのです』と、境遇の辛さを綴るばかりの彼女は父親一家との関係や何よりも息子の幼年学校への入学問題を抱えていました。

フョードル・ミハイロヴィチは彼女を親元には絶対に帰すわけにはいきません。手紙で熱心に引き留めました。それに彼は彼女と一緒になるためには借金生活と一兵卒から脱却せねばならず、そのためには何としても作品発表の許可を得る必要があったのです。

フョードル・ミハイロヴィチが彼女に相応しい人間になるためには時間が必要で、しかも自分の努力ではどうにもならない立場にありました。お互いの苦境を思うと、彼は大いに焦りました。彼がグズグズしているうちに、美貌の未亡人を誰かに取られまいかという別の焦りもありました。

ある時の彼女の手紙は『クズネツクの未亡人に若い男が近づいてきました』というスキャンダルを仄めかしていました。あれだけの美人ですから、彼女に言いよる男の中に、お気に入りの若者がいたっておかしくはありません。

「不幸な男に同情するのは彼女の悪い癖であり、美点でもある」と言って、フョードル・ミハイロヴィチは高をくくっていました。彼女は周りの連中のお節介で彼女の世話をしてくれる人には見向きもしませんでした。でも、彼女が世話をしたいと想う人が現れたのです。

何ということでしょう。新たな恋人の正体はパーシャの家庭教師でした。お気の毒に、何とも奇遇です。フョードル・ミハイロヴィチの驚きはいかばかりだったでしょうか……。でも、この危機が彼を敢然と決意させたのです。

「一身上の重大事のため」と言って、フョードル・ミハイロヴィチは上官に特別に休暇を申し出ました。この時初めて上官に意中の人のことを告白しました。そして上官に堂々と給料の前借りを申し込んだのでした。

「ドストエフスキー少尉、あなたの事情は理解するが、しかし前借りをそう続けて許すわけにはいかない」と拒否されたのです。上官は良人が病死して間もない未亡人に結婚を申し込もうとする部下を訝ったのです。結局、この緊急時の際も頼りになったのはヴランゲリ男爵でした。折しも男爵はペテルブルクへの帰任が決まっていました。

男爵は「お世話になった気持ちです」と言って、自身の旅費分を除き手持ち金の全てをフョードル・ミハイロヴィチに持たせてくれました。お世話になっていたのはどちらか一目瞭然なのに……。更にお世話ついでに、男爵は窮地に立つ憐れな元政治犯をあれこれと鼓舞してくれたばかりではなく、「現地で式を挙げてはどうですか」と言って、どちらが年上か分かったものではない程の作戦を授けてくれたのでした。

フョードル・ミハイロヴィチはクズネツクに着くと、直ちにマリヤ・ドミートリエヴナに会いました。二人は将来のペテルブルク帰還の話や職業作家で身を立てることやパーシャの学校のこと、最後にパーシャの家庭教師のことを話し合いました。フョードル・ミハイロヴィチは彼の有り金を、と申しても男爵から借りたお金なのですが、とにかくその一切を惜しげもなく、恥ずかしげもなく堂々と彼女に手渡したのです。そして、ついに結婚を申し込んだのでした。

いやはや何と即物的な振る舞いだったことでしょうか、彼は二人のためだと言って、未亡人からいささかのお金をねだり、パーシャの家庭教師のアパートに一目散に駆け出したのです。

フョードル・ミハイロヴィチは若者に同情し、あれこれと相談に乗ってやりました。色々と世話を焼き、お金も惜しげもなく分け与えました。とうとう結婚の申し込みを楯にまんまと別れさせることに成功したのです。

ところで、ヴランゲリ男爵も人妻に恋をしていました。彼はフョードル・ミハイロヴィチの成功を知って、ペテルブルクへの帰任に際し、ついに秘めたる恋を打ち明けたのです。「罪深き男爵よ、あなたは身投げして死ぬか、自分の思いを叶えるか、二つに一つだよ」と、男爵と同じ悩みを共有する唯一の人間は同情したのです。お互いが人妻に恋をしているという何とも奇妙な関係の二人です。結局、男爵は意中の人と別れましたが、フョードル・ミハイロヴィチは意中の人と一緒になったのです。

さて、フョードル・ミハイロヴィチが結婚を決めて、まず行ったことは七年前に独房の中で書いた『小さな英雄』の原稿をお兄様に送り、発表を依頼したことでした。フョードル・ミハイロヴィチの懐事情は相変わらずで、しかるべき環境を整えなければならない立場なのに、情けないことに発表を前提に男爵に当座のやりくりの資金を申し込む憐れな婚約者でもあったのです。

何よりも重要なのは正式に発表の許可を得ることです。何しろこれは彼の生存の唯一の手段でありますし、名を成す道でもあるからです。彼は自分の運命を切り開き、文壇での地位を築き上げ、ついには世の注意を引くことができるという自信を持っていました。勿論、独房で練り上げた作品にも自信がありました。ところが作品の方はドストエフスキーの名前の使用は許可されませんでした。しかも雑誌に掲載されたのは結婚してからのことでした。

又、彼は軍隊勤務から文官勤務に移って、いくらかの俸給を受け取ることを考えました。大したお金にならなくとも、彼女を前にして元政治犯は潔白な人間として立つことができると思ったからです。この考えは男爵の勧めでもありました。でも、このことが後々に二人の関係が全く疎遠になる原因の一つでもあったのです。

『彼女の愛情はぼくにとってのこの世の全てだ』。当時の思いはフョードル・ミハイロヴィチにあらゆる機会を利用して時の権力におもねることも厭わせなかったのです。初めての結婚への思いが過激なロマンチストを現実的にしたのです。彼はペテルブルクへの帰還と作家ドストエフスキーの復活のためになりふり構わぬ嘆願や懇願という過剰な行動に走りました。実際に走らされたのがペテルブルクのヴランゲリ男爵でした。

最初の嘆願はアレクサンドル二世の即位に関連しての恩赦を期待してのことでした。アレクサンドル二世が即位したのは一八五五年三月。フョードル・ミハイロヴィチはとある著名な将軍でもある侍従武官宛に文官勤務と作品発表の許可の嘆願をしました。その将軍はクリミア戦争で激戦のセヴァストポリの戦いに苦闘した真の英雄でした。フョードル・ミハイロヴィチには彼が逮捕される数日前に偶然出会って親しく手を握り合ったという竹馬の友がいました。とある著名な将軍とはその友の兄です。薄っすら残る記憶、言うなれば、藁にもすがる思いで、誠に貧弱な人脈にこんな大事を託したのです。

この侍従武官は新帝とは皇太子時代から親しい間柄にありました。その伝《つて》を利用しての新帝への働きかけだったのです。

と同時に、別の政府高官にも嘆願しました。こちらは新帝にペテルブルク復帰の嘆願を依頼したのです。それらの嘆願には、未亡人となったマリヤ・ドミートリエヴナの九歳の息子、ごく近い将来の我が継子の幼年学校への入学が含まれていました。

勿論、フョードル・ミハイロヴィチは彼らとは全く面識がなく、「元政治犯にして、『貧しき人々』でデビューした、前途有望な作家」からの嘆願であることに望みをかけたのでした。彼は秘密警察の監視下にあるのですから、厚顔無恥ぶりも甚だしいのですが、彼は大まじめでした。

ヴランゲリ男爵はその嘆願の動向をも探ってくれました。例えば、ペトラシェフスキー事件のシベリア囚人仲間の一人が文官勤務に任じられたことを聞きつけると、男爵はその詳細を調べてくれたのです。彼はフョードル・ミハイロヴィチにも文官勤務の脈があることを知らせてくれました。

それにしてもフョードル・ミハイロヴィチのヴラングゲリ男爵への懇願は全く際限がなくなり、彼がペテルブルクに戻ると一層頻繁かつ執念深くなったのです。『後生ですから、一刻も猶予せず、クズネツクの彼女に手紙を出して、ぼくの希望の一切を明瞭かつ正確に書いてやってください』と臆面もないのです。なかんずく『もしぼくの運命の変化で何か肯定的なことがあったら、そのことを細大漏らさず書くこと、そうすれば、彼女はたちまち希望が蘇るので、本当のこと、ただ本当のことばかり書いてやってください』と手紙で懇願したのです。男爵の方がクズネツクの女性にいたく信用があったからです。

物事は自分たちの思うようには進展しないもの。当時、フョードル・ミハイロヴィチの真実を彼女に知らせることは、いささかの希望の灯は見えるにしましても、殆どが彼の愚痴と無心ばかりだったからです。皇帝への嘆願も全くどうなるか分からない情況で、本当のことばかり書くとなりますと、彼女を更なる絶望の淵に突き落とすことを意味していました。それにしましても、結婚直前のフョードル・ミハイロヴィチは何とも身勝手だったことでしょう。フョードル・ミハイロヴィチの懇願を果たすために、男爵は取捨選択しながら、未亡人に慰めの手紙を書かねばならなかったのです。お蔭で、男爵は彼女に美しくも優しい手紙を書くのが得意となり、彼女からの信用を更に高めたのでした。

その証拠に彼女は結婚後ヴランゲリ男爵の写真を自分の部屋に飾っていました。若々しくて実直に見える男爵の写真は、後になって彼女に悪用されました。彼女は「ヴランゲリ男爵こそはあなたを裁く検事であり、と同時に、私の弁護人でもあるのよ」と癇癪を起して、フョードル・ミハイロヴィチをしばしば困らせたのです。

一八五七年二月、ついにフョードル・ミハイロヴィチの念願が叶いました。彼がマリヤ・ドミートリエヴナと知り合ってから二年半、彼女の良人の死から一年半後のことでした。二週間の休暇を貰ってクズネツクに赴いての慌ただしい結婚でした。

その時のフョードル・ミハイロヴィチの全財産は軍服の他には枕と布団があるばかりで、新婚生活には何もかも新調しなければなりませんでした。何しろ二人は肌着から始めなければならない境遇だったのです。借金で得た六百ルーブリがあるばかりでしたが、そのお金もクズネツクからセミパラチンスクに戻る頃には全部使い果たしてしまったのです。

でも新婦は三十歳、新郎は三十五歳とまだまだ若く、彼は楽観的でした。作品の発表の許可さえ貰えれば何とかやっていけるという自信があったのです。それまでは無心と借金で食いつなげばよいこと。彼は傍らに一生を捧げる人がいれば、その人を幸福にする力を持っていると信じていたのです。

ところが、クズネックで結婚式を挙げた帰途、知人宅に泊まった際に突然の不幸が二人を襲いました。癲癇の発作が起こったのです。新婦を死ぬほど驚かせ、新郎自身をも憂愁と落胆に陥れました。よりによって幸せの絶頂の時に発作を起こすとは、何という無情、無残、何という皮肉な運命だったのでしょうか。実際のところ、新婦は声を上げて泣き出し、新郎が病気を隠していたと批難したのです。セミパラチンスクへの新婚の旅は知人宅に四日間も余分の滞在となってしまいました。

フョードル・ミハイロヴィチは結婚するに際し、以前の医者たちが単に神経性の発作に過ぎないから生活状態が変わったら癒えると言ってくれたことを信じていました。それこそは自分に都合の良い願望に過ぎなかったと思い知らされたのです。現に、結婚式の前あたりからその兆候を感じながらも、彼はマリヤ・ドミートリエヴナとの結婚に有頂天になっていました。結婚すれば彼女が癒してくれるだろうとでも思っていたのでしょうか、全くの無防備、無頓着だったのです。それほどまでに彼女は彼を夢中にさせた唯一無二の存在だったのです。

フョードル・ミハイロヴィチはオムスクの囚人時代の、例のひどい症状がヴランゲリ男爵やマリヤ・ドミートリエヴナの前で起こりはしないかと心配し、男爵にはその前兆や対処方法を説明したことがありました。フョードル・ミハイロヴィチは四年間の徒刑を終える頃になりますと、オムスクの監獄での不定期に起こった発作が原因で、日常的に死を意識するようになりました。自分の身体や感覚の変調を絶えず気にし、不意に襲ってくる恐ろしい発作の兆候に神経を張り詰めるようになったのです。その度に本物の癲癇ではなかろうかという厭《いと》わしい感覚と死の恐怖が彼の身体に粘着してしまっていたのです。あげく男爵には自身の意識が無くなっても三日間は棺に入れないでくれと頼んだのでした。しかし、マリヤ・ドミートリエヴナには神経の病気だと偽って、例の発作のことは内緒にしていました。

この時の医者の診断はあまりにも残酷なものでした。絶望的な宣告が夫婦を打ちのめしたのです。その医者は新妻を前にして今までの医者の診察のすべてに反対し、新郎の発作は本物の癲癇であること、その発作の際、いつかは咽喉痙攣で窒息し、それが原因で死ぬことも覚悟しなければならぬことを医学的に断じたのです。新妻を死ぬほど驚かせた癲癇騒動は、彼を今度こそはいよいよ本物だと観念させました。

『もし、本当の癲癇だと知っていたら、結婚などしなかった』と、フョードル・ミハイロヴィチは新婚早々にお兄様への手紙で愚痴りました。これもまた何とも自分勝手なことでしょう。彼がマリヤ・ドミートリエヴナの受けたショックの方がはるかに致命的だったことを悟るのはペテルブルクに復帰してからのことです。

一方で、フョードル・ミハイロヴィチの帰還運動は着実に進展していました。結婚して三ヵ月後、彼は皇帝アレクサンドル二世の恩赦により貴族の身分を回復しました。更に三ヵ月後の八月になると、継子パーシャがシベリア学校（オムスク）に入学できたのです。そして、結婚直後の癲癇騒動こそが彼を救ってくれたのです。翌年五八年一月には退官を願い、一年後にようやく少尉を免官となりました。

五九年八月にはモスクワより北西わずか百七十露里のトヴェーリという町に転住しました。ペテルブルクはすぐ近くになりました。残すは帝都への帰還とドストエフスキー名での作品発表の認可にまで漕ぎつけたのです。移動の途中のオムスクで幼年学校のパーシャを引き取り、親子三人で待機状態となったのです。

ところで、トヴェーリに到着した時点でフョードル・ミハイロヴィチの財産は旅行馬車とたったの二十ルーブリでした。彼はセミパラチンスクを出発する際、旅行馬車を購入しました。その際、マリヤ夫人は帽子を全て売ってしまったのです。帽子を何千露里も運んでいくわけにはいかなかったからです。彼女はこちらに着いても家に金が無いのを慮って帽子を欲しがりはしませんでした。でも、フョードル・ミハイロヴィチは愛妻が新鮮な空気を吸うためにも秋用の帽子を買ってやりたいと思ったのです。そこで、それを理由にお兄様に無心をしました。常用でなるべく値段の安いものが欲しいとお願いしながら、伯爵夫人が被っても恥ずかしくないほどの優美な帽子をねだったのでした。帽子の飾りに使うリボンの見本まで手紙に添えて、色はネズミ色だと指定までしたのです。そして、注文して出来上がったら鉄道便で早急に送ってもらうことまで依頼したのですから。お兄様がどれほど困惑し、腹を立てられたことか、いやはや閑話休題でした。

さて、トヴェーリへの転住はフョードル・ミハイロヴィチにペテルブルク帰還への過剰なまでの焦りを惹起させました。収入は原稿料という職業作家にはペテルブルクの帰還と作品発表の許可とが一対でした。それにトヴェーリの町が気に入らなかったのです。図書館らしい図書館さえ無く、陰気臭く、まるで牢屋に幽閉されている気分になったのです。それに、著作集を売る算段や帰還の嘆願のことが複雑に絡み合って、お決まりの過剰な行動に走ったのです。

元政治犯はペテルブルクへの帰還の道筋を確固にし、少しでも早めるために、三年前と同じ嘆願の方法、先の侍従武官（将軍）に手紙を差し上げ、憲兵総監（公爵）から皇帝に上奏する道筋を取りました。

ところが、何としたことでしょう！　その直後に皇帝に直接請願文を認めたのでした。皇帝への請願文はペテルブルクへの帰還、帝都の進んだ医療技術による癲癇の診察、祖国のための作品発表の許可をお授け下さいという内容でした。加えて、十二歳になった継子のペテルブルクの中学への官費生としての採用も請願しました。こちらのやり方はトヴェーリ県知事（伯爵）を通じて知事の親戚筋で皇帝に近い貴族（伯爵）から上奏する道筋で請願したのです。前回と同じ二股をかけたやり方ですが、アレクサンドル二世への直訴は初めてのことでした。

『陛下はすでに百千万の民に幸福をお授けあそばしましたが、なお不幸な孤児と、その母と、不幸な病人に幸福を授けてくださいまし。

わたくしは今日にいたるまでなお制限を解かれずにおりますが、民に慈悲を垂れたまいし陛下のためには、一身を捧げる覚悟でございます！』と、皇帝陛下のご仁慈に望みを託したのです。

しかしながら、こういう政治的な話は停頓《ていとん》が常で、消息無きことによる焦りがつきものというもの。自分の扱いがペテルブルクでどうなっているやら、まるっきり分からないことへの焦り、そもそも皇帝に届いたかどうかが不明なのです。もしかしたらすでに届いていて、自分のことをあれこれと照会中ではなかろうかと色々と想像するのでした。

そこで、ペテルブルクへの帰還を一日千秋の思いのフョードル・ミハイロヴィチは更に過激に走ったのです。そこからがまたまた何とも大変で、こんな時の彼の言動は全く抑制が利かないのです。彼はお兄様に一番難しい方法を選んだと嘆き、関係者に手紙を書いて、書いて、書きまくって、嘆願や請願への助成を依頼したのです。

このようにペテルブルクへの帰還の最後の段階になって、フョードル・ミハイロヴィチの焦りは大きく膨らんでいきました。でも、彼は自分に小言を言いながらも待つしかなかったのです。これにマリヤ夫人の小言が加わり、帰還が間近というのに夫婦には喧嘩が絶えませんでした。皮肉なことに彼女の病状は悪くなる一方でした。お兄様に無理を言って取り寄せた秋用の帽子を被る機会もありませんでした。

フョードル・ミハイロヴィチのかつてのほとばしるような恋慕と情欲は過去のものになっていました。夫婦は子供の教育問題を通じてかろうじてつながっていました。

フョードル・ミハイロヴィチがここでも頼りにしたのは、ヴランゲリ男爵でした。男爵は若くしてそれ相応の立場にあるにしても嘆願の相手は雲の上の人たちばかりで会うことも一苦労で、会えば大変な気苦労だったに違いないのです。それでも相手方がどんなふうに受け止め、何と言ったかなど詳細を知らせるよう依頼する念の入れ方なのです。

フョードル・ミハイロヴィチの過剰な帰還運動は世間に漏れてしまい、彼が癲癇《てんかん》と診断されたことも関係者には知れるところとなりました。従って、ヴランゲリ男爵は彼のペテルブルク帰還が早晩叶えられると信じていましたので、気苦労を厭いませんでした。

男爵からの手紙には『奥様はお元気ですか。帰還はもはや時間の問題ですのでご安心ください』が時候の挨拶代わりとなっていました。フョードル・ミハイロヴィチの男爵への手紙には『マリヤ・ドミートリエヴナは癇癪《かんしゃく》がひどいです。これも病身のせいです』『彼女はすっかりベッドが好きになりました』と悲観的に述べるだけで、彼はもはやマリヤ夫人への情愛の言葉を発せなくなっていました。

幸いにも、嘆願が停頓するという焦りは四ヵ月で済みました。

一八五九年十二月、フョードル・ミハイロヴィチは十年ぶりにペテルブルクに帰還しました。肺を病んだ、子づれの妻を伴っての帰還でした。彼の希望はついに叶えられたのです。でも、彼のもう一つの希望であるマリヤ・ドミートリエヴナとの幸福な生活は叶いそうもありませんでした。彼女の肺病は転地療法を必要とするまでに悪化の一途を辿っていたからです。

皮肉なことに、帝都での生活が始まる頃、マリヤ夫人はフョードル・ミハイロヴィチとの結婚を後悔していることを隠さなくなりました。

「もし、本当の癲癇だと知っていたら、私は四年間も牢屋で泥棒や人殺しと一緒に生活をしていた元政治犯のあなたと結婚などしなかったわよ」。マリヤ・ドミートリエヴナの口から恨みの叫びを何度も聴くようになりました。彼女は二人の未来に信が置けなくなり、彼女の癇癪は肺病の進行に伴い、極めて厄介な不治の病となっていったのです。何とも皮肉な夫婦の現実ではないでしょうか。私は箱馬車の中で涙せずに聞けませんでした。勿論、彼女の不幸に涙したのです。何とも複雑な心境でした。

さて、帰還後のフョードル・ミハイロヴィチが早速に始めたのが、ジャーナリズムへの参画でした。お兄様も彼を待っていてくれたのです。この兄弟は一つの目的のために一緒に行動すれば、二倍も、三倍も力が増すと信じていました。兄弟で雑誌発行の準備を入念に行い、六一年一月、ついに共同雑誌『時代』でジャーナリズムの論陣を張ったのでした。

小説では『死の家の記録』の連載を六〇年九月に開始すると、センセーションを起こしました。連載は翌年から『時代』に移りました。作家ドストエフスキーは用心深く慎重でした。妻を殺して懲役に処せられた刑事犯の手記として執筆したのです。

『この朗読箇所は体制批判だよ』。フョードル・ミハイロヴィチは箱馬車の中で『死の家の記録』の冒頭部分の『序詞』を私に朗読してくれました。何と用意周到だったことでしょう。彼の筆致は世間を唸らせたようですが、彼の朗読は私を唸らせました。秘密警察による監視下にあって、直接の体制批判は避けたのですが、当局が逮捕した囚人たちのシベリア徒刑の実態を明らかにすることによって体制批判を巧みに暗喩していることに他ならなかったのです。

すると次に『地下室の手記』に言及したのです。

「これはシベリア流刑十年で内面的に成長を遂げた結果の作品だよ。新しい境地を切り開いた作品だよ」と、どこか神妙なのです。私が少し首を傾げると、彼は急に真顔になって応えてくれました。

「『人間の自然性が善良で聡明なものである』というルソーの考えには疑義があり、人間は謎めいているから人間なのだよ。善悪どちらにも転ぶ、一匹の虱以上ではないのだよ。この作品はわしにとって人道主義的な人間観の重大な転機で、後の『罪と罰』などの新しい思想小説の領域を開拓するようになったということだよ」。このような難しい哲学めいた話は、当時の私の理解を超えていたのですが、私を全くの大人扱いにしてくれているのは理解できました。

フョードル・ミハイロヴィチは二度の外遊も経験しました。六二年六月、六三年八月、それぞれ二、三ヵ月の旅でした。でも、順風満帆は長くは続かなかったのです。相重なる物心の不運に見舞われたのです。

まずは六三年の窮地です。雑誌『時代』がポーランド問題を巡って政府のポーランド弾圧政策を批判したものと見做されたのです。十八世紀末、ポーランドは隣接する三強国、ロシア、プロイセン、オーストリアによって三度にわたって分割が行われ、更に、ナポレオン戦争を経て、その四分の三がロシア領土になり、今やロシア皇帝がポーランド国王を兼務しています。そのためポーランドの独立蜂起はロシア軍によってことごとく鎮圧されていたのです。

雑誌は五月に発禁処分を受けました。フョードル・ミハイロヴィチはこれを不服として、復刊のために万策を尽くしましたが、完全なる不首尾に終わりました。更に、お兄様は新たな雑誌『世紀』を発刊しましたが時流に乗れず、これも一年で廃刊となりました。信用失墜で負債が重なり、お兄様は完全に破産状態に追い込まれました。

これらに追い打ちをかけるように起こったのが六四年の二つの悲劇です。四月にマリヤ夫人、七月にお兄様が亡くなったのです。マリヤ夫人の死は覚悟が出来ていたのですが、お兄様の死は大変な衝撃でした。肝臓を患って一、二年後の不意のことだったからです。最愛の二人の死はフョードル・ミハイロヴィチを打ちのめしました。一年の間に彼の生涯は真二つに折れたのです。帰還して五年目のことでした。

ところで、フョードル・ミハイロヴィチがペテルブルクに復帰して以降、ヴランゲリ男爵とは数年間にわたって消息を交わすことがありませんでした。故あってのことです。

その頃の男爵はコペンハーゲンに外交官駐在をしていました。実はフョードル・ミハイロヴィチは男爵が失恋した際に大使館付の勤務を選び、外国へ出発することを助言したことがあったのですが、男爵はどうやら本気でやってのけたのでした。

その男爵から一八六四年の年末に久しぶりに手紙を受け取ったのです。男爵の家族の写真と共に、過去の思い出を綴った手紙が届きました。

『奥様はお元気ですか。心配です』というマリヤ夫人の消息を確認する言葉が添えられていたのです。翌年、三月末にようやくフョードル・ミハイロヴィチは返事を書きました。二人の死と事態はセミパラチンスク時代よりも深刻になっていることを知らせたのです。

『自分自身を愛するように、人を愛することは不可能だ。自我が邪魔をする。彼女を忘れる理由はいっぱいあっても、彼女を愛し尊敬する理由が一つもなくなっていた』。男爵もマリヤ・ドミートリエヴナが不治の病であったことは承知していましたが、この言葉には驚いたに違いありません。でも、もっと彼を驚かせたのは、『この間一刻の暇も無かったからご無沙汰した』という文言ではなかったでしょうか。

フョードル・ミハイロヴィチは新たな借金地獄でひどい『懲役労働』に陥っていることを告白したのです。雑誌の発禁処分に端を発し、お兄様の死に伴う負債を遺族ごと背負い込んで悪戦苦闘中で、最愛の二人の死の悲しみに追い打ちをかけて来たのが、この『懲役労働』だったのです。

又、彼は外遊についてしみじみと綴りました。行き先はドイツ、スイス、フランス、イタリア、イギリスなどその都度三ヵ月で、六二年、六三年の夏に訪れたことやその外遊の目的が健康を回復し、休息して残りの九ヵ月はそれだけ楽に、ロシアで仕事をするためだと弁明したのです。誠にもっともな言い分です。去年は急逝したお兄様の死が彼を引き留め、今年は借金と仕事が当地で彼にとどめを刺そうとしていると書いて、彼はせめて一ヵ月でも出かけて、頭の虫干しと新しい風を入れて、生き帰りたいと悔しがったのです。

でも、ああ、何てズルイ人でしょう……賭博のことと二度目の外遊に関係していた『S嬢』のことには一切触れなかったのですから。

〈フェージャ、あなたがヴランゲリ男爵に結婚後のマリヤ・ドミートリエヴナとの関係を秘密にする理由は分かってよ。男爵はセミパラチンスクのあなたのことは何でも知っていますからね〉

〈おまえには何でも正直に話したからね。だから、もう一人の彼女のことは尚更避けねばならなかったのだよ〉

〈そちらの彼女のことは私こそ避けたいわ。だから、『S嬢』としますね。あなたたちは決して許される関係ではなかったのですから。賭博よりもっと罪深いことよ〉

〈慚愧《ざんき》の念があるのみだよ。許しておくれ〉

〈その言葉はマリヤ・ドミートリエヴナに言って差しあげて。でも、フェージャ、あなたの苦難の時代の恩人を忘れてはいけないことよ〉

〈勿論、忘れはしないよ。彼こそはノーブレス・オブリージュの体現者だった〉

〈恋とお金に悩むあなたの、でしたね〉

〈手厳しいことを言うね、アーネチカ〉

ところが、どうしたことでしょう、フョードル・ミハイロヴィチはその半年後に立て続けに数通もの手紙をコペンハーゲンのヴランゲリ男爵に送るはめになったのです。

六五年七月、フョードル・ミハイロヴィチは三度目の外遊に発ちました。煩わしい債権者からの逃避と癲癇の転地療養のためでした。実際のところ海外に滞在していると癲癇の症状は国内にいる時よりは幾分かましでした。

ちょっとの儲けは大きな賭けを誘発します。大きな負けはもっと大きな賭けに出たくなるのです。負けが込んでも我を忘れて夢中で、スッカラカンになってようやく我に返るフョードル・ミハイロヴィチ。それでも、翌日には『昨夜の負けを今日こそ取り返そう、勝ちを倍にしよう』と思い、帳場で同じことを繰り返すのでした。

ルーレットの回転する数字に運を託すことほどいい加減な行為はない、と思っても、分かっていても、賭けるお金がある限り、諦められないのです。次こそ奇数だ、その次は黒に賭けよう、たまにはゼロ二つに賭けようと……あの時のフョードル・ミハイロヴィチは最も運からほど遠く、ひどく負けてしまったのです。

気が付くと、フョードル・ミハイロヴィチはホテルで食事はおろか蝋燭の支給まで断られるという八方ふさがりの窮地に陥っていました。それでも、お金さえあれば賭博に出かける気持ちでいたのです。

フョードル・ミハイロヴィチは腕時計も質に取られていました。滞在中のドイツのホテルに借金をするまでの苦境に陥っていたのです。ロシアの出版社や友人、それにヨーロッパ在住の知人の誰かれなく手紙で無心を繰り返したのです。無心の相手には絶交していたイワン・ツルゲーネフや『S嬢』までもが含まれていたのです。いやはや何とも愚かで、むしろ滑稽なくらいです。

そもそもフョードル・ミハイロヴィチが悲劇的な賭博熱の病みつきになったのは六三年夏に『S嬢』を追いかけてパリに向かう途中、ドイツでルーレットを試みて偶然にも大きな勝ちを拾ったからなのです。彼はそんなことまで自慢する人です。

無心はフョードル・ミハイロヴィチの処世術、文学的感情表現の絶えざる鍛錬でもありました。それに際立って冗長で、何と無節操で無残なことでしょう！　いざとなれば、どんな人間も鉄面皮になれるものです。創作ノートにはそのサンプルとも言うべき見本があります。題して、『ああ、無心』。フョードル・ミハイロヴィチは悪びれることなく、私にも朗読してくれました。

『わが友、親愛なる我が友。ぼくは君をお願い攻めにしている。無論、ぼくの方が悪いことは分かっている。しかし、それほどぼくは君を信じているのだよ、君の立派な、汚れのない心を思い起こしては。悪くとらないでくれたまえ、君のためなら身投げだって喜んでするのだ。

ぼくは思い切って首でもくくるより他はない事情に立ち至って、友として、兄弟として、君に金を送ってもらいたいとお願いしたのだ。お願いしたら君は困るだろうと承知の上でお願いすることに決心したのだ。もし君がぼくの立場にあり、ぼくに言ってきたら、ぼくは最後の一銭まではたいてあげただろう』。何という人騒がせなエゴイスト振りでしょう。

いやはや何とも、とうとうフョードル・ミハイロヴィチはコペンハーゲンのヴランゲリ男爵を頼ることにしたのです。ドイツのホテルからの男爵への手紙は久方振りの無心でした。フョードル・ミハイロヴィチは本当に懲りない人です。愚かで浅はかな行為をあえて告白する一方で、大見得を切ったのです。

『今、ホテルで『罪と罰』の初稿を執筆中で、人生の中で一番いいものを書いている。これに望みをつなげるのでぼくが借金しても一ヵ月経ったら間違いなく返しますよ』。一心不乱の赤貧の作家は金の無心と創作のことしか眼中にありませんでした。

結局のところ、デンマークからドイツへの送金のおかげで、フョードル・ミハイロヴィチは何とか十月にペテルブルクに帰還できたのです。律儀なことに、彼はわざわざ送金の御礼に、コペンハーゲンのヴランゲリ男爵に会いに行ったのです。余程の恩義を感じたのでしょうし、何よりも『罪と罰』第一編の完成が嬉しかったのでしょう。『債権者に悩まされながらも、一所懸命に長編を書き続けることが唯一の希望であり、使命なのです』。フョードル・ミハイロヴィチはヴランゲリ男爵に注文でものを書くことの苦痛と意義、それに今後の出版の構想を語りました。

実は、コペンハーゲン経由でペテルブルクに帰国すると、新しい形式、新しいプランが作家を夢中にしてしまい、何と途中で原稿を全て焼いてしまったのです。作家ドストエフスキーは男爵に『作家の最も優れた能力、それは削除するという能力だ。それこそ大成への道です』とまで書いたのです。

『この冬中は痔に苦しみながら、誰をも訪問せず誰にも会わず、今の長編に熱中です。痔の痙攣は深刻で立っていることも座っていることも出来ないために、臥していなければならない、しかも、もう足掛け三年、年にふた月、二月と三月に小生を悩ます痔は、今回は十五日間もペンを取らせないほどです』と、返済のことはさておいたのです。この恩知らずの作家は男爵を呆れさせたに違いないのです。

フョードル・ミハイロヴィチの男爵への手紙の意図は、七転八倒した痔の報告でなく、別のところにあったのです。『罪と罰』の第一編の第一号が翌年の『ロシア報知』の一月号に載り、長編の連載が開始されたのですが、この機に、彼は男爵に感激に溢れた評言を耳にしたと誇示して、公職ではできない喜びを説いたのです。彼は文学上の仕事の意義と目的を滔々と主張したのです。

男爵は以前に彼に官職に就くことを強く勧めたことがありました。その方が物心ともに安定するというのが理由でした。フョードル・ミハイロヴィチは一時期家族のために軍人から文官勤務への異動の嘆願書を提出し、男爵がそのために奔走してくれたことがありました。しかし、彼の文官勤務の勧めは作家ドストエフスキーにはありがた迷惑だったということです。そのことが男爵と疎遠になる理由でもあったのです。それに、二人の間にはマリヤ・ドミートリエヴナの良人の死の報知を受けての秘密の共有がありました。

男爵の気を悪くさせることが分かりながらも、フョードル・ミハイロヴィチの過敏で粘着質な性格がそうしないと気が済まなかったのです。とは申せ、さすがの男爵もはるか遠く離れたコペンハーゲンにいて、音信不通になったことで、これまでのフョードル・ミハイロビヴィチの過激な異常性、特に平然とした無心の過剰さを悟ったに違いないのです。

善意あふれる男爵もフョードル・ミハイロヴィチに貸したお金の催促をすることが幾度かありました。フョードル・ミハイロヴィチは男爵が自分に面と向かってそのような催促をするのがたまらなく嫌で、遠い他国のコペンハーゲンに赴任したのだろうとも憶測したのでした。

『七月になったら相当の稿料が入ります』と言って、フョードル・ミハイロヴィチは男爵に送金の約束までしたのです。ところが、情けないことに、男爵にいくら借金しているか正確な金額を把握していなかったのです。借りたお金をだいたいは覚えているのですが、実は手帳を落としたので、正確なことが分らないのです。フョードル・ミハイロヴィチの金銭感覚は相変わらずなのです。

かくも長々しいお話になりましたが、フョードル・ミハイロヴィチは『罪と罰』の連載により起死回生に成功したのです。彼はこの成功でここ一、二年の支離滅裂な生活を一気呵成に片付けられると考えたのです。夏には妹一家の別荘で過ごし、どうにか第五編までを執筆しました。残るは第六編とエピローグです。主人公のラスコーリニコフはペテルブルクの街を大いに闊歩していますが、フョードル・ミハイロヴィチが世の中を堂々と闊歩するには恩人である男爵への借金を年内に返済しなければならないと考えていたのです。ところが、その前に『罪と罰』の連載を中断せざるを得ない債務不履行問題という落とし穴が待ち構えていたのです。

やっとのことで私たち二人は『賭博者』執筆中の作家と速記者の世界に戻ってきました。フョードル・ミハイロヴィチを巡る十数年に及ぶ馳走話は四時間を要し、時刻は午後二時近くになっていました。箱馬車の中で二人はお行儀よく並んで座っているのですが、実のところ二人ともどうやらお腹をすかしているようなのです。

「さて、そこでだがアンナ・グリゴーリエヴナ、私は『賭博者』を仕上げたら、年末にはヴランゲリ男爵に送金するつもりでいるのだよ」

「フョードル・ミハイロヴィチ、恩人の善意を忘れてはいけませんわ」

「その通りだよ。そして、ここからが肝心かなめなのだが、彼の貢献に改めて感謝し、文末には結婚を近々控えていることを伝えようと考えているのだよ」

「………」

「相手は純真で無垢な、明朗でつつましく、しかも私を信じてくれる、天使のような存在、私などには実にもったいない女性なのです」

「…………」

「その人こそ私の絶体絶命のピンチをたった一ヵ月で救ってくれた速記者で、二十歳の聡明な美人であると知らせるのですよ！」

「まあ……」

「ちょっと誇らしいものだから、自慢をしてみたいのだよ」

〈まあ、フェージャ、いつの間にプロポーズの時期と中身を変えたの。私に告白したのは作品が出来上がってからだし、その際の物語の主人公は作家本人ではなく、画家だったはずよ〉

〈こちらの方がウィットに富んでいて、それに、ヴランゲリ男爵に助けてもらうことはわしらしくて面白いと思わないかい。あの時、わし自身を他の者に置き換えたのは、おまえがわしのプロポーズを撥ねつけたら、それこそヒドイ打撃になると恐れたからだよ〉

〈まあ、私には受け入れる覚悟が出来ていたことをご存じのはずよ。それなのにお芝居をするなんてずるいわ。私はマリヤ・ドミートリエヴナの話も若い女性たちとの艶聞も受け入

れたわよ〉
〈そうだったかね……それにしても、気に障る物語をよく話してくれたね〉
〈ええ、いつものことで、慣れっこですよ。
フェージャ、あなたは無心の達人だったわね。私も随分悩まされたけれども、文学的才能とも賞賛できる、あなたの無心にも何とか慣れたわ。でも今や必要なくなったわね〉
〈どうだろう、ここらで、おまえに借金返済の物語を無心させてくれないか。借金からの解放は、わしの次なる文学的転機にもなったからね〉
〈私たちの窮地を救った、二つ目の奇跡ね。こちらの無心は望むところよ〉

三　悪霊

私の速記術は連載を再開した『罪と罰』の執筆でも活かされました。作家ドストエフスキーはラスコーリニコフの顛末をまさに昼夜兼行で年末までに完成させました。彼にとっては雑誌社との約束でもあったのですが、結婚を控えて、何としても少しでもお金が必要だったので傍目で見ていても相当に無理をしていたと思います。

私の心には速記術を生涯の仕事にするという確信めいた自覚が根付いていました。作家ドストエフスキーの伴侶になることに身の引き締まる責任を感じていることでもありました。私たちの創作スタイルは『賭博師』と『罪と罰』を通じて確固たるものになりました。と同時に、私たち夫婦の日課ともなったのです。

私たちは一八六七年二月に結婚しました。知り合って五ヵ月後のことです。私たちの交際期間は五ヵ月で十分でした。フョードル・ミハイロヴィチは頑是ない子供のように私と時間を共にすることを強く望んだのです。

「わしの人生はこれからだよ」。結婚式を挙げた日はフョードル・ミハイロヴィチが十三年前にオムスクの懲役監獄を永久に後にした記念すべき日と同じ日でした。

ところで、フョードル・ミハイロヴィチは二度目の結婚式の直後にも最初の結婚と同じ体験を披露してしまったのです。新郎はシャンペンを勢いよく飲み、一日に二度も癲癇の発作を起こしたのです。私は新郎の人間離れした苦悶の情況を目の当りにしました。でも、私の覚悟は怯みませんでした。金切り声をあげず、事前に学んでいた医者の処方に則って看病できたのです。以降、私たちは癲癇の予兆を共有しました。予兆がやって来ると、私は常に良人の傍らで行動を共にし、彼と共にあれこれ悩みながらも何とか癲癇の発作に対処できるようになりました。と言っても、私の役割は良人を傍で見守り、いつ何時でも医者を呼びにやる看護師のようなものです。癲癇の予兆らしきものは忌々しくも月に一度や二度はやって来ます。この持病が二人の支え合う情愛を著しく促進してくれたと言っても言い過ぎではないのです。

私の悩みはフョードル・ミハイロヴィチの癲癇の発作だけではありません。新婚早々から家計のやりくりにも悩まされたのです。

職業作家の実入りは実に不安定で、前借りをすることが常態化していました。特に、フョードル・ミハイロヴィチはお兄様の借金を丸抱えしていましたので、自転車操業が続いていました。台所は常に火の車状態でした。加えて、作家ドストエフスキーには大変困った被扶養者たちがいたのです。

親鳥が運んでくる餌をひたすらに待つひな鳥たちです。驚いたことに巣穴は三つもあったのです。彼らは私たちの結婚に猛反対でした。『ドストエフスキー家に迷い込んだ世間知らずのひな鳥が、四つ目の巣穴を作る魂胆だ』とでも思っているようでした。

でも、作家と速記者との息の合った口述筆記は、彼らを黙らせたのです。彼らは書斎での私たちの執筆活動、二人の実務的でしかも文学的な仕事を垣間見て驚嘆したのです。ところが、この光景は被扶養者たちの金銭的欲求の期待度をかえって高めてしまいました。何とも現金な扶養家族です。

誠に現金な被扶養者の第一人者こそは先妻の連れ子、パーヴェル・イサーエフです。この継子パーシャは利己的で意地悪な二十一歳の若者です。生来の怠け癖、遊び癖を捨てることのできない可哀そうな青年です。当時、彼は私たちと同居していました。

フョードル・ミハイロヴィチがシベリア流刑からの帰還運動を嘆願する際に、重きを置いたことの一つがパーシャの学校問題でした。でも肝心のパーシャは子供じみた悪戯が過ぎて中学を退学させられ、それ以来五人もの家庭教師に彼の面倒を見てもらったのです。継子は気の毒なことに今日まで九九の計算ができないありさまなのです。

「おまえの生涯の不倶戴天の敵となろう」と、私を他人行儀に脅したフョードル・ミハイロヴィチの予言通りでした。パーシャは無作法で厚かましい奴です。それでも、前妻の遺言に従い、継子を善良なる青年として愛しているのです。

ところが、パーシャは全く働く気のない不良で、私たちとの同居を当然だと考えているのです。私たち夫婦の前で実母の思い出を語る嫌みな奴でもあります。私は人の悪口を言うことを好まないのですが、ことパーシャに関しては例外中の例外です。

パーシャはすぐに私に敵対心を燃やしてきました。

「あの女の投稿した小説が例の雑誌に入選したのは義父に下心があったからだよ。母さんを裏切った義父は、ぼくを養う義務はあっても、ぼくにとやかくお説教をする資格はない！それにあなたも同様だ！」と、彼は私に面と向かい私たちのことを責めるのです。

パーシャもフョードル・ミハイロヴィチがモスクワで療養中のマリヤ・ドミートリエヴナを裏切ったこと、小説家志望の若いS嬢と懇ろになり、二人で外遊したことを知っていたのです。

私はパーシャに同情できる立場にありました。ところが、彼ときたら算数はからっきしなのに屁理屈は一人前なのです。でも、この同年配の義理の息子は私を甘く見過ぎていました。

「私もフョードル・ミハイロヴィチの不義は許せません。だから私の方は作家ドストエフスキーにしっかり仕事をしてもらいますよ。勿論、私は私の速記術で彼を助けます。私たち夫婦であなたの生活の面倒は見ますから案ずることは無くってよ。

だからパーシャ、あなたはフョードル・ミハイロヴィチがかつて愛したマリヤ・ドミートリエヴナの遺児として堂々と振舞えばよいでしょう。まずは定職に就くことを勧めますよ」

「何とも恩着せがましい言い方ですね。ぼくは決して義父の言いなりにはならないと言いただけだよ。勿論、あなたの言いなりにもなりませんよ」。パーシャは不倶戴天の敵の地位を降りることはありませんでした。義父が彼のために斡旋した仕事が反故にされたことが何度あったことか、とにかく長続きしないのです。

　更に、厄介で手強い被扶養者がもう一方にいたのです。二年前に亡くなったお兄様の残された家族、兄嫁エミリヤ・フョードロヴナと四人の子供たちです。加えて、お兄様が愛人に産ませた私生児の息子まで愛人ともども金銭的な面倒を見ているのです。

「そもそも私たち夫婦がフェージャのお世話をしたのは、彼の文壇デビューする前からですよ。遺産の分配の時だって、財産管理人のカレーピンの猛反対にあってね。私だってあの生真面目な頑固者には嫌な思いをさせられたものですよ。尤も、私からすれば、あの財産分与はお金に困ったフェージャの我儘ですよ。若い頃からお金にはとんでもなくだらしがなかったからね。フェージャが一時金を受け取ることができたのは、二人の仲裁に入った良人ミハイルのおかげよ。それでフェージャはデビューまで何とか食いつなげたのよ。

　それに、私たちはフェージャの大恩人の評論家のベリンスキーをお助けしたのよ。彼が肺の病で転地療養する際に、フェージャに頼まれたの。ご懐妊中のベリンスキー夫人とその妹の面倒を見たのですよ。ほんの一時ではありましたが、それでも時間もお金もそれ相応に使いましたよ。

その上に、逮捕劇でしょう。良人のミハイルまでが巻き込まれたのですから、あれこそは青天の霹靂でしたよ。良人は十日間も勾留されたのですから。尤も、良人は別人と間違えられたと判るとすぐに釈放されましたけれども、これだって社会主義に傾倒したフェージャのせいよ。評論家の奥様をお世話したというのに、フェージャのつかまった理由が評論家の不逞な手紙を自慢気に朗読したからというのだから、実に迷惑な話ですよ。あの事件で逮捕された政治犯がどんなことを企んでいたのか薄々は知っていますけれども、暴力革命を計画していたなんて恐ろしい話まであるみたいで、あの火の玉のようなフェージャならやりかねないと思ったの。それにしてもフェージャが銃殺刑という難を逃れたのは、皇帝のご慈悲のお蔭ですよ。

でも、正直に申しますわ。逮捕されてからオムスクの監獄を出るまでの五年間はほんとうに静かで助かりましたよ」と、長々と愚痴る兄嫁も只者ではありません。

「五年間の沈黙を強いられたことは、火の玉フェージャにはどれほど辛いものだったか、あの人はセミパラチンスクで軍隊勤務になるや当然の如く良人を頼ってきたのよ。良人はセミパラチンスクに大そうな書物、それに随分なお金まで送りましたよ。

ある時、良人からフェージャが人妻に恋をしていると聞かされて、『火の玉フェージャの恋は厄介だ！』と、二人で呆れ、心配もしたのでした。その人妻が未亡人になるやまんまと一緒になったのですからね。何でもフェージャはその人妻を唯一無二の女神だと崇めていたのよ。ええ、お祝い金をたんまり送りましたよ。それでも自分たちはタバコ工場を経営していたので、子供を四人抱えていても何とか暮らしが成り立っていたのですよ。

それがまあ何としたことでしょう、フェージャがシベリアから帰って来ると、兄弟で雑誌を始めたのです。二人してジャーナリズムへの参入だと意気込んだのです。これがケチのつき始めだったのよ。

何せ二人とも元文学青年でしたから、私には迷惑千万で、本当に困った人たちでした。良人はフェージャがペテルブルクに戻ることが決まった頃には雑誌発行の準備をしていました。火の玉フェージャが良人に火を付けたに違いないのです。タバコ工場の資産は雑誌発刊のための貴重な資金源になったはずよ。共同運営と言っても、フェージャは冗長なくらいに口は出すけれども、お金はほんの少ししか出さなかったのよ。

『死の家の記録』の自分たちの雑誌への連載は当たりましたよ。私も『流石、作家のドストエフスキーだ』とフェージャを見直したのに、原稿料は借金の返済とヨーロッパへの物見遊山に使い果たしたのですからね。私たちの懐には一コペイカも入りやしなかったのですよ。でも、共同経営の雑誌は一年余りで発禁処分になったのよ。それで私たちはすっかり貧乏になってしまったのです。

ええ、勿論、フェージャは雑誌の復刊のために色々やってくれました。でもね、廃刊の裏には当局が元政治犯の作家ドストエフスキーに目を付けたからに違いないのよ。だからフェージャの責任は重いと思うの」。エミリヤ・フョードロヴナは辛辣です。

「挙げ句の果てに良人ミハイルは肝臓をやられて死んでしまったのよ。原因は働き過ぎ、気を配り過ぎ、心労ですよ。私は子供四人をどのようにして養えばよいのかしら。

それにフェージャにも不幸があったことを忘れてはいけないわね。私がフェージャの言う唯一無二の女神にお会いしたのは、フェージャたちがペテルブルクに帰還してすぐの頃よ。それ以来マリヤ・ドミートリエヴナが亡くなるまで一度もお会いしたことがないのですよ。この意味は、アンナ、あなたにも分かるはずよ。あの方はフェージャの癲癇発症にショックを受けて、フェージャのことを随分恨んで死んでいったのよ。でも、一人息子のパーシャのことはさぞかし心残りだったに違いないのです。

　ところが、そのパーシャこそが曲者よ。フェージャとは血がつながっていないのに、フェージャそっくりの、大変な無心家ですからね
「そういうことですから、アンナ、パーシャには気をつけなさいよ」と、私が最も気をつけるべき相手の一人は、自分のことは棚に上げて、私に忠告してくれたのです。

「それに何ですか、良人ミハイルの愛人の子供まで面倒を見ているのは、ミハイルがフェージャに遺言でもしたのかしら。きっと私への当てつけですよ。兄弟でいささかやりすぎよ。あ、そうそう、あなたたちの結婚には誰もが反対だったわね。二人の年齢差、それに知り合ってたったの五ヵ月ですもの、反対は当然よね。でも、最後はあなた方の粘りに皆が根負けしたのだけれども、私が兄嫁として陰ながら応援したことを忘れないでね」

　兄嫁はフョードル・ミハイロヴィチのことを憎んでいる一方で、彼を頼るしかないのです。私は兄嫁にも同情的なのです。彼女の恨み節には頷きながら耐えることにしているのです。

　私にはパーヴェル・イサーエフもエミリヤ・フョードロヴナも、フョードル・ミハイロヴィチを恨むのは当然至極で、彼の庇護を受ける正当な理由があるように思えてならないのです。

　当の本人が彼らを家族ともども生涯面倒見ることを約束したのは、お兄様の破産によって身

に降りかかった災難とは言え、当然と言えば当然のように思われるのです。私も伴侶としていささかの罪深さを感じているのです。

さて、結婚して二ヵ月後の四月、私たちは突如外遊しました。三ヵ月の新婚旅行の予定が一年、二年、三年、いいえ、四年と三ヵ月にも及びました。私たちはドイツ、スイス、イタリア、チェコの四カ国、十数カ所の都市を転々としました。帰国の際には三番目の子を宿していました。最初の子ソフィアを生後間もなく亡くすという不幸も経験しました。この放浪ともいうべき長い旅には切実な背景がありました。

私はフョードル・ミハイロヴィチと二人きりになりたいという新婚早々の熱情と無邪気な願望を抱いて、新婚旅行に勇み立っていました。私は意地悪な二人には同情的ではあったのですが、それでも煩わしい関係から一時的に避難できると思うと嬉しかったのです。ところが、何とまあ、フョードル・ミハイロヴィチ本人にはもっと耐え難い別の事情があったのです。それは『罪と罰』の成功がかえって裏目に出たことです。

フョードル・ミハイロヴィチはもう一つ長編を書けば、一気に全ての債権者と片をつけてしまえるだろうと大きな望みを抱いていたのです。無理もありません、その頃、彼は『罪と罰』の成功で一挙に一万ルーブリを超えるお金を三人の債権者に払えたのです。ところが、ほかの債権者たちが黙っていませんでした。彼らは次の長編まで待ちきれなくて、訴訟を起こしたのです。金銭感覚に問題のあるフョードル・ミハイロヴィチのことが信じられなかったのです。このままだと作家ドストエフスキーは結婚早々から債務監獄行きです。

「これは第二の死の家だよ」と嘆く新郎は、毎週のように癲癇の予兆を感じ、時には発作を起こしたのです。療養のためにも外遊が必要でした。

フョードル・ミハイロヴィチは雑誌社の編集長に三千ルーブリの前借りをし、私はと言うと、嫁入り道具を投げ打って、更に母からも幾ばくかの援助を受けての出発でした。有り体に言うと、ロシアから逃げ出したのです。でも、彼はどこにいても、どんなに借金を抱えていても、彼の扶養家族への援助を絶やすことはありませんでした。私たちの住んでいたアパートには継子と兄嫁一家が住むことになりました。家賃は勿論フョードル・ミハイロヴィチの負担です。彼らへの負い目もあったでしょうが、自身がお金で苦労しているので彼らの気持ちや立場が痛いほど理解できたからでもあるのでしょう。でも現実には援助のやりくりに四苦八苦していたのです。

外遊中のフョードル・ミハイロヴィチはロシアにいる時と同様に、午前十一時に起床します。紅茶とタバコを一服しながら、私たちの口述筆記が終わるのが午後二時。それからは画廊か博物館で過ごし、レストランで食事を済ませ、公園を散歩するのです。音楽を聴き午後九時に帰宅して、お茶を飲み、作家は十一時には仕事の机に向かい、私は清書に取りかかります。

彼は『貧しき人々』の執筆を始めて以降、夜に仕事をするのが習慣です。執拗な債権者や小うるさい、時には煩わしい係累に邪魔されず、健康のための転地療養も功を奏し、私たちは執筆に専念できました。私はフョードル・ミハイロヴィチの創作活動と幸福な生活のために一途に働き、彼を支えることが嬉しいのです。私は作家ドストエフスキーと絶体絶命の危機を乗り越えた同志であることに自信と誇りを持っていました。お互いが傍にいることを必要とする二人の関係は外遊ではとても充実した新婚生活になることを心底期待していたのです。

ところが、ああ、何としたことでしょう！

債務監獄からまんまと逃げおおせたフョードル・ミハイロヴィチには別の目的があったのです。ドイツに着くや、私が最も恐れていたことが起こったのです。平穏な日々は一ヵ月しか続かなかったのです。

正真正銘の『賭博者』、フョードル・ミハイロヴィチが鎌首をもたげたのです。私の『賭博者』は、まるで運命に挑戦するかのようにルーレット賭博にのめり込んだのでした。若い頃はビリヤードでしたが、壮年になるとルーレットに夢中になったのです。

忘れもしません、五月の中頃のことでした。私はホテルの部屋で彼に訴えました。「新婚旅行をどうなさるおつもり？　そもそも私たちに賭博に使えるお金の余裕がどこにあるというのですか！」。私は淋しくて、悔しくて泣きました。

「すまないね、アーネチカ。おまえのために借金を返すためでもあるのだよ。これはわしにとっては大変な決断なのだよ」。『賭博者』はすでに気もそぞろでした。

「それに、毎日手紙を書くから安心しなさい」と言い残して、『賭博者』はドイツのドレスデンから急行列車で丸一日を要するドイツ南西部のホンブルクという街に単身で向かいました。当初の四日間の約束は見事に裏切られ、悪夢の日々が積み重なってしまったのです。何としたことでしょうか、私の『賭博者』は十日間にわたってルーレットに明け暮れたのです！

律儀な『賭博者』は、私を甘い言葉で慰めることを一日たりとも忘れませんでした。彼は十日間、毎朝十時に新婦への手紙を書き終え、勝負に出かけたのです。その間私も何度も手紙を書きました。その内三回はお金の送金を兼ねていました。手紙が一日で相手方に届いたことが、かえってフョードル・ミハイロヴィチを好き勝手にさせたようで、てんやわんやの騒動になったのです。

私は彼からの毎日の便りが唯一の慰めだと思い、最初はまるで『貧しき人々』の往復書簡だとも考えました。でも、かの物語に比べても、私たち二人の方が、何とも貧しくて惨めで、それに悲惨なものでした。それでも私は途方に暮れる暇はなかったのです。

金曜日に現地から第一報が届くや、月曜日には早くも送金の依頼です。ドレスデンに帰る旅費分までスッカラカンに負けたと嘆くのです。火曜日には私の手紙が届いたのに銀行の分が無い、要するにお金が届いていないと不平不満だらけの手紙です。木曜日になるとお金は昨日受取ったが、その日の内に早速負けてしまったことを臆面もなく知らせる手紙を書くのです。再び送金の催促です。

憐れな『賭博者』は、ルーレットでスッカラカンになった詳細と無心を繰り返し、私はそのたびに心配させられたのです。勿論、何とかやりくりをして、三度も送金をしてしまったのです。二度目の際は約束の日に新郎を迎えに駅へ行ったのですが、新郎の姿は見えなかったのです。

失意の『賭博者』は、土曜日になって、ようやく明後日、四十八時間以内にドレスデンの私のところに帰ると観念したのですが、日曜日になってもお金が午前中届かないと困り果てる始末。午後にようやく三度目のお金を受け取って帰路に就く慌ただしさでした。その間、鎖付きの時計は二度も質草になりました。私の送金で何とか質流れは回避できたのです。

六月になるとフランクフルト経由でバーデン・バーデンに着くや否や、全く懲りない『賭博者』は、またしてもルーレット賭博に足を運んでしまったのです。

その後、私たちは八月にジュネーブに移りました。フョードル・ミハイロヴィチはここで『白痴』の構想を練り、翌年一月から『ロシア報知』に連載を開始したのです。一ヵ月後には最初の子ソフィアが生まれました。でも何ということでしょう、フョードル・ミハイロヴィチはソフィアが生まれて一ヵ月が過ぎると娘を可愛がるよりも賭博の誘惑に引き込まれてしまったのです。

父親となった『賭博者』は、その際もスッカラカンになって今度は指環を質に入れる始末でした。しかもそれで得たお金までも賭博で負けてしまったのです。その日は午前と午後に二回も私たちに手紙を書いて寄こしたのです。彼は私と娘に懺悔すると共にいつも以上に真剣に無心をしたのです。彼は予定よりも少し遅れて私たちの元に帰ってきました。彼は一年足らずのジュネーブ滞在中に賭博場のある村を三度も尋ねました。

フョードル・ミハイロヴィチがスッカラカンに負けて一ヵ月後のことでした。娘ソフィアが肺炎で急死しました。一週間ばかりの患いで死んだのです。医者はあの子の死んだ日に「だいぶよくなりましたね」と言ったのです。私たち三人は、ええ、この時は私の母も付き添っていたのですが、医者の言うことを真に受けて、亡くなる二時間前まで死のうなどとは考えもしませんでした。それでフョードル・ミハイロヴィチはあの子の手を握り、手を振りながら新聞を読みに外出したのです。その直後の急変でした。あの子はたった三ヵ月で逝ってしまったのです。あの子の父親は悲しみ、そして悔やみました。

『賭博者』は何もフョードル・ミハイロヴィチだけではありません。私はもちろんのこと、私たちの結婚に何らのためらいもなく賛同してくれ、娘の難儀に仕送りを続けてくれる私の母も、ある意味では『賭博者』でした。母は孫のために何度も私たちの滞在先を訪れ、同行までしてくれました。私は元政治犯で癲癇持ちの、親子ほどに年の差がある作家と結婚した自分を『賭博者』だと母と共に面白がったことを心底後悔しました。外遊のほんの初期の頃に、私は正真正銘の『賭博者』の妻になったことを思い知ったからです。

私たちが『賭博者』を執筆していた頃、フョードル・ミハイロヴィチは外遊の際の賭博の武勇伝を面白おかしく、時には誇らしく語ってくれました。『賭博者』をテーマにした理由を勝ち誇ったように物語るのでした。しかし、その武勇伝とやらは、ほんのたまたま勝ったことを大げさに表現しただけのことだと分かりました。現実の『賭博者』は小説の『賭博者』

よりももっとひどい目に遭ったのです。負けてスッカラカンになっても全く懲りないのですから、いやはや何とも困ったものです。

負けが込んでも、彼はくどいほどに挑戦し、スッカラカンになると私に無心するのが当たり前だと振舞うのでした。財布のひもは私が握っていました。良人には厳しくとも、作家ドストエフスキーには緩すぎました。前借金は言うに及ばず、私のへそくりともいえる嫁入り道具を売却して得たお金や母からの援助金が賭博に負けた穴埋めになったのです。借金生活は覚悟していましたが、でも、こんなにひどいことになるとは思ってもいなかったことです。四年間で何十回となくあちらこちらの賭博場に入りびたり、勝ちに恵まれることの少ない作家……負債がかさむばかりです。

フョードル・ミハイロヴィチは賭博に勝っても負けても、賭博の世界に熱中している間は、不思議なことに、体調がとてもすぐれた状態にありました。そして、彼はそのことを彼の天性だと信じていたのです。神経が痛み、身体が疲れていても、賭博で興奮した脳細胞の状態は彼の創作意欲を俄然旺盛にしたのです。私は妻として、速記者として、作家ドストエフスキーを間近でしかも肌でそのことを感じ取ることができたのです。『白痴』の執筆の頃だったと思いますが、私はある重大なことに気付き、そして悟ったのです。とんでもないことなのですが、何とも不可思議なことなのです。

それこそは作家ドストエフスキーにとって賭博で手に入る最大の快楽は勝つことでもなく、負けることでもないということ、彼にとっての一攫千金は、お金ではなく、賭博によって壮大な構想を探り当てることなのです。

フョードル・ミハイロヴィチはドイツで賭博に負けなかったら『罪と罰』は生まれなかったと断言しました。彼は賭博ですっかり負けて、夜の九時頃にホテルに向かって並木道を歩いていると、突如、その思想が……ついさっきから自分の脳裏にちらついていた素晴らしい思想が電光石火のごとく解明できたと言うのです。それに『白痴』の清廉潔白で純真無垢な青年もバーデン・バーデンやジュネーブでのルーレット賭博の興奮と緊張の中から生まれたとも……つい今しがたまで賭博で打ちのめされた作家が、どのようにして主人公のラスコーリニコフやムイシュキン公爵を創造できたのでしょうか？

『人間は謎です』と考える作家ドストエフスキーこそ謎だらけではないでしょうか……私はそう思わざるを得ませんでした。

フョードル・ミハイロヴィチのけじめのない奔放で過激な気質には困ったものですが、気高い高潔さの感覚には卑しい堕落の感覚が必要不可欠だったのです。「賭博に溺れる者は確かに金銭的にはだらしがないが、精神は高貴な『詩人』である。堅実な生活を第一とするのはけち臭い、俗物の小市民である」と格言のように嘯《うそぶ》くフョードル・ミハイロヴィチにも妙に納得してしまったのです。

ところで、外遊での新婚生活は作品の稿料の前借金や母からの仕送りで何とかやりくりする貧乏生活でした。夫婦であちこちの出版社の編集長宛てに無心状を書く機会の何と多かったことでしょう。しかも、私たちの金欠生活を吐露して物乞いをするような屈辱的な内容でした。でも、フョードル・ミハイロヴィチは作品の前借金を得るための正当な権利であって、決して屈辱的だとは考えていないのです。この方面でも私の速記術は無心を得意とする作家には三倍も四倍も役に立ったようでした。

でも、前借金の一部は必ずロシアに残してきた扶養親族の援助に回されました。貧乏神はすぐ私たちのところにやって来ました。ルーレットが回るたびに私たちの首は回らなくなるのでした。私たちは外遊先での不安定な懐事情の解決策として、質入れを繰り返しました。実のところ、私たちはそのための準備に怠りは無かったのです。外套も指環も時計も質草に相応しいものを身に着けていましたから。

さて、ここで、元政治犯で過剰、過敏な作家、ドストエフスキーならばさもありなんという誠に奇妙な重大事を暴露しなければなりません。

当初、フョードル・ミハイロヴィチは賭博について私たちのひどい物質的欠乏状態を改善し、亡兄の負債を清算する唯一の方法だと正当化していました。

フョードル・ミハイロヴィチの外遊とそれに伴う賭博は債務監獄行きからの逃避だけでなく、何を隠そう、皇帝直属官房第三部との神経戦でもあったのです。その話を耳にして、私の口から『いやはや何とも』という彼の口癖が思わず出そうになりました。それほどまでに私を唖然とさせたのです、いやはや何とも。

当時、ヨーロッパ、とりわけスイスのジュネーブはロシアの政治亡命者のたまり場になっていました。実際、フョードル・ミハイロヴィチはロシアからの亡命革命家、ミハイル・バクーニン、アレクサンドル・ゲルツェンらと会っていました。私は当初文学的興味から革命思想を唱える彼らの現況を研究することに怠りがないのだと思っていました。

フョードル・ミハイロヴィチは「彼らの演説を聴いてそのやくざぶりにただあきれた」と不満を漏らす一方で、「実はね」と言って、「ここジュネーブには帝政ロシアの秘密警察の密偵どもが潜伏しているのだよ」。そして、「彼ら密偵が危険視する、いわゆる『有頂天のロシア人』の中に自分の名前があるらしいのだよ」と私を脅かすのでした。

元政治犯の作家、ドストエフスキーにはつきまとう監視の目があり、彼のロシアに宛てた手紙はほぼ例外なく開封されていました。そこで、元政治犯は思い切った策を講じたのです。外遊の際に賭博にのめり込むことがその一つです。彼にとって政治亡命者たちのたまり場にわざわざ顔を出し、一言悪態をつくことも大事な演出でした。彼の賭博への逃避とそれに伴う借金は彼の救いがたい破滅的生存の証なのです。自身の無用性や無益性は皇帝権力の目には社会主義革命家とは程遠い存在、卑屈な転向者、卑しき破滅者に映る効果を狙ったのです。それこそが『有頂天のロシア人』ではないことの確たる証明なのです。

フョードル・ミハイロヴィチの書簡は冗漫な無心の言葉でいっぱいです。時には政治亡命者を罵倒しました。

「賭博も無心も監視の目に気前よく応ずる手立てだよ」と、彼は私に賭博とそのための借金を正当化するのでした。これでは執拗に無心される人たちはたまったものではありません。財布のひもを緩める私もその一人です。

私がこの愛すべき『賭博者』からこの重大事を聞かされた時、あれほど様々な苦しみを乗り越えてきたフョードル・ミハイロヴィチの、自制心のなさ、意志の弱さに呆れつつも、私は彼の賭博癖を甘受することができたのです。私は私たちの未来のためにフョードル・ミハイロヴィチのカムフラージュを受け入れたのです。世間の批判は言わせておけば良いだけのこと。

でも、彼が恋へのたび重なる逃避も同じ理由だったと弁解した際は、私は断じて認めませんでした。賭博でスッカラカンになるほうがまだましです。何故って、愛人の『S嬢』をパリまで追っかけて行ったことや、女優志願のもう一人のアンナ嬢との婚約解消の物語も破滅的生存の証だと切実に話されても、それらが皇帝権力とどこでどう繋がるのか全く想像できないからです。それにパーシャがそんな言い訳に納得するはずはありません。

ヨーロッパ放浪の中で、フョードル・ミハイロヴィチはしばしば賭博にのめり込み、夥しい無心の手紙を書き、癲癇の発症にも悩みながらも、『白痴』と『悪霊』という二つの長編を連載しました。私が彼の間近で感じた、もう一つの驚きは、彼の創造力が彼の言うところの『猫の活力』にあるということです。このことは口述筆記を通じて私にもはっきりと理解できました。この『猫の活力』は彼の最愛の妻と兄を同じ時期に失った悲しみと借金苦に打ちひしがれながらも、新たな生活を始めようとする彼の絶望的なエネルギーを自嘲気味に表現したものなのですが、私はフョードル・ミハイロヴィチの克己心だと改めて実感したのです。

これこそがドストエフスキーという作家の性情の中の無尽蔵な創造的エネルギーにほかならないのです。賭博も癲癇もフョードル・ミハイロヴィチの創造のエネルギーだと思うようになりました。とりわけ癲癇こそが『猫の活力』の源泉で、天才の代償ではなかろうかと放浪生活の中で実感したのです。

フョードル・ミハイロヴィチは好きになった女性に自分の癲癇のことを話したがる習癖がありました。信じられないことですが、恐らく私は彼の口から癲癇を打ち明けられた五人目か、六人目の女性に該当すると思われます。

〈フェージャ、ここであなたの癲癇のことを語って良いかしら〉

〈良いとも。わしの癲癇の話を子細に打ち明けた女性は、わしの記憶の限りでは六人目で打ち止めになったよ。その六人目の女性がどう思っているか興味津々だね〉

驚いたことにフョードル・ミハイロヴィチの癲癇発症時期に関しては様々な説があるのです。実のところ、正確な発症年齢を確定できないのです。彼や目撃者の話を集約すると、彼は思春期から青年期にかけて癲癇発作を何度か経験しています。彼自身は父親の横死事件が発症の原因だと根強く思っている節があるのです。

そもそも、発症の時期が未だよくわからないのは、フョードル・ミハイロヴィチ自身にも原因があるのです。彼は自分の発作を本当の癲癇発作と認めたくなかったようで、どの医者にも不信感を抱き、何人もの医者を渡り歩いている事実は、癲癇を否定してくれる医者を探し求めていたからです。結局、彼の癲癇の診断が公式な記録に残っているのは三十六歳、最初の結婚の直後です。セミパラチンスクでの軍隊勤務は彼の癲癇を診断書の発行という確たる証拠として残しました。そのことが皮肉にもペテルブルクへの帰還を早めてくれたのです。作家ドストエフスキーの何通もの涙ぐましい嘆願書が功を奏したのは、事実ですが、癲癇の診断書こそが軍隊勤務の解除と帝都帰還につながった大きな要因だったと思います。

フョードル・ミハイロヴィチにとって癲癇との戦いは凄まじく、涙ぐましいものです。彼は結婚の興奮から新婚早々に癲癇を起こし、二人の新妻を驚かせました。そのうちの一人が私です。

「自分の一番親しい人を亡くしたような、誰かを埋葬したような気分になるのだよ」。彼は発作の後に私に神妙に語ったことがありました。発作後の彼は一ヵ月原稿が一行たりとも書けない時もありました。

一方で、癲癇には苦悶ばかりでなく、本当かどうか、作家ドストエフスキーの創作の世界では癲癇発作には『恍惚前兆』と言って、至福感と恍惚感からなる独特の甘美で輝かしい前兆が存在しているというのです。『白痴』のムイシュキン公爵の癲癇の迫真的描写は恍惚が伴っています。『悪霊』で自殺するキリーロフも癲癇です。それに、『カラマーゾフの兄弟』のスメルジャコフも癲癇です。スメルジャコフの場合は父殺しのアリバイ工作に使いました。彼は次男のイワンに裏切られて何もかもに耐え切れず、自殺します。作家ドストエフスキーの創作する人物には何と癲癇持ちが多いことでしょう。

私は彼らの発作の情況を口述筆記で誰よりもいち早く知ることができました。作家ドストエフスキーが登場人物の癲癇の症状を口述する際は、なるほど彼自身がいつもある種の興奮状態に陥っていました。私にとっても『恍惚前兆』は実際に存在するのかどうか強い関心事だったのです。

特に、外遊中に執筆した『白痴』のムイシュキン公爵の迫真の恍惚感には驚かされました。まるでフョードル・ミハイロヴィチ自身の経験を語るような口述だったからです。何を隠そう、真相は私の日記が正直に語っているのです。

私は結婚当初の二年間、速記で日記を書いていました。その理由は良人、作家ドストエフスキーが非常に興味深い、謎に包まれた人間でしたから、その考えや言葉を書きとどめることにしたのです。そうすれば彼のことをよりよく知って理解もできるだろうと思ったからです。それに外国では全くの孤独でしたので、自分の感じたことを誰とも分かち合うことができなかったからです。フョードル・ミハイロヴィチがルーレット賭博に出かけた時には、日記こそ自分の考え、望み、それに恐れなどを打ち明ける友人だったのです。以下、私の日記からの抜粋です。

『フェージャは今日も新聞を読みに図書館に出かけるのをよした。発作が起こるのではないかと一日中恐れている。私はこんな時は彼の傍にいて、一秒たりとも離れないことにしている。私たちは癲癇の接近を数日前に予感できた。彼が言うには眠気が襲ってきて、頭が重くてまわらない。そして、手がムズムズする、特に爪の奥がそう感じる。これは兆候だという。私はそんなことになったら心配でたまらない』。その間、私たちはドイツのホテルでジッと耐えていました。

『今朝の五時十分、フェージャは発作を起こした。私の見たところ、とても強い発作だった。これまでのものより強い。

顔の痙攣が激しく、頭全体がグラリと動いていた。それからかなり長い間意識が戻らなかった。その後、眠りはしたが、五分おきに目を覚ました』。予感は的中しました。私が傍らにいるかどうか気にしているようでした。

『発作はちょうど一週間おきにやってくる。これでは頻繁過ぎる。今回は天気の所為ではないかと思う。今朝は雨だったのだ。

可愛そうなフェージャ、発作の後はいつも顔が真っ青で、神経がメチャメチャになる。でも、私は気付いた。以前、自宅で発作を起こした後に比べると、私がまだ彼と結婚しなかった頃、或いは結婚したばかりの頃と比べても、発作後の気の滅入りがうんと軽くなったことを。あれほどひどく苛立つことは無くなってきた』。私はフョードル・ミハイロヴィチがそろそろルーレットを恋しがるのではないかしらと思いました。『白痴』の執筆が気にかかるけれど、明日当たりにお金の準備をしなくては……でも、どうして私がそこまでするのかしら？

『今日は仕事をしようとしていた。が、ほんの少ししか書けなかった。私の速記術まで鈍りそう。またこれで四、五日は仕事ができない。この頃は発作の後の意識の混濁状態がひどくて四日か五日は全然正気に戻れないでいる』。私はルーレットを勧めるどころではないと考え直しました。

『フェージャが発作を起こしたのが聞こえた。私はすぐさま飛び起きて蝋燭をつけた。彼のベッドに腰かけた。私の見たところでは今回の発作は大して強いものではない。フェージャはそれほどひどい叫び声を上げなかったし、かなり短時間で我に返った。

フェージャは死ぬのが怖くてたまらないと言い続けた。そして、どうか時々この不幸な男の様子を見るようにしてくれと頼んできた。それから彼は眠った。私は夜の九時半まで寝かせておいた。夜間は小説の執筆のためほんの少ししか眠らなかったのだ』。私はルーレットの気晴らしが必要だと思いました。負けても、癲癇の発作で恐怖を味わうよりまだましだと考えることにしたのです。

『今朝は気分がよいようだ。フェージャはついに出かけた。原稿の前借金をたっぷり持って。例のカムフラージュのためだ……珍しくその日のうちに帰ってきた。案の定、大敗で大損……いやはや何とも』

私の知る限り、フョードル・ミハイロヴィチは恍惚感を経験していないのです。死の恐怖に襲われる症状が起こるたびに、死の淵から何度も生還したフョードル・ミハイロヴィチ……度重なる死に向かうほどの苦痛の後の生還の悦びがどれほどのものだったのでしょう。

マゾヒストは苦痛を快楽に変えることができたのではないでしょうか。癲癇の恍惚感ゆえに作家ドストエフスキーの天性が磨かれたわけではないのです。むしろ、癲癇の苦渋を乗り越えて、才能を発揮したのです。彼の文学の奥底には重苦しい淵があって、そのギリギリのところで、言わば死から生への蘇りの劇が演じられるのです。それこそは彼自身の病的な苦痛と歓喜の体験であったと思えるからです。この体験がムイシュキン公爵の迫真の恍惚感を創りだしたのです。

もし、恍惚感が存在するとなれば、私たち夫婦でそのことを語り合わないはずがないのです。火の玉フェージャに本当に恍惚感があったならば、彼は必ずや私に語るはずです。フョードル・ミハイロヴィチの恍惚感がどうであれ、発作のたびに起きていることは、まさしく生と死のせめぎ合いなのです。私たちは日常的に癲癇の発作と戦い、これと折り合っています。フョードル・ミハイロヴィチは私の看病と速記を必要とし、機嫌のよい時は作品のお気に入りの箇所を朗読してくれます。

世間では作家ドストエフスキーの癲癇のことを色々と噂をするのが好きなようです。残念なのは癲癇の気質が粘着質で陰鬱な性格として尤もらしく論じられていることです。シベリア流刑と癲癇という二つの苦渋が彼の顔に刻んだ印象のせいで、そのように見られるのでしょうが、実際のフョードル・ミハイロヴィチは陽気で、機知にとんだ明るい人柄なのです。そもそも一般論としても癲癇気質なるものは何ら根拠のない出鱈目だと思うのです。

私は作家のルーレットもテンカンも、そして私の速記術も今や文学的挑戦の課業と考えています。ちょっと大げさに言えば作家ドストエフスキーの文学的事業の飛躍のためのものだと。

〈まあ、随分とあれこれ言い過ぎたかしら……〉

〈アーネチカ、新婚早々のおまえがどんなことを考えていたか、おまえがわしの賭博癖や病気にどんなに苦労をしたかは知っているつもりだったが、改めてその実際を知ると、いやはや何ともわしはわがまま放題だったことか。それにしてもおまえは実に強い人間だ〉

〈フェージャ、あなたの人生はあなたが創作する小説のどんな人物にも負けていないわ。いつかあなたの伝記をあなたのために書いてもいいかしら〉

〈ああ、構わないさ。でも、わしが死んだ後にしておくれ。おまえの方がずっと長生きするだろうから、わしのことを自由自在にけなしてくれても結構だよ〉

〈フェージャ、あなたはまだまだ生きてよ。だから、私の回想はずっとずっと先のことよ。それにあなたの真実に忠実であっても、あなたをけなすことにはなりませんよ〉

〈それでこそ、わしのアーネチカだよ〉

話を続けましょう。

さて、二人の文学上の賭けはまだ緒についたばかりです。私たちの放浪に近い外国暮らしは、私に『自信と勇気と希望』を与えてくれました。このセリフはフョードル・ミハイロヴィチのオムスク監獄の述懐と同じかしら。

恋とルーレットのカムフラージュの真偽の話は本題ではありません。外遊から帰った後の私たち夫婦の焦眉の急は莫大な借金問題でした。大きな声では言えませんが、長い新婚旅行から帰ってみると、負債は五万ルーブリに膨れ上がっていました。お金に無頓着なフョードル・ミハイロヴィチは早晩十万ルーブリまで嵩むだろうと他人事なのです。

『白痴』と『悪霊』の連載で手にした稿料は扶養家族への送金やルーレット賭博の大負けでお兄様の負債に回す余裕が無かったのです。このままだといつまでたってもその日暮らし、下手をすればゆくゆくは破産です。持ち物を質に入れ、まったく覚束ない良人と私自身の労働を当てにするしかないのです。

『もし良人が死んだり、働けなくなったりしたらどうなるのかしら。二人の子供を抱えてどうしたらよいのかしら』という恐ろしい思いを抱きながら、毎日暮らしていたのです。

フョードル・ミハイロヴィチは作家としての信用だけでは扶養家族を養っていけないことぐらいは理解できました。今では彼の賭博熱はすっかり癒え、作家活動に専念しています。勿論、賭博に頼らずとも創作意欲は旺盛です。癲癇の発作や借金と係累の煩わしさは相変わらずです。私たちは何が何でも打開策を考えねばならない情況にあったのです。負債の解消は夫婦連帯の責任です。

ところで、私は結婚してフョードル・ミハイロヴィチの奇癖とも言うべき、大変な筆まめに驚かされました。彼は私と一日でも離れると手紙を書かずにはおれない質《たち》なのです。ドイツやスイスでの賭博旅行でも然りでした。そもそも新郎が賭博のために滞在ホテルやアパートを留守にすることとそれ自体が由々しき問題です。ギャンブルに負けて、夜明けに無心の手紙を新婦宛てに書くのも然りです。それでも、新婦への愛を語ることを忘れないのが、フョードル・ミハイロヴィチなのです。優先順位はどちらであっても、それこそは、信じがたい精神力であり、生命力だと感心したのです。フョードル・ミハイロヴィチは作家であり、癲癇持ちでもあるのですから、夜中にそんな手紙を書いている時間も余裕もないはずです。私は嬉しくもあり、心配でもありました。

この嬉しくも心配の種は今も続いています。彼はペテルブルクを少しでも離れて留守にすると、必ず手紙を書きます。作家として赴いたり、癲癇の療養で出向いたりが主な理由ですが、私は幼子たちと留守番です。私たちがねだらなくても旅先から手紙が届くのです。それも、例えば、三日間留守にすると、手紙は三通どころか、四通、五通とたて続けに届くのです。しばしば、受け取った手紙の日付が前後して、たまに夫婦げんかの原因にもなるのです。そのようなこともあってか、彼は三度に一度は私にも返事を要求するのです。音信が遅れたり、無かったりすると、次の手紙は嫉妬だらけです。特に異国で鉱泉療養をしている時の孤独や無聊《ぶりょう》は耐えがたいようです。いつもロシアに残した私たちのことを思いやってくれるのです。そんな手紙を読むのは面倒ですが、まんざら嫌いというわけではありません。『アーネチカ、今、どうしている？　子供は元気にしているか？』に始まり、『淋しい』だの、『愛している』だのと情感的な言葉が続くのです。でも、私を最も恥ずかしくさせるのは、『楽しくて、実に困ったものだ』と言って、私たち夫婦のことを臆面もなく文面にすることです。ある日、私は戻ってきた良人にそのことを抗議したところ、「そんなに赤くなって、アーネチカ、おまえは初々しい。そんなお前を見てわしが送った手紙までが赤面しているよ」と面白がり、「若い妻に現《うつつ》を抜かす、愚かな中年男のいやらしくも狂おしい恋文。これも、なかなかの用心だよ。検閲官も秘密警察官もわしの書簡に呆れ、赤面し、興奮するだろう」と、全く受け入れてくれないのです。さすがにカムフラージュとは主張しなかったのは、本心から私を思ってくれていたからでしょう。

それにしましても、この世の中に結婚後も良人からこんなにも数えきれないほどの、しかも愛情と嫉妬に満ち溢れた手紙を、それにかくもお金に汲々とする手紙を受け取った妻は他にいるでしょうか……内容はともかく、嬉しくないはずはないのです。

私は封蝋をこわすと、著名な作家ドストエフスキーの筆の跡を貪り読むのです。愛情豊かな良人としての、嫉妬に溢れるペンの跡でもあります。ああ、私の心は嬉々として、時には恐々としながらも感無量になるのです。これこそは作家ドストエフスキーの好む閑話休題です。

それでは、そろそろ本題にとりかかりましょう。

フョードル・ミハイロヴィチは若い頃から自費出版するのが夢でした。私たちの放浪時代にも彼はその夢を私によく洩らしていました。彼は『貧しき人々』で文壇にデビューした際も自費出版を考えました。しかし、その道に通じた人が彼に忠告してくれたのが、『小説を単行本で自費出版したらもうおしまいだ。作家は金勘定が下手で、損得計算ができまい。たとえ、作品が良くても、あなたは作家であって、商人であってはならないのですよ』という脅しに近い言葉でした。

「何せ、わしはその頃からお金に困る生活をしていたからね。そもそも商人は腹に一物があって、無名の作家の広告などして味噌をつけるような真似はしないのだよ。そんなことをしたら自分の商売の信用を落とすことになるからね。だから彼らは誰一人わしのスポンサーになってくれなかったのだよ」と言って、フョードル・ミハイロヴィチはデビュー当時をほろ苦く振り返ったのです。

又、シベリア流刑十年目、ペテルブルク帰還を目前にした頃、フョードル・ミハイロヴィチは『死の家の記録』を自費出版することをお兄様に相談しました。彼の自費出版への執念は新しい家族を養うため、それにお金の問題を一挙に解決するためでした。彼は元政治犯の作家として『死の家の記録』という作品の意義とそれが世間に惹起するセンセーションをよく理解していましたので、自分の損にも商人の損にもならないと考えていました。しかし、当時、最も恐れたのは発禁処分になることでした。案の定、作家は商人たちからの信用を得ることが出来なかったのです。結局、スポンサーの目処がつかず資金不足で自費出版への道を断念しました。それでも作品は二年をかけて何とかお兄様と共同出版の雑誌への連載にこぎつけたのでした。

一八七一年七月、ペテルブルクに戻ったのを機に、私たちは借金返済の絶好のチャンスだと考えました。四年に及ぶ放浪生活の間に執筆したフョードル・ミハイロヴィチの作品は今や世間の注目を浴びています。私は金銭問題の心配から彼を一刻も早く解放し、彼が執筆活動に専念できることを心底願っていました。

そもそも私が自費出版を本気に考えた発端は、放浪中に一人ぼっちで賭博者の帰りを待ちながら日記を書いていた時のことです。私は日記を速記で書くことを楽しみながら、フョードル・ミハイロヴィチとの先々のことや子供のことをあれこれと想ったのです。

私も日記を推敲に推敲を重ねて書いていました。速記体なのにゆっくりと長考して書いていったのです。私たちの窮乏生活を立て直す術や借金からの解放についての方策を考えていたのです。良人の賭博と癲癇、それにお金の工面ばかりが話題ではありませんでした。

フョードル・ミハイロヴィチが過去に自費出版を断念したのは、先立つものが無かったからです。換言しますと、信用と名声が今ほどに無かったからです。今や作家ドストエフスキーの名声は『罪と罰』『白痴』『悪霊』の長編連載で、うなぎ上りに高まりました。名声は信用に繋がり、信用は資金につながります。平たく申せば、商人がお金を出してくれるかどうかです。それに何といっても、私がついているではありませんか。後は何をどのように売れば良いかです。それに事前の広告や宣伝も大事だと理解したのです。『悪霊』は雑誌『ロシア報知』に連載された、放浪時代の記念すべき長編の一つです。読み物としてはなかなか面白いのですが、革命心理を穿《うが》ち過ぎて物議をかもした作品でもありました。私はこの最新作を自費出版することを思いついたのです。

私はこの目論見に大いに魅かれて少しずつ出版とその販売の諸条件を勉強しました。当時、作家で自費出版するような向こう見ずな人はいませんでした。仮にいたとしても、せいぜい損をするのが落ちだと言われました。私は作家ドストエフスキーをだしにして、よく用いたのが名刺の注文です。しかも小出しにあちこちの印刷屋に注文したのです。私はドストエフスキー作品の評価について幾つかの印刷屋と印刷屋が懇意にする本屋に話を色々と聞いてみました。その際、出来るだけへりくだって傾聴するのです。すると、作品の悪評やドストエフスキーの賭博や癲癇のことが、それどころか時には彼の性格までが針小棒大に噂されている事実を甘受しなければなりませんでした。でも、お蔭で彼らは私に大変同情的になってくれたのです。ですから、私の質問に彼らは正直でした。自費出版の話をすると、どれくらいの部数で、どれくらいの手数料を払わなければならないのか、どうすれば儲かるかということも分かったのです。

でも、同時に反対意見をウンと聞かされ、「そんな畑違いのことには手出ししない方が良い、古い借金に何千ルーブリもの新たな借金が増えるだけですよ。餅は餅屋に任せなさい」とも忠告されたのです。友人や知人に相談した際も同じでした。それでもいよいよ私のアイデアを実行に移す時がやって来たのです。

私には採算のとれる自信がありました。フョードル・ミハイロヴィチは私の計画をこわごわと、でもとっても嬉しそうに承諾したのです。

第一作が『悪霊』だったのもどこか因縁めいています。この出版が私たちの共同の出版事業の端緒となりました。

発行日の少し前、フョードル・ミハイロヴィチは一番大きな本屋に話を持っていきました。彼はこういう話は大の苦手で、その日になってやっと重い腰をあげたのでした。そして、帰って来るなり、その時のやり取りを私に不満そうに、実につまらなさそうに話すのです。

「本の売れ行きはどうかね」

「先生の『罪と罰』は今や大人気で、特に青年たちの愛読書になっていますよ」

「それはありがたい」

「最近はお顔の色も良いようで」

「そうかね、色々やりたいことがあって、気が張っているせいかもしれないね」

「先日、奥様がおいでになりましたよ」

「ほう、自費出版の相談でもしたのかね」

「困ったものですなあ。『まあ、およしなさい、ケガをするだけで借金が嵩みますよ』とやんわりご忠告させてもらいました」

「ご忠告はありがたいが、大きなお世話ですよ。もう決めたことでね。

ところで、私の新しい本は如何ほど買ってくれるかね……例えば、五百部はどうかね」

「どの本を自費出版されるので、やはり『罪と罰』ですか」

「それが、最新の長編の『悪霊』なんだがね」

「『悪霊』ですって！

先生は何とも呆れたことをおっしゃる。先生は今も博打がお好きなのですね」

「これは冗談とは言え、失敬なことをいう店主だ。博打はとっくに卒業したよ」

「でも、先生、正直に言いますが、あの本はインテリゲンチャの評判が最悪です。何せ、革命思想に憑かれた人々の破滅の話ですから。そんな部数は請け合いかねます」

「だから、賭けてみるのだがね。うまくいけば、第二弾は『罪と罰』だよ」

「じゃあ、まあ、二百部ほど預からせてください」

「三百はダメかね」

「二百がせいぜいのところです」

「では、手数料はいくら取るかね？」

「まあ、五割ですね」

「三割程度にならないかね」

「無理ですよ。私らも商人ですから。損をする訳にはいかないもので」と言われ、フョードル・ミハイロヴィチは何とも返事ができず、帰って来たのです。

でも、私には勝算がありました。私の考えている出版のおおよその費用、つまり、紙代、印刷代、製本代は『悪霊』の出版部数を三千五百部として、四千ルーブリほどあれば足りる見込みでした。初版で三千五百部売れればベストセラーです。一冊当たり三ルーブリ前後に押えると、総売り上げは一万ルーブリを超える算段になりますが、そのうちの二、三割ほどは本屋の手数料として差し引かなければなりません。上手に捌くためには広告費など他にも費用が掛かりますが、それでもかなりの利益が残る計算です。

七三年一月の出版日の当日、新聞に『悪霊』の広告を出した翌日が記念すべき日になりました。『悪霊』はインパクトがありました。センセーショナルな『悪霊』の自費出版は世間を驚かせ、そして魅了したのです。新聞広告と『悪霊』が吉と出たのです。フョードル・ミハイロヴィチと私の賭けは当たったのです。何故って、その日はたくさんの書店の代表を玄関に迎えることになったからです。玄関で少なからずの人を迎えた時の高揚感はまるで賭博に勝ったような気分でしたかしら……。

私の考えはこうです。手数料は二割以上引かず、原則として現金売りを商売の信条としました。私の得た情報では本屋は二割の手数料でも充分な儲けを得られます。私の財布のひもは固く、堅実なのです。私が強気になれたのは作品にそれだけの価値があると考えたからです。私はいくつかの本屋を説得してスポンサーになってもらいました。本を書くのはドストエフスキーですが、本を売るのはドストエフスカヤの役目だということ。

私は午前のうちの成功を一刻も早くフョードル・ミハイロヴィチと分ち合うことを望んでいました。その時の逸る気持ちは私がドストエフスキーという作家に初めて会った日の心情に似ていました。彼が本屋で体よくあしらわれ、失望していたことも念頭にありました。私は気落ちしている良人に一秒でも早く吉報を知らせたかったのです。

ところが、フョードル・ミハイロヴィチには奇妙な性質があって、いつも十一時頃に起きると、しばしば夜中に悪夢にうなされた興奮からなかなか抜けきらないようなところがあったのです。それに癲癇の予兆のことも心配です。そんな時は彼が書斎で平静になって、私を呼ぶまで待つのです。手間のかかる良人ですが、私たちの仕事はそれからなのです。

その日も、フョードル・ミハイロヴィチは食堂で熱い紅茶を二杯飲んで、タバコを一服してから書斎に行くものと考え、私は待ったのです。ところが、そんな日に限って彼はどうやら悪夢にうなされて起きたようでした。食堂にやって来るや、わたしの覚えている限り、紅茶は三杯、タバコは五本、それに朝から下痢気味だと言って、トイレに二度ほど入ったかしら。治まったはずの痔病を気にしながら、書斎に入ったのは十二時を過ぎていました。

しかも、そんな日にやってくるのが義理の息子、パーシャです。その頃の彼は既に家族持ちで、近くのアパートで暮らしていました。何とも腹立たしいことにこの悪童は妻子持ちになっても無心の達人なのです。義理とは申せ、親譲りのなかなかの無心者なのです。私の不倶戴天の敵は無遠慮に書斎に入っていきました。

午後になると、また玄関のベルが鳴りだしました。ベルの応対は女性使用人に任せ、私は意を決し、書斎に入ったのです。現金が入ってきたのも嬉しかったのですが、何と言っても作家ドストエフスキーの作品を出版するという面白い仕事を見つけ、どうやら成功したことが嬉しかったのです。私たちの喜劇のような一コマの話が始まったのは、昼の一時を過ぎていました。

「今日は何とも気をもむ、落ち着かない日のようだ。アーネチカ、久しぶりにルーレットを思い出したよ。実は大負けした夢を見たのだよ」

「あら、フェージャ、あなたは自費出版を賭博と同じに考えているのですか？」

「いや、そうではないが、本が全く売れなくて時計を売る羽目になるのではないかと危惧しているのだよ」

「まあ、縁起の悪いこと。そう言えば、外遊したあの頃は私が帰りの汽車賃として送ったお金まで負けたわね。そんなことって、何度あったかしら」。私は堪らないほど嬉しくて、昔のことでつい皮肉を言ってしまったのです。

「それに、質草を入れたり、出したりで、あんな新婚旅行は前代未聞よ。特に時計と指環と外套には大変お世話になってよ」

「おまえこそこんな日に嫌なことを思い出させるね。有り金をルーレットで負け、旅費まで使い果たしたからね。いやはや、とんだ新婚旅行だったよ」

彼は本気に不機嫌になってしまったようでした。私はとても嬉しくて調子に乗ってしまいました。

「それはこちらのセリフよ。帰りの汽車賃を送って、約束の日時にあなたを駅に迎えに行ったら、あなたの姿が見えなかったのには驚いたわ」

「もう一度汽車賃を送ってもらったね。で、わしはようやくおまえに辿り着いた」

「でも、その後すぐに出版社から前金が幾ばくか入ると、あなたはまたバーデン・バーデンに行って一攫千金狙いで勝負したわよ。それに懲りずにスイスのジュネーブでも勝負したわよ」

「また負けて、お前にねだったね。だって、金は全部おまえに渡していたから」

「あなたは何度スッカラカンになったかしら。その度にあなたは現地から手紙や電報で無心の催促でしたから」

「だが、それでもトコトンやめられなかった。それこそがわしの創作のエネルギーでもあったからね。ところが、つきものが落ちるように賭博を断ったのだから自分でも驚いたよ。何だか遠い昔のように思えるのだが、確か二年も経っていないのだから」

「そうね、あの頃の私は三度目の妊娠で気が立っていたの。あなたの神経と衝突するのがたまらなくて、だから私からルーレットを勧めたのよ」

「あの頃のわしは癲癇の発作後の気鬱が一週間も続いていたからね。おまえが珍しくルーレットを勧めてくれたのはありがたいことだった。

結局、スッテンテンに負けて、ルーレットのカムフラージュも何もかも終わらせたのだったね」

「まあ、カムフラージュとは最後まで強気ね。

放浪が長引く中で、だって三ヵ月の予定が四年ですからね。四ヵ月ではなくて、四年ですよ。私はあなたからの無心の手紙や電報を終わりにするにはどうすればよいか考えていたの」

『白痴』と次の『悪霊』の長編二つの連載は作家ドストエフスキーの名声を確固たるものにしてくれました。でも作家はまだまだ為すべきことが沢山あると豪語していたのです。

私は『時は来た』と考えました。ついに、私は三回目の妊娠を機に賭けに出たのです。

「私はあなたからの無心には徹底的に沈黙を貫くことにしたの。あなたもつらかったでしょうが、私もつらかったの。だから最後の最後になって、ロシアに帰るという条件を付けたの。そのことを強く意思表示して送金したのよ。

だからスッテンテンのあなたがわたしのお腹をさすりながら、帰国を決意してくれた時は嬉しかったわ。あなたがスッテンテンになったことはどうでもよかったの」

「おまえはその賭けに見事に勝った。おまえは賭けに強いが、わしはビリヤードもルーレットも負けっぱなしだった。だから、今回も心配なのだよ」

「何て遠回しな言い方かしら。私は自費出版の賭けには負ける気がしないわ」

「おまえもおまえの母さんも賭けには強気だった。何せ、元政治犯で病気持ちのわしに賭けたのだから」

「まあ、よくご存じで。でも賭けは外れなかったわ」

今更言うに及ばずですが、そちらの賭けも外れなかったと断言できます。私は作家ドストエフスキーに巡り合った運命に対して大きな感謝を抱きながら、四年間に及ぶ放浪生活を想い返すことができるのです。あの時代、二人は幾度も危機に襲われました。苦悩にも見舞われました。良人の病気、愛する娘の死、絶えることのない困窮、仕事の不安定、それに賭博に対するフョードル・ミハイロヴィチの情けない情熱、ロシアに帰れない憂鬱などなど、これらの全ての苦しみも二人の成長に繋がったのです。

「おまえも言うね。ところで、さっきパーシャが無心に来たよ」

「いかほどか渡したの」

「いや、自費出版の目処がつくまで待たせることにしたよ」

「それって、何か約束させられたのね」

「たいしたことじゃない。それよりも朝から腹の具合が良くないのだよ」

「じゃあ、後から医者に来てもらいましょう。ところで、あなたの『たいしたことじゃない』は、いつもたいしたことになるのよ。特にパーシャには甘いから、変な約束や賭けをしてはダメよ。

彼は私たちの外遊中にあなたの蔵書をすっかり売り払ったのだから。それに人に預けてあった家財道具もなくなっていたのよ。自分ではしっかりした性格だと自慢している子だけど、働くのが嫌いで他人の金と財産ばかり当てにしているちゃっかり者ですよ。

結婚して二人の子供に恵まれて、かえって無心がひどくなったわ。だからパーシャには油断禁物よ、いいわね、フェージャ」

「そうだね、あの子には何十遍となく仕事の世話をしてもどれも長続きしない。いくら言い聞かせてもあの子の性根は治らないのだよ。困ったものだ」

「血は繋がっていなくとも、いつもお金に困って、無心ばかりするのは親ゆずりかしら」

「そこまで言われると、あの子の性根の悪さもまるで親ゆずりみたいじゃないか。まあ、パーシャのことではいつもおまえには迷惑ばかり掛けているからね。わしからよくよく言って聞かせておくよ。

ところで、そんなことよりも、アーネチカ、アレはどんな塩梅かね。聞くのが怖いのだが、商売はどんな具合かね」

フョードル・ミハイロヴィチがようやく本題に言及しました。私はやはり嬉しくてたまりません。

「上々ですよ」

「じゃあ、おまえ、一冊ぐらい売れたのかい？」

「さあ、どうでしょう！」

「まさか、一冊も売れていないのかね？」

「一冊どころか、百十五冊売れましたわ！」

「本当かね、そいつはおめでとう」

「本当よ、信じないと後で後悔するわよ」

「あんな難しい本、三日に一冊売れれば上出来だよ」

「難しい本でも、売れましたわ」

「『悪霊』に憑かれた人間がそんなにいるものかね」

「まあ、珍しいこと、ご自分の作品に自信がないのかしら？」

「作品には自信はあるが、出版となるとからきし苦手でね」

こんな具合で、私が冗談を言っていると思い、本気にしません。そこで、私はニコニコ顔で三百ルーブリほどもある札束を見せたのです。

「はい、これ。世の中には天邪鬼が沢山いるみたい」

「おや、宝くじにでも当たったのかい」

家にはいくらも現金が無いことを私の次によく知っているフョードル・ミハイロヴィチは、ようやく冗談でないことを知ったのです。

「アーネチカ、おまえは金のなる木をいつ手に入れたのかい」

「あなたと結婚した時よ」

「何とすごい力だ！」

「私にも『猫の活力』があってよ」

「お見事だ。店主のアーネチカ、私に接吻させておくれ！」

こうして、私たちの出版事業は幸先よく開始され、年末までに三千部が売れました。もっとも、残りの五百部が売り切れるまではその後一、二年かかりましたが、首尾は上々でした。

結局、本屋の手数料と出版費用を全て差し引いても利益は四千ルーブリ以上にもなり、私たちを苦しめた借金のいくらかを片付けることが出来たのです。そして、その後自費出版した『罪と罰』も『白痴』もベストセラーになりました。

フョードル・ミハイロヴィチが紙面の全てを書き下し、速記者でもある私が予約者への連絡や本の発送、印刷所や書店との交渉を一手に引き受け、二人三脚の書籍販売の家族経営のスタイルが確立したのです。

「アーネチカ、お前は実によく働く出版者だ」

「そうおっしゃるあなたも誠によく働く作家ですよ」と言って、お互いを褒め合ったのです。

そして、七六年二月には月刊個人雑誌『作家の日記』を刊行しました。作家ドストエフスキーはついに自分の雑誌を持ちたいという願いも叶えたのでした。最大で六千部発行し、ペテルブルクでは四日間で三千部売り尽くしました。異例の売れ行きでした。

ところで、『作家の日記』は日記ではありません。ドストエフスキーのような奇人変人の類の日記をどなたが好き好んで読むでしょうか！

これは評論、随想、批評、創作の類で、小説の中では表現が困難な思想やそれに時評について、作家が自由に心行くまで著した雑誌なのです。

でも、率直なところ、いささか自由過ぎる作家の予言には私も首を傾げました。それに「火の玉フェージャ」のごとく、時おり常軌を逸するほどに好き嫌いを激しく露呈する、言わば雑感でもあります。

私は三人の子供たちを育てながら、速記と清書、それに本屋の仕事をしていました。雑誌購読も自費出版も予約者は二千人規模になっていました。予約者への連絡や手続きは、私にとっては嬉しい悲鳴です。

私たちが莫大な借金を一掃することができたのは昨年の夏のことでした。自費出版を始めてから七年半が経過していました。その間に、次男アレクセイが七八年五月、わずか三歳で夭折しました。朝の九時半に癲癇の発作に襲われ、その五時間後に急死したのです。フョードル・ミハイロヴィチは癲癇持ちである自分を責めました。その頃、彼自身は癲癇とは異なる新たな病魔に襲われていました。肺気腫です。咳や息切れがひどく、傍らに痰壺が必要なのです。

「まだほんの初期で、もはや根治することは不可能です。しかし、それと闘うことは可能ですよ」。私たちは医者の診断と処方を信じ、フョードル・ミハイロヴィチは夏になるとドイツの保養地エムスの峡谷で六週間過ごすようになりました。彼は鉱泉に大きな希望をつないで、鉱泉を飲み、鉱泉でうがいをするという鉱泉療養を信じています。初期症状を発症して以降、ここ数年間はエムス詣でを続けているのです。

創作するか療養するか、療養には癲癇と肺気腫、それに痔病まで含まれています。これらの持病と闘うだけでも大変な労苦です。更に、創作と療養の合間に睡眠時間を削って読者と私に手紙を書くのですから、フョードル・ミハイロヴィチには休まる時間がないのです。

そして、ついにフョードル・ミハイロヴィチは『作家の日記』を休刊し、『カラマーゾフの兄弟』に挑んだのです。執筆三年、連載二年は、傍で見ていてもフョードル・ミハイロヴィチの言うところの『懲役のような労働』でした。癲癇と肺気腫の苦しみに何度も執筆を妨げられながらも、いつもながらの作家の『猫の活力』で難行苦行の大作ができたのです。勿論、速記者の幾ばくかの『猫の活力』が貢献していることを付け加えても許されることでしょう。

四　カラマーゾフの兄弟

〈本の売れ行きはすこぶる順調よ。年末と年始で三千部の注文があったの。嬉しい悲鳴ね。それに反響がすごくて、続編ではアレクセイ・カラマーゾフがある恐ろしい観念に憑かれるって、巷の噂よ〉

〈そんな噂は例の序文のせいだろうし、それに度重なる皇帝暗殺未遂事件や政府要人の暗殺事件が続編への期待をもっともらしく、大仰にしているのだよ。この作品こそはわしの最後の力作だよ。続編がなくとも完成度は高いと自負しているのだよ。連載終了直後の年末に自費出版したのが何よりの証拠で、確かな手応えがあったからね〉

〈まあ、最後の力作だなんて、まっぴらだわ。読者は続編を期待しているのよ。でも、あなたは永遠に危険人物扱いだから、青年アリョーシャの革命家構想は危険な臭いがするわ。私も続編を大変期待していますけれども、フェージャ、油断は禁物よ〉

〈世の中はずいぶんと物騒になってきたものだ。続編は是非とも書きたいが、監視は解かれていても、アーネチカ、おまえの言う通り、検閲を通るのは容易ではないね。何しろ、元

政治犯のレッテルは一生涯の勲章だからね〉

〈でも、安心して、私は死ぬまであなたを支えるわ〉

〈ありがとう、アーネチカ。年を取ると、おまえとの年齢差をつくづく恨めしく思うよ。が、これればかりはどうにもならない〉

〈私たちに年齢差は関係ないわよ。大事なことは私の速記業も出版業も作家ドストエフスキーのためのものであることです。あなたの作品に感動してくださる読者を一人でも多くし、喜んでもらいたいのです〉

〈ありがたいことに、おまえはわしを借金地獄から解放してくれた。わしは金には無頓着だった。今もそうだ。だが、ちょっとばかり弁解すると、お金に執着するのは独裁者が権力に執着するのと同様に実に卑しい、それに何とも見苦しいものだよ。だから蓄財も権力も軽蔑するのだよ〉

〈お金に無頓着なのは困るけれども、執着しないのは賛成よ。そうだわ、フェージャ、借金も監視も無くなったことだし、元気になったら五度目の外遊はどうかしら。たまには散財しましょうよ！　でも賭博は厳禁よ〉

〈おまえと外遊とはありがたい。まあ、賭博と無心にはご遠慮いただこう。その代わりに各

所でわしの作品の朗読会をするというのはどうかね〉

〈ええ、作家ドストエフスキーの朗読を海外でも試してみるといいわ。きっと喜んでもらえることを請け合うわ〉

〈是非とも試してみたいのは『大審問官』だよ。わしの宗教哲学があちらでどれほど通用するか知りたいものだ〉

〈フェージャ、あなたの朗読は大変お見事ですよ。少し甲高い、はっきりと聞こえる声で、聴衆を惹きつける絶妙な調子ですよ。ねえ、覚えているかしら、私が中学校や高等女学校にお供した際のこと〉

〈勿論、少年少女や乙女の拍手喝采はよく覚えているよ。人に喜びを与えられることは、実に気持ちの良いものだ〉

〈彼ら若人たちの拍手と歓声はいつまでも続きましたよ。あなたの朗読はいつも輝いてよ。だから、私もフェージャ、半年前のあなたのプーシキン記念祭の朗読や講演を聞きたかったわ〉

〈そうかね。実はプーシキン記念祭にはちょっとした裏話があるのだよ。おまえには是非記憶にとどめてもらいたいのだよ。

カラマーゾフの続編のこともあるので、わしの存念を聞いておくれ。それにしても、最後まで辿りつけるかどうか〉
〈大丈夫ですよ、あなたには『猫の活力』がありますから〉

小生は『カラマーゾフの兄弟』のほとんどをモスクワ郊外の保養地、スターラヤ・ルッサの別荘で書いた。この持家は昨年の春に買い取ったばかりだ。自然環境に恵まれた地で、雨や嵐や老木の音を聞きながら、作品の舞台を想像しながら、夜を徹して連載の仕事をした。だが、年を取るにつれて、夜の十一時から明け方までの執筆作業が辛くなっていくのを感じ出した。癲癇の影響か、健忘症がひどくなっていて、心身の負担になっていた。妻アンナの速記と清書がいかにありがたいことか。彼女はどんな時でも物心両面の支えになってくれる。だが、そんな彼女にも時おりつらく当たってしまう自分が情けない。

小生はこの『懲役のような労働』の合間に来るべき記念講演のための原稿を書いた。『貧しき人々』の執筆の頃を思い出し、何度も何度も推敲を重ねた。アンナも何度も何度も速記を重ね、清書をやり直した。彼女にとっても『懲役のような労働』に違いなかった。

するとどうだろう。魂の奥底から突き上げてくるものを感じたのだ。あの頃と同じ感覚、つまり前途に何かしらまったく新しいことが始まろうとしているのを覚えたのだ。これまで魂の奥底に熟成させていた己の思念を今こそ表白する時だと思うと、年甲斐もなく奮い立った。

思い起こせばあの瞬時、のぼせあがった青年は賭けに勝つには勝ったが、その後、文壇で屈辱的な挫折を味わった。青年は当時はやりの革命思想に溺《おぼ》れ、「ペトラシェフスキー事件」で逮捕された。ニコライ皇帝の「死刑宣告」という無慈悲な茶番劇を経て十年のシベリア流刑を経験した。ペテルブルクに帰還後、幾つもの長編を執筆し、自前の雑誌『作家の日記』を発刊するところまできた。そして、今や大勝負に出ようとしているのだ。

一八八〇年六月、小生は『プーシキン記念祭』に招待された。記念祭はロシア文学愛好者協会の大会で、ロシアの政府官界、民間知識人、教会上層部がモスクワで合同開催する一大祭典だ。

ちょうどその頃、ニコライ・ヤポンスキーが十年振りに帰国していた。彼はロシア正教の海外伝道者として有名な『日本のニコライ』だ。

小生は彼がモスクワに来ていることを新聞で知り、彼が滞在する修道院を訪ねて行った。新聞の記事によれば、彼の帰国の目的の一つは主教への昇叙《しょうじょ》だ。この昇進により、ニコライ主教は自身が日本人を司祭に任命できる資格を得ることになる。人事権を握るということは伝道者にも必要なことらしい。もう一つは日本の新しい首都に聖堂を建設するための資金集めだ。

小生は理想や使命のために異国において一途に身を挺しているニコライ・ヤポンスキーに強い関心を抱いた。この時、彼は四十三歳、異常に長い顎鬚には既に白いものが混じってい た。そのふさふさの顎鬚と太めの体躯に合わせた僧服は物腰の柔らかさを示し、その一方で引き締まった風貌は内面の強さを表しているようで、まことに主教に相応しい人物に見えた。

ニコライ主教はどんな片田舎の村への伝道にも奔走し、他人に良いことを願う善意の人だ。自らが虚偽の人間に陥ることを恐れる鋭敏な感覚の持ち主に違いないのだ。

ニコライ主教の活動と人柄に好感を覚えた人々は、こぞって寄付金を修道院に持ち寄った。日本の首都に聖堂を建設するための支援は十万ルーブリに達した。

彼は至高の善を確立することが自分の使命だと信じる、実に好ましい人間に見えた。いやはや、小生はいついかなる時もまた幾つになっても人の好き嫌いが激しい。

小生が一番気に入らない人物は、ヨーロッパかぶれのイワン・ツルゲーネフだ。そのツルゲーネフがプーシキン記念祭の講演に勇み立って、今モスクワに来ている。小生は外遊中に賭博でスッカラカンになると彼に何度か無心の手紙を書いた。彼がヨーロッパに在住していることを根拠に無心を繰り返したのだったが、ついに彼から絶交する旨の手紙が届いた。何たる厚顔無恥だったことか。だが、不思議なことに彼への無心の半分は叶えられたのだった。金持ちの鼻持ちならないツルゲーネフはそういう男だ。彼への借金を妻アンナがゼロにしてくれたのはつい最近のことだ。

『プーシキン記念講演は退歩主義者と進歩主義者の対決だ』と、彼は周囲に吹聴しているらしかった。小生は今度こそ彼の鼻をへし折ってやるつもりでいる。今や二人はお互いに対し過激なほどに自信満々だ。

ところでこの式典には作家のレフ・トルストイも招待を受けていた。イワン・ツルゲーネフは二人の対決の文壇の証人が参加を辞退したことを悔しがったと聞く。小生は『戦争と平和』の作者に初めて会える機会を逃したのを残念に思った。もっとも、もし作家トルストイが参加すれば、ツルゲーネフも小生もかすんでしまうに違いないのだ。

さてニコライ主教は雑誌に連載中の『カラマーゾフの兄弟』の熱心な読者の一人だと言う。小生は神の側に立つ人からも評価されていると素直に喜んだ。実際、小生の単なる自惚れではなく、この作品は連載されるや否や、ロシアの神学生の間で熱心に読まれていた。ニコライ主教によれば、現在の修道士や神学大学の聖職志望者たちは主人公の若きアレクセイ・カラマーゾフに自分たちを重ねているというのだ。現に、ここの修道院でも高僧や修道士たちが熱烈歓迎してくれた。モスクワの料理店や居酒屋はどこも人でいっぱいだったが、誰しも小生を振り返った。皆が皆、小生のことを知っており、さっそく『カラマーゾフの兄弟』を話題にするのが聞こえてくるほどだった。

二人の初対面の会話は小一時間で終わった。『プーシキン記念祭』の晩餐会での再会を誓い合って別れた。

六月八日の記念講演会の二日前にプーシキンの銅像除幕式が厳かに挙行された。そして、その日の晩餐会ではロシア文学愛好者協会の主催で『文学の会』と称して朗読会が行われた。ここでもイワン・ツルゲーネフと小生が注目の的となった。彼も朗読の名手だ。

ところがどうしたことか、先に『ハムレット』を朗読したツルゲーネフ側に異変が起こった。ロシア文学愛好者協会の会員にはヨーロッパ好きが多くいる。彼の取り巻きが小生への対抗心から忖度したのだ。小生を退歩主義者と排斥する彼らがさくらを演じたのだ。だが貴族会館の観衆の多くは小生の味方だった。彼らは連中の偏向的な歓呼の声と露骨な拍手に姑息な卑怯者の存在を見抜いたからだ。さくらを演じた連中はイワン・ツルゲーネフにとっても迷惑千万だったに違いなかった。小生には彼の『ハムレット』の朗読は聴衆を魅了するに十分の出来栄えに思えたからだ。

小生は『熱烈なる心の懺悔』を朗読した。カラマーゾフの長男ドミートリーが三男アレクセイにあずまやでコニャックをたしなみながら語った思い出の章だ。小生が好んで朗読し、妻アンナが最も好きな場面の一つだ。小生が連載中の『カラマーゾフの兄弟』の朗読を各地でたびたび行っていることはここでも有名らしく、小生の登壇の際の拍手はイワン・ツルゲーネフをはるかに上回った。

小生の熱烈なる朗読はヒロインの一人、カテリーナが公金を騙し取られた父親の窮地を救うために、金を貰いに単身でドミートリーの部屋にやって来た際の、男と女のプライドを賭けた名誉と良心の駆け引きの場面である。

若い将校のドミートリーは姑息な卑怯者ではなかった。据え膳を拒否したのだ。彼は五千ルーブリの債券を何も言わずに彼女に見せ、二つ折りにして手渡したのだ。そして自分から玄関のドアを開けて、一歩後ろに下がってから、思いのかぎりを込めてお辞儀をしたのだった。

カテリーナは自分の身を犠牲にする難を逃れた。彼女は額を地につけんばかりのお辞儀の後、五千ルーブリの債券を手にして、彼の部屋を出たのだ。ドミートリーは感動の極みで、有頂天になった。この時の彼女の屈辱と恩義はその後どうなっていくのだろうか……。

「ドミートリーの父殺しの裁判は大団円とはならないのです。何故ならば、カテリーナは証人として出廷し、恩人であり、婚約者でもある被告人を裏切る証言を行うからです。カラマーゾフの次男、イワンを守るためにです」。小生が朗読の最後に絶体絶命の窮地を救った男と救われた女の将来を明かした時、会場がどよめいた。観衆はハンサムな貴公子よりも、元政治犯で『カラマーゾフの兄弟』の作家の方に圧倒的な歓呼の声をあげた。

小生が朗読を終えると青年も婦人も白髪の老人も小生に駆け寄って来て、「『カラマーゾフの兄弟』を読んで、随分と立派な人間になれた」と感激してくれた。そして会館に残っている誰もが完結編の連載を熱烈に要望し、なかには続編のことをあれこれと詮索することを楽しむ人たちがいた。

晩餐会を終えると、小生は貴族会館の宿舎で休憩した。部屋から見える会館の広々とした中庭は『文学の会』の人々をあちらこちらに受け入れていた。辺りは外灯が不要なくらいに明るい。小生は妻アンナに手紙を書き、朗読会の成功の興奮と余韻を一時間ほど楽しむことができた。

時刻は十一時、中庭はようやく閑散としてきた。私たち二人は落ち合う約束の時間にベンチに腰掛けた。中庭の隅っこに位置するベンチは会館のどの宿泊部屋からも死角に入っている。

小生は不意に立ち上がると、内から絞り出すような声で『白夜』の一節を朗読した……。

「フョードル・ミハイロヴィチ、今夜は二度もあなたの朗読を聞くことができました。こうしてあなたと再びお話しできますこと、大変名誉であり、嬉しい限りです。今宵の白夜も驚くべき夜を演じてくれそうです」

「ニコライ主教、私もあなたとお話しができ、ご同慶の至りです」。小生は懐かしい友人に会ったような感慨を覚えた。ニコライ主教も随分と機嫌が良さそうに思われた。

「このような場で、献呈するのはおこがましいことですが、どうぞ受け取ってください」

「ほう、これが先日話題になった論文ですかな」

「ええ、この論文は十年と少しほど前に、『ロシア報知』に掲載しました。確か、フョードル・ミハイロヴィチ、あなたが長編小説の連載を終えてまもなくのことです」

「それは奇遇なこと。同じ時代に同じ雑誌に、あなたは日本のことを論文にし、私は『罪と罰』を小説にしました。これも何かの縁だったのでしょう」

「縁と言えば、フョードル・ミハイロヴィチ、私に募金のために新聞を活用するように勧めてくれたのは、『ロシア報知』の編集長のミハイル・カトコフの奥様なのです。カトコフ夫人は私の日本宣教の熱心な応援者です」

「これは驚きました。ミハイル・カトコフはロシアの新聞雑誌界の大ボスであり、実を言うと、前借り常習犯である私の良き理解者です。

『罪と罰』『白痴』『悪霊』それに『カラマーゾフの兄弟』の『ロシア報知』への連載は彼のお世話によるものです。『ロシア報知』の編集長の奥様があなたの支援者だと知って、私も喜ばしいかぎりです」

「私たちが新聞記事を通じて出会い、このように親交を深めているのも、カトコフ夫妻のお蔭というものでしょうか」

「その通りですね。私たちはカトコフ夫妻という共通の支援者に恵まれています。これも何かに導かれているのかもしれません。

ところで、あなたの論文は高い評価を勝ち得たそうですね。その論文によりますと、日本では革命が起こり、新政府が樹立されたということですが、サムライは名誉のために腹を切る、大変な猛者だと聞いています。そんな潔いサムライの時代は終わったのですか？」

「サムライが世を治める時代は七百年続きました。新しい政府が腹切りの時代を終わらせました。

フョードル・ミハイロヴィチ、あなたが『罪と罰』を執筆の頃、日本は激動の真只中でした。その頃の私は革命で激しく揺れ動く日本で伝道に励んでいました。

日本を動かしたのは外圧が発端でした。鎖国から開国へ、そして、革命へと激変していく騒然とした時代でした。ロシア帝国も日本に外圧をかけた列強のひとつですよ。

徳川将軍は十五代で終焉し、代わって百二十二代目の天皇を中心とした新しい政府が成立したのです。天皇こそが日の本の国の創始者なのです」

「ほう、百代を超えるということは、天皇家は二千年以上も続いている、由緒ある血筋ということですか。それに比べるとロマノフ王朝はたかだか二百五十年、現アレクサンドル二世は十二代目ですよ」

「徳川政権の樹立はロマノフ王朝のそれとほぼ同じ年代です。徳川は滅びました。私は新政府樹立と共に日本のキリスト教解禁が間近であることを見届けると、ロシアに一時帰国しました。各方面に八年間の日本研究の論文を発表し、宣教に乗り出すチャンスであることを説くためでした」

「なるほど、あなたの論文の意義が良く理解できました。

ところで、徳川の最後の将軍はテロリストに襲われなかったのですか？」

「彼は政権を天皇に還すという奇策で、政権の保持を考えていたようです。しかし、天皇を味方にした一部のサムライと貴族の集団が天皇を担ぎ上げたのです。百代以上も続く天皇の権威は将軍を賊軍にできたのです。

内乱が起こりました。しかし、将軍は早々に謹慎して天皇に恭順の意を示しました。彼が将軍であった期間はわずか一年で、その前もその後もテロには遭遇せず、今も存命です。尤も彼の信頼する部下の何人かが反対派のテロで倒れました」

「それに比べると、ロシアの現皇帝は五回もテロに襲われているのはどうしたことだろう」

「皇帝アレクサンドル二世は四ヵ月前の二月に暗殺未遂事件に遭遇しました。私の日記には『何と五回目だ！　それも冬宮地下室がダイナマイトで爆破された』と、留めてあります。

激動の時代というのは恐ろしいことや予期せぬことが起こるものです。私はロシアの皇帝にも日本の将軍と同じようなこと、有り体に言えば、政権の崩壊が起こりつつあると考えているのです」

「ニコライ主教、あなたが起こりつつあるというのは穏当な言い回しです。率直に言えば、私は起こらねばならないと考えているのです。外圧ではなく、それこそ内圧によってです」

「巷では修道士のアレクセイ・カラマーゾフが革命家になるとの噂です。あなたの構想では、彼に革命を起こさせるということでしょうか？」

「ご明察です。今や現実の世界においてはペテルブルクの神学生がテロ行為の嫌疑をかけられ、警察の捜索が頻繁に行われています。神学生のロシアの現状への憂いは成長したアレクセイの憂いでもあるのです」

「フョードル・ミハイロヴィチ、私にも言わせてください。

　ロシアの貴族の堕落は、何世紀にもわたって農奴制に甘やかされてきたからです。軍人と官吏はワイロと公金横領で暮らしています。上層社会は全くのところ、サルの集まりです。フランスやイギリスやドイツまで崇拝して、そのまねをしているのですから。

　一方、聖職者は貧困に苛まれ、自分の理想を広め、それによって自分や他人を啓蒙していくことなどできるわけがないのです。若者の不満の矛先はどこに向かうのでしょうか？

　ペテルブルク神学大学の寮は警察の捜索を受けました。神学大学は聖職者のエリートコースですが、彼らのうちからも革命運動の機運が胎動しているのです。くれぐれも秘密警察には要注意です」

「ニコライ主教、私たちのロシアの現状の憂いは共通のようですね」

小生は横目でニコライ主教を見た。彼は他人に良いことを願う善意の人だ。この実に好ましい人物と語り合うのは二度目に過ぎない。だが、小生の決意は固かった。

「さて、ここからはあなたと私だけの話です」

「秘密ということですか……」

「例えば、思想や政治信条に関わること、若しくは、テロとか革命とか」

「ええ、第三者に決して漏らしてはいけない、秘密の話ですよ。

手始めに私の懺悔から始めましょう。ニコライ主教、私の転向について……」

「懺悔、しかも転向ですか？　フョードル・ミハイロヴィチ、あなたはやはり転向したのですか？」

「さあ、どちらだと思いますか？　おっと、いけません。懺悔すると言いながら、神の前に立つ人に大変失礼なことを言ってしまいました。

私は四回目の外遊から帰って間もなくのこと、念願の自費出版をしました。最初に手掛けたのが『悪霊』だったことも象徴的でした。私はその記念すべき作品『悪霊』を皇太子と保守派の重鎮に献呈し、政府中枢に接近しました。身の潔白さを公にし、作品を書き続けるためには疎かにできない、ある種の儀礼です。

もし後々に私の作品群が世の中に評価されることがあるとしたら、批評家の多くが私のことを転向作家と断ずるに違いありません。それに、右翼雑誌の編集長に就任したのは安請け合いのご愛嬌の類いとは言え、いけませんでした。それでも、私は保守派との付き合いを親密にしているのですよ」

「保守派の頂点は皇帝ですよ。いささかやり過ぎではないでしょうか」

「はい、やり過ぎです。よくぞ、おっしゃってくれました。評論好きの世間の輩は私のことを帝政に拝跪《はいき》する保守体制主義者、反動的な退歩主義者だと批難しております。

しかし、他人の評価よりも問題は私自身です。私はどこから来て、どこへ向かおうとしているのでしょうか？」

「何だか煙に巻かれているようで、フョードル・ミハイロヴィチ、あなたの本心は実際のところ、どこにあるのですか？」

「いやはや、またまた神の側に立つ人を試そうとしました。

私の信念は逮捕や裁判にあっても、その後のシベリア流刑にあっても、そして、ペテルブルクに帰還しても心変わりしたことは断じてありません。

『全人類の一体化』。これこそが私が明後日に講演する主題です。これは何も政治的な社会主義を主張することではなく、隣人愛、兄弟愛によって一体化するという理念であり、理想なのです。しかし、これとてその根本はあの頃の一貫しての信念に依拠しているのですよ」

「『全人類の一体化』を唱えるとは、フョードル・ミハイロヴィチ、あなたは正直で誠実な方です。是非ともその先の話を聞かせてください」

「ところで、ニコライ主教、私がシベリア流刑からペテルブルク帰還を願って、幾つもの嘆願書を書いたことをご存じですか？」

「フョードル・ミハイロヴィチ、あなたが嘆願書を上奏したのは、有名な話です。だからこそ十年でシベリア流刑から帰還できたともいわれていますよ」

「おお、神に近い立場の人までもがよくご存じで、ニコライ主教、あなたは政治通だ。どうやらロシアの修道士は政治がお好きなようだ。

私は嘆願書の中で、空想の理論とユートピアのために罰せられたことを認め、長期にわたる服役が多くの点で思想を一変させたことを認めました。『思想、否、信念さえも変わるものだ』と」

「フョードル・ミハイロヴィチ、あなたはやはり転向者だったのですか？　私はそうは思いたくありません。もし、そうであったのでしたら残念です。ここで、お別れです」

「これは手厳しい。だが、私がその嘆願書の告白のお蔭で生き伸びたこと、それに、そもそもシベリア流刑が私の信念を確固としたことに感謝せねばなりません」

「シベリアに流刑されて、感謝ですか！」

「ええ、たっぷりと皮肉を込めてですが、まあ、考えてみてください」

「フョードル・ミハイロヴィチ、あなたの思想は時には暗喩的であったり、反語的でもあったりします。あなたは人を困らせるのがお好きなようですね」

「元政治犯は十年もの間、五年間は監獄、残りは軍隊勤務をどのように過ごしたのか？　シベリアの不毛と極寒の大地でどのようにして健康と理性と信念を保つことができたのか？」

「………」

「それこそが私の本質です」

「本質？　更に、人を困らせていますよ」

「ええ、人生転換の本質です。ニコライ主教、困ることはありません。是非聞いてください。私が徒刑中に自分の反逆を間違いなく断罪し、若い頃の急進的な革命熱を悔悟《かいご》したことは確かです。しかし、そのことと皇帝への嘆願書をもって私を転向者と断じるのは早計の極みです。

まずは、秘密警察の監視下にある人間としてどうあるべきか。次に、職業作家として復活するにはどうすべきか。私は細々とした囚人作家から脱却する自信がありました。そのためには、ペテルブルクに一刻も早く帰還する必要があったのです。だからこそ、皇帝にあのような請願書を書いたのです」

「言行不一致、いや、面従腹背ですか。いやいや、嘘も方便の作家魂ですか」

「これは、これは、主教らしからぬ、当意即妙な表現です。

人の心の中は常に善と悪、真と偽が戦っています。だから人間の外側だけを見た本人不在の定義では決して捉えきれないのです。自分自身と一致しない存在ということです。思うに、人間の内部には決して完結しない何ものかがあり、それは人格の深層に他者が入り込むことを許さないのです。だからこそ、この根源的状況を浮き彫りにするのが私の使命なのだと。

言ってみれば、人間存在の秘密を暴くことです。それは私自身への問いかけでもあります。そもそも、人間というものは善と悪に誘惑されたり、圧迫されたりで、両者を天秤にかけては迷える動物なのです。同一人物が置かれた環境によって全く別人になり得るということです。オムスクの刑事犯たちと接してつくづく実感させられました。

いやはや、実際のところ私自身もそういう人間なのですよ。私の人生の半分は乱脈な生活を平然と生きてきましたし、何らこれを統制もしませんでした。私は賭博に野放図に金を使いました。女性にも溺れました。

ニコライ主教、私はここで懺悔しよう。人間の意識というものは、本来罪を嫌い、善を好むものです。誠実であること、正直であることを第一に行動するものです。私はそう信じているのです。

しかしながら、時には自分を殺したいほど病的になるのです。私は十七歳の時に父親の死を、三十三歳の時には人妻の良人の死を密かに受け入れた卑劣な人間なのです。

と同時に、心の中で戦っているのです。『私はそんな卑劣な人間ではない、本来の自分と一致しない』と。そして自己認識に違和感を覚える奇妙な心理状態に陥るのです。

一体誰が善と悪とを区別する心の境界線を理性的に判断することができるのでしょうか。

天使と悪魔は隣人なのです。悪魔的な隣人であったオムスクの刑事犯は最も悲痛な真理の一つを私に提示してくれたのです。

『人間は卑小《ひしょう》な偽りをこととする一匹の虱である』。彼らは目的をもって努力するでもなく、よりよき存在たろうと意志するものでもない。人は一匹の虱、それ以上のものではない、と。それでも彼らはいっとき、大いなる美しい未来に向かって歩き出すこともあるのですから、人間の矛盾と謎は果てしがないのですよ。

監獄生活と福音書は、私に考える機会を与えてくれました。私は青二才のように自問自答しました。『何のために生きるのか?』『そもそもこの問いに答えはあるのか?』と。

シベリア流刑の経験は、生きることとそれ自体が喜びである、苦しみこそが人生、耐えてこそ真の人生であることをつくづく考えさせてくれたのです。そのことをペンで追究することが元流刑者の使命なのだと悟ったのです。そのためにはペテルブルク帰還と作品発表の許可が必要でした。だからこそ、あんな一読すれば転向声明と判る請願書を出したのです。全ては作家としての生きる方便なのです。いやはや、私は不誠実で不正直な人間なのでしょうか!」

「失礼を承知で申しますと、シベリア流刑の十年はあなたが作家に復帰するための大変な試練だったということですね。『十年は実に長い艱難辛苦の時代だった』と述懐できるのは、当の本人だけに許されることです。

他人が軽々に言うのは、フョードル・ミハイロヴィチ、あなたの外側を観ただけの、ご本人不在の定義で、やはり失礼過ぎるようです」

「その十年の流刑の試練とやらの評価はともかく、私の試練はペテルブルクに帰還後もさらに続いたのです。かいつまんで激白しましょう。帝都の現実は私を躍動させるとともに、一方で私をシベリア流刑十年への反動ともいえる過剰な行動に走らせたのです」

〈で、アーネチカ、わしはペテルブルク帰還後の作家活動やジャーナリズムへの参画、それに最愛の二人を亡くしたこと、外遊と賭博、それに女性問題を激白したのだよ〉

〈まあ、正直なこと。語らずにはいられなかったのね。さぞや、ニコライ主教は驚かれたことでしょうね〉

〈彼はわしの破天荒さにもさほど驚きはしなかったよ。極東の日本で伝道する修道士だけに腹が据わっていたのだよ〉

〈それでも、当人から直々に賭博や無心や恋愛のことを聞かされて、呆れたことでしょう〉

〈彼が最も驚いたのは、カムフラージュ説、それに、おまえとわしとのことだよ〉

〈カムフラージュ説は信じてもらえたの〉

〈信じてくれたかどうかは、神のみぞ知る、だよ〉

〈私たちのことは、どんな具合に披露したのかしら〉

〈白夜が赤面するほどに、おまえのことをのろけてやったよ〉

〈まあ〉

〈では、そこのところから、続けよう〉


「フョードル・ミハイロヴィチ、あなたの奥方、アンナ・ドストエフスカヤはペテルブルクでもモスクワでも優れた速記者、それに出版者としても有名ですよ」

「ええ、実のところ、私たちの借金はひどい時には十万ルーブリもあったでしょうか、それがついこの間、解消したばかりなのです。自慢でもなんでもなく、もし彼女との奇跡的な出会いがなければ、私の人生は借金地獄で破滅していたに違いないのです」

「ご夫婦の強いきずなに、ある種の奇跡を感じます。特に奥方には敬意を表します」

「ニコライ主教、あなたに我が妻のアンナを愛でてもらい、私は天にも昇る気分です。ここらで、わたしの存念を聞いてください。これからが本題です」

「フョードル・ミハイロヴィチ、私はあなたの存念や本題は今の今まで既に聞いていたと思っていました。ですが、これからが本題とは、大変興味のあるところです」

「では、続けましょう。先程言及した『全人類の一体化』について——

私は若い頃から人間社会の理想なるものを求めてきました。空想的社会主義を端緒に、シベリア流刑十年を経て、今も追い求めているのですよ。

ロシアはルネサンスも宗教改革も、これが近代化の萌芽という代物ですが、経験してきませんでした。言わば、前近代性を豊かに保っている社会なのです。幾世紀に亘る異民族の襲来や農奴状態にも拘らず、共同体的な同胞愛がロシアの民衆の中に根付いていて、既に習性として身についているのです。

私はこれまで四回外遊しました。借金取りからの逃亡だったり、肺病患者の妻からの逃避だったり、様々なしがらみから遁走した挙句、ルーレット賭博、それに愛人にも夢中になりました。

自分のデカダンスは別にして、ヨーロッパはいけません。私の見るところ、ヨーロッパは自我による自己決定の精神、個人主義の世界です。彼らの新しい思想は人類の友愛どころか、とんだ食わせ物です。彼らの民衆は全く堕落しています。大英帝国のロンドンの貧民街と第二帝政下のパリの歓楽街は同胞愛、人類愛も存在しない惨《むご》たらしい有様です。

それに対して、ロシアの民衆の中には同胞愛が強固な揺るぎないものとして根を下ろしているのです。なるほど、クリミア戦争の敗北は、ロシアの後進性を曝け出しました。しかし、苦しみ多き世界においても、すべての人間が同胞となり得るのです。民衆の豊かな心は負けずに生きているのです。ここロシアでは勝手気ままの個人主義はご勘弁いただき、人々の前近代性の本性の中に含まれているもの、即ち、ロシアの民衆の同胞愛そのものに登場を願うべきなのです。

私のロシアの社会主義はロシアの同胞たちが専制主義を打倒し、革命を起こすことです。全ロシアで蜂起することです。これこそが私の理想とする、『全人類の一体化』に繋がるのです。そして、明後日に講演予定の『プーシキン論』の隠された真のテーマなのです。

私は記念講演では民衆の代弁者として、国民的詩人のプーシキンを引き合いに語ります。何故ならば、プーシキンにこそ『全人類の一体化』の理念が宿っているからです。私はロシアの民衆の魂こそは世界のあらゆる国民のうちで友愛の理念を最も多く内包していると考えているのです」

「フョードル・ミハイロヴィチ、あなたの民衆礼賛の考えは理解します。しかし、プーシキンはいけません。教会として、又、私個人として彼に敬意を表明することはできかねます」

「なるほど、それは彼がつまらない決闘で死んだからですね。あなたの驚きの視線で分かりました。しかし、そのことは彼を国民的詩人として認められない理由にはならないと思います。

アレクサンドル・プーシキンは文学的急進派で若い頃から政府に睨まれる存在でした。それに帝国学習院卒業の縁でデカブリストの青年将校の何人かと親しかったのですから、彼も帝政ロシアの監視下にありました。そういう意味では私の先輩格です」

「詩人のプーシキンはシベリア流刑の経験は無いものの、若い頃に何度かペテルブルクやモスクワから僻地に遠ざけられました」

「それはそれで見せしめですよ。彼は貴族の出身でありながら農民文化の理解者である現代的な、ということは社会主義的な女性を描いたり、ロシア社会に馴染めないインテリゲンチャの青年を登場させたりして、帝政ロシアをそれとなく批判しましたからね。あの頃はニコライ皇帝の治世で皇帝は忠実な皇帝直属官房第三部を使って、かなり強権的でした。それでもプーシキンは負けてはいませんでした。

彼は一八三六年、雑誌『同時代人』を創刊し、検閲や発禁処分など言論弾圧に反発したのですよ。私の恩人でもある批評家のヴィサリオン・ベリンスキーは彼のことを最初の国民的詩人であると大いに評価していました。実はこの批評家は暴力革命を唱える過激な思想家でもありました。この方も若死にしましたが、私も反面教師として少なからずの影響を受けたのですよ。

敢えてアレクサンドル・プーシキンの弱点をあげるとすれば、それは彼が決闘好きだったことです。それに彼の奥方があまりにも美しすぎたことです。

雑誌を創刊した翌年、プーシキンは奥方にちょっかいを出したフランス人下士官に決闘を挑み、三十七歳であえなく死にました。私の母の死と重なって、思春期の私は大号泣したのですよ。そもそも決闘に至ったのもプーシキンの進歩思想を嫌った宮廷貴族たちの陰謀だったという噂です。ともあれ、彼の死は文学に興味を抱く私にとって一大悲劇だったのです」

「フョードル・ミハイロヴィチ、あなたはプーシキンが大好きのようですね」

「ええ、プーシキンこそ国民的詩人に相応しい偉人です。私の場合、そもそも国民的作家と呼ばれる資格がありません。何となればシベリア流刑を十年経験した元政治犯であり、かつて賭博と若い女性たちに魂を奪われた人間だからです。それに最近では保守勢力と近しい関係を構築しています。そもそも、私は国民的作家と呼ばれることを望んでもいません。

話を本題に戻しましょう。私はプーシキンの国民性と全人類性を語り、それから私の人類愛を語ります。私にとって人類愛とは人間の人間に対する態度、根本的なあり方のことであって、それは他者の存在をあるがまま受け入れ、それを生かそうとするものです。隣人への愛、利他への愛です。

究極の目指すところは、この地球が、ロシアではなく地球が容れ得る限りの寛容さで、民衆の受け皿となるのが社会的理想なのです。空想的だと言われても、これこそが全人類の社会主義なのです。人類は文明が始まって以降このような世界を求めているのですが、未だ実現されていないのですからね。

私は懐疑的に宗教や哲学それに革命を学んできました。私の考えでは、社会主義革命というものは人間から自由を奪い、従わない者には急進的な暴力で排除するという自己矛盾を包含しています。私が革命を好まないのは、人間を奴隷化し、精神の自由を否定するからです。社会主義は何千万人の人間の幸福、つまりパンのために、精神の自由を奪うものです。自然の奇跡や隣人への愛や、利他への愛の代わりに、科学万能を持ち出し、全ては科学によって人間社会が動いていくと考えているのです。

だからこそ、私は『罪と罰』で左翼思想の連中を嘲笑し、『悪霊』で革命家を完膚なきまでやり込めたのです。進歩的な人たちからは保守反動家と指弾されました。私のことを蒙昧主義者と罵る声があることも知っています。彼らは何も分かっていないのです。

しかしながら、私の信念、『全人類の一体化』を貫くにはこの革命の力が必要だと考えるに至ったのです。理想を実現するには言葉だけでは足りず、物理的な力が必要だと分かったのです。むろん、講演では革命の話は一切できません。まさに革命のジレンマであり、私にとってのジレンマでもあるのです。

このように私の信念を語ることは誠に難しいのです。恐らく、それほど面白くもないだろうし、帝政にとって極めて危険な思想でもあるから尚のことです。それに、この問題を解明するには私自身のことを物語ることがただ一つのやり方なのです。しかも、その中にあるのは答えではなく、問いなのです。だから、尚更面白くないでしょう。面白くする唯一の方法は、小説『カラマーゾフの兄弟』で近い将来の革命を描くことですよ」

「続編のことですね。フョードル・ミハイロヴィチ、あなたのプーシキン賛美はさておき、私はあなたを尊敬します」

「ありがとう、ニコライ主教。あなたが私の考えに賛同して頂けたところで、次に革命の実行について語りましょう」

「何ですって、次は革命の実行ですか。何とも物騒な展開になってきましたが、是非聞かせてください」

「私は七六年二月、個人雑誌『作家の日記』の刊行を始めました。手前味噌ですが、この月刊雑誌は六千部が早々に完売するほどに大成功でした。

おかげで私の手元の借金はどんどん減っていきました。その一方で、数え切れぬほどの手紙が殺到し、それにロシア中から少なからずの来訪者を迎えたのです」

「なるほど、来訪者や手紙の殺到は大変興味深いことです」

「暗澹とした時代に、私は時事問題にも果敢に挑戦しました。その時評は見事なまでの保守反動的、時には退歩的な立ち位置にしました。大半の読者は、特に、私を嫌う批評家たちは『作家の日記』の思想の矛盾と混乱を大いに批判してくれました。

ところが一方で、思いもかけぬ発見があったのです。私の作品を愛してくれて、私の仕事に共感してくれる若者の何と多いことか。私は反動家、退歩主義者として進歩的な層から指弾されていましたので、若き世代の信頼を得たことは大変な喜びでした。彼ら、若い人々の心と知性は今の混沌とした帝政の時代を憂え、変革を求めているのです。

彼らは帝政ロシアによって銃殺寸前に命拾いした男、政治的信念の理由でシベリア流刑となり、過酷な十年を生き抜いた人間、そして帰還した後に『死の家の記録』『罪と罰』『白痴』『悪霊』などの作品で、人間の生き様や観念を世に問うた作家、そのような作家が書いた『作家の日記』の作家に対して、極めて共感的なのです。

私は予想外の反響に驚くと共に、彼らとの交流は私に数々の幸福な時間を授けてくれました。私を勇気づけてくれもしたのです。実に様々な批評や相談が私のもとに寄せられたのです。勿論私への監視や手紙の検閲への用心は怠りません。郵便の受け取りを別人にしたり、時には彼らも私も変装もしたりで、随分と滑稽なことですが、細心の注意を払っているのです。

ところで、誠に余談ではありますが、私は最近になって癲癇のために実に嘆かわしい健忘症に陥ることがままあるのですが、このため、しばしば意図と実行とを思い違いします。だから、妻の怒りを買うことがあるのです。

ついこの間のことですが、私の方から妻に気晴らしにウクライナへの旅行を勧めました。癲癇で亡くなった次男アレクセイの弔いの旅でもありました。二年前に亡くなった次男は可哀そうに三歳までしか生きられなかったのです。

妻は二人の子供を連れて、ウクライナの穀倉地帯を旅行したのです。帝政ロシアは十八世紀末頃から南下政策をとっています。ロシアはクリミア戦争に負けはしたけれども、大穀倉に恵まれたウクライナの土地と住民は依然として恰好の搾取の対象です。帝政ロシアにとっては地政学的にも重要な地域です。帝政は不凍港が欲しいのです。

妻はキエフやハリコフなど比較的治安の良い地域を巡りました。

『ウクライナの人々は大国主義の独裁者に対して、クーデターでも、テロでも何であれ、抹殺されることを望んでいるらしいのよ』と、妻はウクライナの短い旅を凛とした面持ちで振り返ったのです。

それにウクライナには私の仕事に共感する若者が沢山いるということでした。何しろウクライナにはデカブリストの乱の際の南の拠点があったくらいですから、シベリア流刑の元政治犯の妻には同情的なのでしょう。

もう一つ、妻の逸話を紹介しましょう。昨年の夏、私がドイツのエムス峡谷で鉱泉療養をしている間に――私は肺気腫の療養のために毎年夏の六週間をそこで過ごすのですが――その間に彼女が子供たちを連れてイリノイ湖を汽船で渡ってモスクワに向かった旅の途中のことです。同じ汽船に神父の奥様が乗り合わせていました。彼女は私の作品の熱心な読者で、同行の神学大学生を紹介して妻たちの世話をしてくれました。二人は私の崇拝者であることを宣言し、『カラマーゾフの兄弟』の続編を語ったのです。何と神父の奥様も神学大学生も修道士アレクセイの革命家への道を望んでいました。

私は改めてシベリア流刑のデカブリストと行動を共にした妻たちのことを思い出しました。ウクライナの民衆は、いいえ、そもそもロシアの民衆はおおらかな寛大さで忍従する人々です。そのような人々が帝政に牙をむくように変質してしまっているのです。

ニコライ主教、ウクライナの例がそうであるように、今や民衆は帝都にあっても辺境にあっても革命を求めているのですよ。私は新しい時代の到来を予感しているのです」

「そうですとも。ウクライナの人々は私たちの同胞ですとも。彼らも革命を求めているのです」

「そうですとも、ニコライ主教」

「さて、私に共感した若者の中にナロードニキ運動に携わった人たちが何人かいました。彼ら若いインテリゲンチャたちが社会主義革命を起こすべく、農村に向かったのが数年前のこと。だが、農民の啓蒙と革命運動の組織化は見事に失敗したのです。結局、このナロードニキ運動は二年も持たず失速しました。農民の無関心と官憲の弾圧で挫折を味わったのです。

彼らナロードニキが民衆の中に入る道はたやすくなかったということです。彼らナロードニキは農民の貧困や窮状を知らな過ぎたのです。

いささか揶揄すると、彼らにとっては禁書、即ち、社会主義の亡命者たちがヨーロッパで印刷し、多大な労力を払ってロシアに運ばせた書物が金科玉条でした。彼らはこの印刷と運搬という行為自体に意義を求め過ぎたのです。それに、その書物を配るにも農村には適切な相手がいないことが分かったのです。残念なことに農民たちは読み書きができなかったし、更に甚だ残念なことに読み聞かせても耳を傾けなかったのです。

彼らの農民に対する政治工作は、逆に密告の対象になるばかりでした。何故ならば、ナロードニキは読むことはできるが、耕すことはできない何とも怪しい農民たちだからです。こうして、彼らは迫害されました。農民への啓蒙と革命運動の組織化は完全に失敗したのです。そもそも、彼らインテリゲンチャたちは社会的、階級的分割という意味で、民衆に対置してしまったのです。農民や労働者を肉体労働で生きる、自分たちよりも劣る社会の下層階級だと考えたのですから、運動がうまくいくはずはないのです。

都会に戻った彼らは、帝政の迫害に対しては帝政と直接戦う道を選択せざるを得なかったのです。畢竟、彼らナロードニキは急進的で危険な党を結成しました。彼らの規約は帝政転覆のためには革命、それも政治的殺人の権利を主張するテロリズムは避けて通れないという過激なものに変貌してしまったのです」

「フョードル・ミハイロヴィチ、あなたはウクライナの民衆を憐れに思い、ナロードニキを批判しつつも、彼らに同情的なのですね」

「率直なところ、彼らは『作家の日記』の元政治犯に共感し、今や私の隣に住んでいるのですよ」

「フョードル・ミハイロヴィチ、今や、私もあなたに共感しています」

「私は二年間続けた『作家の日記』を中断して、ついに『カラマーゾフの兄弟』の連載にとりかかりました。妻アンナがウクライナへの小旅行から戻った頃ですよ。私は序文を執筆する中で、続編に向けて私の決意を新たにしたのです。

だからですよ、この作品の連載は私の隣に住んでいる人々を一層刺激しました。私は彼らの何人かに続編についての構想を少々語ったのですよ。

ニコライ主教、もう一度念押ししますが、あなたと私とのここだけの話です。これからすこぶる機微に触れる物語をします」

「ついに、本題の『カラマーゾフの兄弟』ですか、何だか気宇壮大な世界に誘い込まれたようです。こうなれば、何なりとお願いします」

「『カラマーゾフの兄弟』の続編は前編から十三年後、即ち、今の時代が舞台です。どんな革命運動を巻き起こすかは、かの大人びたコーリャたちに相談しなければなりません。彼ら、前編の最後で『カラマーゾフ万歳！』と叫んだアリョーシャの子供たちこそ革命の実行者となるのです。何せ、コーリャ・クラソートキンは十三歳にして火薬の製造法を習得したくらいです。それに線路に臥して列車をやり過ごすという命しらずのことをやってのけました。これらは全て続編の伏線です。

その命知らずのダイナマイト少年、彼のことを私の少年時代に因んで、『火の玉コーリャ』と名付けましょう。その『火の玉コーリャ』を中心に子供たちは革命家に成長し、一部はテロリストの役割を担うことになるのです。私の心には革命家が潜伏して生き続けているのです。一時はその革命家を地下室に追い込んだのですが、ここに至ってカラマーゾフが抵抗運動を起こしているのです。

少年たちのリーダーにして不屈の革命家、アレクセイ・カラマーゾフを創造することが私の最後の仕事になると覚悟しています。

ところで、お聞きするが、ニコライ主教、あなたはカラコーゾフ事件を知っていますか？」

「ええ、もう十数年前になるでしょうか、最初のアレクサンドル二世の暗殺を狙った未遂事件のことは、箱館で知りました。これもロシアからの伝播です。当時の日本は、開国を迫る外国人やそれに与《くみ》するサムライへのテロ行為が頻発し、箱館で伝道していた私も脅威を感じていました」

「お上手な言い方だ。カラコーゾフのようなうぶで正直な社会主義革命家は死ぬ運命にあったのだろうね。ラスコーリニコフがペテルブルクを歩き出した時、世の中は私がラスコーリニコフに託した残忍な思考には無理解で、私の神経病が奇妙な人間像を勝手に創造したと解釈しました。

だが、実は高利貸しの老婆殺しは一人の人間がより良き未来の実現を目指す暴力革命の暗喩にほかならなかったのです。

カラコーゾフもラスコーリニコフもカラマーゾフに繋がっているのですよ。これが続編のテーマです。しかし、革命家にありがちな、権力志向者で陰謀家というキャラクターは避けたいものです。勿論、反面教師としての悪人は登場させます」

「おお、私は夢を見ているようです。フョードル・ミハイロヴィチ、あなたが小説の中で革命を起こすとは何ということでしょう。しかしながら、検閲はテロや革命の成功を許しはしません」

「検閲のことまで心配してくれてありがとう。元政治犯はカムフラージュが得意ですから、官憲の追及は何とかしますよ。

ここだけの話、私の構想では帝政の転覆という革命は失敗します。しかし、火の玉たちの死は後々に多くの実を結ぶことになるのです。これこそが続編のテーマとなるのです」

「あなたは専制国家に跪拝《きはい》など一切しない、自らの革命的精神に忠実な偉大な作家です。是非、全民衆に評価される続編を期待しています。そのためにも、もっともっと長生きして私たちを楽しませてください」

「ありがとう。是非そうしたいものです」

「フョードル・ミハイロヴィチ、敢えて言わせてください。あなたの社会主義は過剰な思い入れで、不可能なもののほんのわずかな可能性に賭け、それを絶対的に信じようとする、言わば、砂上の楼閣です。

インテリゲンチャの革命的精神は今や社会構造の根本的な修正を要求しています。今の帝政ロシアを突き動かすには、民衆の一体化では生ぬるく、到底期待はできません。ブルジョワ的な議会制民主主義でも飽き足りません。私は日本の革命を知るニコライ・ヤポンスキーです。日本とは異なり、ここロシアでは帝政に対抗できる組織や勢力は見当たりません。

今や、ニヒリストたちのテロリズムによる帝政の打倒しかありません」

「テロを是とするニヒリズムがロシアに現れたのは我々が皆ニヒリストだからです。誰もがニヒリストになり得るからですよ。でも、ニコライ主教、あなたまでテロを口にするとは大胆過ぎます」

「でも、あなたが小説で生み出したニヒリストは、ラスコーリニコフに限らず、イワン・カラマーゾフも、いささか神経質ではありますが、陰険なけち臭さはなく、むしろ率直で、爽快で、どこか天真なものさえ感じられます」

「私のニヒリストたちを評価していただき、光栄です。ところがどうでしょう、政府の役人たちは大のニヒリスト嫌いですよ。

面白い話を、全くのところ私には頗る残念な話を一つしよう。

ほんのついこの間、アレクサンドル二世の在位二十五周年を記念する祝辞を献呈しました。私は君主主義の理想を説いてみせたのですよ。ところが、皇帝からは私自身が逆にニヒリストの嫌疑をかけられたのです。私には未だにある種の疑念がつきまとっている証拠です。何しろ、今のロシアはテロの横行で混沌としていますからね。

専制君主に対し死刑宣告する『人民の意志』なるテロ組織まで公になっているという実におぞましくも、勇ましい世の中になったものです。

しかしながら、一方で一つ嬉しいことがありました。何と秘密警察による私への監視が既に解かれていたのです。五年前の夏の解放をこの春に知ったばかりなのです。秘密警察とはそうしたことを平気でやる組織ですよ。遠い昔にマルメラードフ長官に審問されたことを思い起こしました。官憲は何でもタナゴコロにしたがるのです。

　この長官は秘密警察のトップで、将軍で貴族なのですが、彼が親切にも私を特別に審問して下さったのです。入獄して三日目の朝のことでした。

長官の私への審問は自白を取れるものならば勿怪《もっけ》の幸いの態《てい》で、実のところ私に有罪を思い知らせるための結論ありきの茶番でした。私は徹頭徹尾シラを切りました。この意味、分るでしょう。当時、私は急進派でした。秘密警察の体質はいつの時代になっても変わらないものです。だから、監視が解けたからと言って、私は監視も検閲もいまだ警戒を怠るわけにはいかないのですよ」

「ノーベルが発明したダイナマイトはモスクワでのお召し列車のテロ爆破の武器に初めて利用されています。昨年十一月の四回目の皇帝暗殺未遂事件です。先鋭的な若者の多くはラスコーリニコフを真似て、今や一線を超えました。これこそがテロの実行であり、革命の現実なのです」

「ニコライ主教、あなたはそれを是認していますね」

「ええ、誰かが革命のためにそれを使うことに反対はしません」

「私は反対です。否、反対だったと言うべきでしょう！

『悪霊』は七十年代の青年たちの革命的思想、行動に対する、言わば、私のダイナマイトでした。私の革命心理の解剖は苛烈で、極めて悪意的で、『悪霊』の若者たちに社会主義革命は人間を奴隷化し、精神の自由を否定することを演じさせたのです。世評は私のことを反動主義者と罵りました。

しかし、私が社会主義革命こそ自由否定の反動的なものになろうと予言したのは革命への警鐘であり、人間への憐れみでもあったのです。

即ち、心の清らかな単純な人間でも、あのような厭わしい罪悪の遂行に誘惑され得るのです。実に悲しいことです。しかも、このことは未来永劫大いに起こり得ることなのです。爆破テロで何が変わると言うのです。せいぜいノーベルが嘆くだけですよ。ロシア民衆の一体化とは程遠い結果になるだけですよ」

「では、お尋ねしますが、フョードル・ミハイロヴィチ、あなたの唱えるロシア民衆の救済はどうすれば実現可能なのですか？　現実的にどうすればよいのでしょうか？」

「ならば言いましょう。私たちは社会主義のジレンマを超えなければならないのです。私は帝政下ではもはや民衆の未来は期待できないと考えているのです。

もっとも、私は一時期、新しい皇帝に希望と期待を持ちました。新帝アレクサンドル二世は農奴解放令をはじめとする大改革を実現しました。彼は千八百万人に自由を与えました。彼の心は不正義と賄賂に憤り、ロシアに新たに裁判制度を与えました。陪審制度の導入です。

しかしながら、この六十年代の解放改革者は後悔して、帝政の防衛に努めだしたのです。と言うのは皇帝によってなされた改革の流れが思いもしない大氾濫を起こしたからです。あちらこちらに消えたはずの過去の残骸が皇帝によって破られた堤防を超えて、暴れ出したのです。例えば、農民はどうなったかと言えば、彼らはちっぽけな分与地に無知蒙昧の状態で生きるか、土地を捨て都会で出稼ぎ労働者になるしかなかったのです。

亡命革命家のアレクサンドル・ゲルツェンはアレクサンドル皇帝の農奴解放を『飢えと放浪への解放』と皮肉ったのは正鵠を射ています。農民の反乱が各地で勃発し、都市では大学紛争が起こっています。

自分の改革した事業が恐ろしくなって後悔した皇帝は、破壊したはずの秩序を防衛するようになったのです。皇帝の心の命じるところと知性が与えるものとの矛盾の結果でした。変革を求める者ならば誰しも、テロリストたちも私も、皇帝は開明的だが一知半解であり、元の専制君主に戻ってしまったと理解したのです。

今では青年たち、特に学生や神学者や修道士が立ち上がっています。皇帝は弾圧に必死で、言論と検閲のイタチごっこですよ。

もっとも、私はそんな皇帝が即位するに際し、ペテルブルク帰還を請願したのですから、その理由はともかく、私にも皇帝を見る目がなかったということです。

そもそも資本主義はいけません。帝政ロシアの資本主義は非識字者で何らの権利を持てない労働者を最安値で手に入れ、単に搾取しているだけです。道義が衰退し、品物が安く買いたたかれ、酒屋が増える。酒場の中も外もウオッカだらけだ。白昼から酔っ払いがたむろし、かっぱらいや詐欺が横行するのです。これが資本主義の打ち消しようのない現実です。けち臭くて、卑しくて、堕落しきったブルジョアと無数の赤貧者たち、何たる光景、十分の一の人たちだけが高等教育、残りの十分の九は十分の一のための材料と手段になるという考えと現実は許してはならないのです」

「フョードル・ミハイロヴィチ、ええ、あなたは転向者でも、保守反動主義者でもありません。あなたの告白は何とも過剰な思い入れですが、でも、すべての人間が同胞となる世界を希求するあなたに賛同します」

「褒められたついでにその先を語りましょう。実はね、ニコライ主教、あなたと革命家としてのアレクセイ・カラマーゾフをだぶらせているのです。小説の中でもゾシマ長老の弟子アレクセイが既成の教会組織の中でぬくぬくと安楽椅子に座ってはいられない時代、ロシア国民史上最も暗澹とした過渡的な、運命的な時代に私たちは生きている、そう思いませんか」

「私は伝道師です。しかし、私たちの周りには革命を望む同志がたくさんいます」

「そうですとも！　今や革命の時代なのです。だから、ニコライ主教、神学校生の将来が楽しみなのです。私は大いに期待もしているのです。勿論、あなたの今後は日本での伝道活動に専念するのでしょうけれど」

「フョードル・ミハイロヴィチ、あなたは革命を予言しているのですか？　それに、どんなやり方にせよ、革命を是とするのですか？」

「私が『死の家の記録』の主人公を嫉妬に狂った男として設定したのは、職業作家として復帰したものの、秘密警察の監視と検閲の厳しい統制下にあったからです。率直に言えば、元政治犯の正真正銘の体制批判と読まれることを警戒したのです。あの作品からして私の革命的精神は継続しているのですよ。

ラスコーリニコフの老婆殺しという孤独な犯罪行為は、よりよき未来のために現在を破壊することを要求する思想の暗喩にほかならなかったのです。その社会的な抗議の思想にそれ以上の油を注ぐ危険なことを語らせなかったのは、これも私が秘密警察の監視下にあったからです。

私の思考は従って、革命的なものを貫く方便にとどめ、現実の問題として、権力に尻尾を掴ませるへまは決してしなかったのですよ。

私がラスコーリニコフを世に放った直後、同じような境遇の元大学生、カラコーゾフが最初に皇帝暗殺を企てたという話をしましたが、今は、小説の世界ではアレクセイ・カラマーゾフが、現実の世界では元ナロードニキやその流れをくむ者たちが帝政打倒を企てるでしょう。革命は小説の世界ばかりでなく、予言でもなく、是でも非でもなく、現実に必ずやなされなければならないのです。

今や、革命は起こらなければならないのです。『悪霊』に登場させた、あのような卑劣な革命家も受け入れて、清濁を併せ呑むということですよ。そして、社会主義のジレンマを突き抜けるのです。いやはや、私は意気軒昂なのです。いくつもの遠大な構想を持ち、続編に取り掛かるつもりでいるのです。

さて、ニコライ主教、私の目指すところは何なのか、もうお分かりでしょう！　私はロシアでは実際に革命が起こると考えているのです。最終的にそうであらねばならないと見ているのです。

カラマーゾフはカラコーゾフですよ。私の保守反動家とはカムフラージュです。アレクセイ・カラマーゾフと仲間たちの革命家への変貌の行き着く先は、帝政ロシアの転覆です」

「おお、そういうことですか。ユートピア的社会主義は廃棄処分にしたのではなく、それこそ『全人類の一体化』の名において革命を具現化すべきと考えているのですね」

「芸術の創造にも革命の実行にも時には天使と悪魔の双方の協力を必要とするのですよ。しかしながら、問題は革命のその後です。私は新しい時代の展望を示さねばならないのです。革命後の世界には独裁も専制もあってはならないのです。パンと自由の両方が担保されなければなりません。そのためには、為政者は勿論のこと、民衆の一人一人が『全人類の一体化』

の理念に従うことです。つまりは、人間の本性の中の同胞愛を信じ、人間の善性を信じることです。これらの人間への信仰を人類の習性とするのです。これには絶えざる啓蒙と警鐘が必要です。これこそは人類の永遠のテーマなのです。私たちは革命後の独裁も専制も反動も決して許さない理念を何としても根づかせねばならないのです。即ち、革命の評価は起こすことよりも起こした後にあるのです」

だから、アレクセイ・カラマーゾフにはこの理念を語らせ、実行に着手させるのです。そうなれば、革命の未来への希望は持てますよ」

「フョードル・ミハイロヴィチ、言わせてください。『カラマーゾフ、万歳！』と」

「では、『カラマーゾフ、万歳！』を唱えて、お別れにしましょう」

〈アーネチカ、幸いなことに、あの夜の二人の対話の目撃者は、唯一白夜だけでね。希望の星が燦然とちりばめられていたのだよ。

そして、その二日後、わしは貴族会館の演壇でプーシキンを語り、ロシアのみならず『全人類の一体化』を高らかに唱えたのだよ。

ホールは立錐の余地もない満員で、彼らがわしの証人となった。わしが最後に人類の全世界的統一を激白した時、ホール全体にヒステリーの発作が起こったのだよ。

あの日もイワン・ツルゲーネフが先に講壇に上がった。かれは熱狂的な拍手で迎えられたが、プーシキンの意義と価値をいささか過小に評価してしまったのだよ。曰く、『この詩人は完全に民衆的なものと認めるけれども、全世界という意味において国民的であるかどうかは断言することができない』と明快さに欠けていた。彼のヨーロッパ好きが中途半端な論評になってしまったのだよ。

その直後のわしの講演はまさに臓腑をついてでる、我ながら自然で、真実味のある、生きた熱烈な言葉だった。イワン・ツルゲーネフはあの日もわしの引き立て役になったということだ。

講演が終わるや、だれもかれも壇上のわしに駆け寄ったのだ。すべての人が歓喜の涙を流した。『カラマーゾフ、万歳』とわしは心で叫んだ。夕べにはプーシキンの詩を朗読し、夜には自分に捧げられた花輪をプーシキンの銅像に捧げたのだよ。おお、何という栄光だろう！

わしは困憊していたにもかかわらず、一刻も早くおまえに講演のことを書かずにはいられなかったのだよ。実に劇的な手紙だよ、アレは〉

〈その劇的な手紙は、もっともあなたの手紙はいつも劇的ですけれども、福音書に挟んで大事に保管してありますよ〉

〈アーネチカ、おまえはいつもわしの心の中をお見通しだ。せっかくだから、ちょっと、読んで聞かせてくれないか〉

〈ええ、お安いことよ。

『見知らぬ人同士が、涙を流し、互いにより良い人間になろう、これからはお互いに憎みあわないで、愛するようにしようと誓い合ったのだ。これは単なる講演ではなく、歴史的事件だ。

黒い雲が地平線を蔽っていたが、いまドストエフスキーの一言が、太陽の如くさし昇って、何もかも吹き払われ、何もかも明朗になった。これからは同胞愛の時代が始まって、もはや誤解はないだろう』。モスクワの白夜のもとであなたは何て幸せな恍惚状態だったのでしょう〉

〈そうだよ。おまえには一刻も早く伝えたかったのだよ。それにしても、あのイワン・ツルゲーネフも涙を浮かべて、わしを抱きしめてくれた。とんだ仲直りだったよ。

ところが、どうだ……わしの講演が活字になると、たちまち批判が始まった。冷淡なる批評家や民衆の笑いを耳にすることになった。新聞ではわしの『全人類の一体化』は絵空事と謗《そし》られた。ジャーナリズムの連中はしばしば本質なところの理解を抜け落とすのだよ。だから、この続きはアリョーシャとコーリャに語ってもらわねばなるまい〉

〈フェージャ、あなたはどうしてもアリョーシャを革命家にするおつもりね〉

〈そうさ。それに続編もおまえに捧げるつもりだよ。だが、わしの寿命の蠟燭は続編を書くことを許してくれそうもない。自分は死後に初めて理解され、評価されるだろう〉

〈フェージャ、弱気はあなたに似合わないわよ。あなたはルールとか形とか既成のものには全くと言っていいほど無頓着だったわ。いつも熱情的な興奮状態で、でも、善と真理を求めて生きてきてよ。私はそのような作家ドストエフスキーのために、私の一生を捧げてよ。それにあなたの作品こそ全人類のものであらねばならないと考えているの。だから、今ここであなたにはっきり言っておきますわね！

『一粒の麦は、地に落ちて死ななければ、一粒のままである。だが、死ねば、多くの実を結ぶ』。どうかしら！〉

〈アーネチカ、もう一度言うが、おまえは何て利口で強くて、やさしいのだ〉

〈その通りよ、だから、お願いだから、フェージャ。何もかもしばらくお休みにしましょう〉

〈ふむ、いつものことだが、いささかやりすぎたようだ。では、しばらく休ませてもらうよ、アーネチカ〉

再び、著者より

翌日の夜、ドストエフスキーは続編を謎のままにして五十九年の生涯を閉じた。死因は肺動脈破裂だった。死に襲われたのは『作家の日記』の再刊の前夜であった。

ドストエフスキーの人気は晩年になって急上昇した。故人を見送る人々の数は数万人にも達し、葬列の進む大修道院までの沿道を埋め尽くした。

文筆家たち、彼らの多くはシベリアから帰還した元政治犯たちだ。画家たちや宗教家たち、彼らの多くは故人との交流を通して作家の創作に多大な影響を与えた人たちだ。それから何と言っても群衆の多くは虐げられ踏みつけにされている人たち、地下室や屋根裏部屋から出てきた無数の人たちだ。

しかし目を凝らしてよく見ると、圧倒的に際立つのは青年たちだ。結局のところ、真実を嗅ぎ当てるのはいつも若者に違いないのだ。彼らは腕を組み合って、ドストエフスキーの棺を囲み、空色の制服警官が介入することを決して許さなかった。

棺の後方で「ドストエフスキー、万歳」と連呼する人々、彼らは容貌が極めていかつい。

故人からオムスク監獄で文字を教わった元刑事犯たちだ。騎馬の憲兵たちが駆けつけて彼らを取り囲み、捕縄をかけようとした。だが、青年たちは直ちにこの騒ぎに介入した。青年たちは元国事犯を慕う元刑事犯を保護するために、帝政の権力を象徴する屈強な憲兵たちに束になって抵抗した。何とも血気盛んな青年たちだ。ロシアは確実に変わろうとしていた。

アンナ・グリゴーリエヴナ・ドストエフスカヤは弔辞の中で作家ドストエフスキーの人となりを次のように語った。

「良人の人生は波瀾万丈でした。癲癇と肺気腫という致命的な病気持ちでした。シベリアに十年も流刑され、その後は十年にわたる賭博癖にも苦しみました。

それでも、良人は作家としては人間の理想というものの体現者でした。『全人類の一体化』を願う人でもありました。

個人としても、ええ、フョードル・ミハイロヴィチのことを悪しくおっしゃる方もいますけれども、良人は何ともユーモラスで、寛大で慈悲深い、思いやりのある、正しい人でした」。併せて、彼女は残された余生の全てをドストエフスキーの作品の普及事業に捧げることを誓った。

「良人の葬儀は私たちの稼いだお金で出すのが、私の道徳的義務だと思います」と言って、アンナ未亡人は内務省の官吏に対して、弔問には感謝したものの、葬儀料はきっぱりと謝絶した。

更に誠に余談だが、アンナ未亡人が後年、「何故、再婚しなかったのですか？」と聞かれた際、

「私にとってその質問は冒涜です。ドストエフスキーの後で、どなたに嫁ぐことができるでしょうか！　レフ・トルストイでしょうか！」と、冗談交じりで語ったそうである。

事実、彼女はトルストイに会ったことがある。八九年の冬の頃だ。

「ロシアの作家たちがもしドストエフスキーのように奥さんに恵まれていたらもっと気持ちよく暮らせたろう」。夫人との長年の不和に悩んでいたトルストイらしい真実味のある言葉だ。

閑話休題。その一ヵ月半後、アレクサンドル二世は七回目のテロによって暗殺された。ダイナマイトによる爆殺だった。だが、帝政ロシアが崩壊し、社会主義革命がロシアの大地に実現するのは次の世紀の非情で悲惨な大戦を待つことになる。

これにてシベリア帰りのペテルブルクの文豪の一代記の幕は閉じられることになるが、アンナ・グリゴーリエヴナの継続的な献身は彼女が南ロシアのクリミア半島で亡くなるまで続

く。

ドストエフスキーの死後、アンナ・グリゴーリエヴナは寡婦年金で暮らした。彼女は良人の創作による遺産がもたらした資金からは一ルーブリたりとも自分個人のために消費することを許さなかったと言われている。唯一の例外は亡夫の扶養親族、継子と兄嫁に一時金を払って手切れにしたことだった。

彼女は良人の死後三十数年を生きた。死ぬまで若々しく、活き活きと目的的に生きた。作家ドストエフスキーのために生きることが自分の務めだと考えている彼女には余生という概念が無かったろう。働き者の彼女はその権利を十分に有していたにもかかわらず、良人の死後を穏やかに過ごす気はサラサラなかった。

彼女の仕事の多彩さは驚異的だった。速記者にして書籍の出版者兼販売人であり、文献学者と蒐集家、回想録の作者と伝記の作者、それに、博物館と学校の創始者でもあった。

彼女はドストエフスキー全集を次々と出版する傍ら、モスクワ歴史博物館に特別部門を設け、また別荘地のスターラヤ・ルッサにはドストエフスキー記念の学校を建て、作家に関するあらゆる文献を蒐集した。

作家の死後、四半世紀経過した一九〇六年、彼女は五千点に及ぶドストエフスキー関連の作品目録を出版した。彼女は生涯において作家の第一のファンであったし、最高の協力者でもあった。そして、仕上げとして回想録の執筆に取りかかった。だが、彼女の回想録が活字になったのは彼女の死後のことだった。

一九一七年の夏、クリミア半島の南端のヤルタの街に滞在していたアンナ・グリゴーリエヴナは重いマラリアに罹り、病気と困窮でひどく健康を害した。翌年の六月、彼女は親しい人も親戚もいないヤルタで、殆ど赤貧の中で息を引き取った。クリミアの岸辺の穏やかな気候につつまれ、七十二歳で逝った。

折しも、レーニンと少数の革命運動家の指導によってロシア革命は成し遂げられた。「十月革命」により社会主義革命は実現したが、ロシアの地は数年間の内戦に入った。退位させられたニコライ二世は家族共々殺害され、社会主義国のナンバー2は消される運命にあるという、革命家たちの暴力的で陰湿な権力闘争が続いた。そのもっとも典型的なのが造反や反革命を取り締まる組織の設置だ。帝政の圧迫から自由を求めて蜂起して誕生した革命国家自らが令状もなく容疑者を逮捕、投獄、処刑する権限を縦横に振るったのだ。

『悪霊』執筆からほぼ半世紀経過して、ドストエフスキーの予言が当たった。反動主義は帝政だけの特権ではなく、むしろ社会主義国家にも特有であることが分かったからだ。反動主義者が政権周辺には数多おり、凄惨な粛清の嵐が吹き荒れ、血で血を争っていた。皆、独裁者を目指していたからだ。その後のソ連で神をも畏れぬ個人崇拝の独裁者が、陰湿な粛清の歴史を刻むとはだれが予測できたろうか。

ドストエフスキーがニコライ主教に語り、アレクセイ・カラマーゾフに託すつもりだった革命の未来への希望は、言葉にすることさえ虚しい……アンナ・グリゴーリエヴナも共鳴するこの理念はやくざな暴力革命家たちによって見事に裏切られたのだ。

『問題は革命のその後です。私は新しい時代の展望を示さねばならないのです。革命後の世界には独裁も専制もあってはならないのです。パンと自由の両方が担保されなければなりません。そのためには、為政者は勿論のこと、民衆の一人一人が『全人類の一体化』の理念に従うことです。つまりは、人間の本性の中の同胞愛を信じ、人間の善性を信じることです。これらの人間への信仰を人類の習性とするのです。私たちは革命後の独裁も専制も反動も決して許さない理念を何としても根づかせねばならないのです』

アンナ・グリゴーリエヴナの死は大戦と内戦の動乱の中、まさに赤色のテロの嵐が吹き荒れている最中で、人に気づかれぬうちに過ぎ去ってしまった。彼女の自分への慎み深さが彼女の境遇を殆ど誰からも記憶されなくさせていたのだ。

だが、何事にも几帳面な彼女は遺言帳を残していた。そして、何事にも慎み深い彼女ではあるが、自分の亡骸はペテルブルクの大修道院のドストエフスキーの墓の傍らに葬られることを希望していた。幸い、回想録の方はモスクワの博物館（元は彼女が創設したモスクワの歴史博物館の特別部門）で発見された。回想録はドストエフスキー研究者の一人によって発刊された。しかし、亡骸はヤルタの地下に眠ったままだった。

彼女の最後の意志が実現されたのは一九六七年のことで、実に様々な事情のために、彼女の死後ほぼ半世紀が経過していた。ソ連政府により良人のドストエフスキーが反革命的作家というレッテルを貼られていたことも大きく影響したに違いなかった。

事実、暴力革命で樹立されたソ連政府は革命家を誹謗した『悪霊』に反動的小説という判定を下した。社会主義国家でのこの判定は重い。スターリンの独裁時代は『貧しき人々』以外の作品は発禁処分となっていた。ドストエフスキー研究者も弾圧の対象になった。どちらが反動的か聞いてみたいものだ。もっとも、そんなことをすれば、一瞬にして銃殺刑かシベリア送りだ。

アンナ・グリゴーリエヴナには二男二女の子供（うち二人は幼少の頃死亡、残りの二人は一九二〇年代に死亡）がいたが、彼女の最後の願いを叶えたのは子供たちではなく、長男フョードルの息子のアンドレイ・フョードロヴィチだった。それはひとえに祖母の文豪への無欲な献身を受け継いだ、孫アンドレイ自身の誠実さと根気強さの賜物だった。

勿論、ドストエフスキーの孫にもスターリンの手の者の監視があったに違いなかった。それでも、彼は祖父母を心から慕っていた。孫は作家ドストエフスキーの相棒であった祖母についての記録や論文を何度か活字にした。孫は祖父ドストエフスキーの文学的遺産（手紙、原稿、創作ノート）のかなりの部分が無事に残ったのは相棒の『優れた実務の才』のお蔭であることを、そしてドストエフスキーの才能と意欲がふくらみ、大きく実を結ぶ方向に向かったのは、相棒の献身が大きかったことを理解していた。天才作家の人間的特徴を描写した『回想のドストエフスキー』の愛読者でもあった。

アンドレイ・フョードロヴィチは文筆家が本業ではなく、専門は建築技師だった。一九〇七年に生まれた彼のようなロシアの知識人は革命と戦争に翻弄された世代だ。彼はレニングラード（旧サンクト・ペテルブルク）の工芸専門学校出身の大学教師だった。

第二次世界大戦が始まると、偵察及び通信のオートバイ兵として、幾つかの前線で戦い、技師少佐として満州で終戦を迎えた。幸い、粛清に遭うこともシベリア送りになることもなかった。

アンドレイ・フョードロヴィチは大戦が終わるとドストエフスキー夫妻の生活と作品に関する仕事に全力を尽くした。彼は祖父母の偉大な共同事業にますます驚嘆し、二人に尊崇の念を抱いた。そして、アンナ・グリゴーリエヴナの遺言を叶えることが己の使命だと考え、祖父母が同じ墓地で永眠することを強く望んだ。

一九五三年三月、その実現の兆しは突如やって来た。独裁者スターリンが死んで、ソ連のいわゆる『雪解け』が始まったのだ。だが、スターリン批判が起こったのは彼の死の三年後だった。粛清の実態が暴露され、その原因としての独裁主義、個人崇拝が批判されたのだ。一党独裁の下での言論抑圧が一時的にではあるが、確かに弱まった。それでも、アンナ・グリゴーリエヴナの遺言の実現には更に年月を要した。

一九六〇年代に入ると、ドストエフスキー研究においても一応の定着を見せた。ようやくソ連の文芸学における『雪解け』が行われたのだ。その良い例がミハイル・バフチンの名著『ドストエフスキーの詩学（一九二九年発刊）』が、三十数年振りに再版されたことだ。この本は著者と共に長らく体制によって批判抹殺されていた。彼も逮捕され流刑の体験をした。それがドストエフスキーと共に、改めて再評価されたのだった。

アンドレイ・フョードロヴィチは六十歳になったばかりの一九六七年、ソ連作家同盟の斡旋でアンナ・グリゴーリエヴナ・ドストエフスカヤの最後の願いをついに叶えることができた。彼女の遺骸はフョードル・ミハイロヴィチが埋葬されているアレクサンドロ・ネフスキー大修道院に移された。奇跡は誠実に生きた人には不意に訪れるものだ。

そして、何とも善良で律儀なアンドレイ・フョードロヴィチ・ドストエフスキーはその三ヵ月後に亡くなった。

さて、これにて、ぼくはドストエフスキーの一代記という無鉄砲な挑戦を次の一言で終える予定であった。

「ドストエフスキーの作品と人生は永遠に人々を魅了する。このことは『カラマーゾフの兄弟』を読めば自ずと分かることだ。ドストエフスキー生誕二百年を機に改めてドストエフスキーを一読することをお勧めしたい。本書はそのための言わば入門書である」と。

だが、それだけでは終われなくなったのだ。ここにきて、大国ロシアを妄想する皇帝気取りの男が出現したからだ。国民的詩人プーシキンとは似て非なる名前の主はロマノフ王朝の末裔でもなんでもなく、ＫＧＢというソ連時代の悪名高い秘密警察の出身者に過ぎない。

ＫＧＢはドストエフスキーを監視の対象にした皇帝直属官房第三部に重なる由々しき存在

だ。ＫＧＢ時代と同様のやり方で謀略と非合法な実力行使で自分の国を略奪した皇帝気取りは、かつての勢力圏を取り返そうと大国主義の野望に燃えている。手始めにウクライナへの侵攻だ。彼のやり口は明らかに戦争犯罪人に相当する。『罪と罰』は明々白々であるのだが……。

最後に、更に一線を超えたいと思う。

ドストエフスキーを敬愛する、ある文学者の語るところによると、世の中には二種類の人間しかいないそうだ。『カラマーゾフの兄弟』を読破したことのある人と読破したことのない人だ。しかしながら、かの専制主義者にはこの二元論を問うのはもはや問題ではない。彼には次の言葉で必要かつ十分だ。

『心の清らかな単純な人間でも、あのような厭わしい罪悪の遂行に誘惑され得るものだ。ぼくらは厭うべき人間に堕落しないでも、厭うべき行為をなし得る。これは全世界的な現象だ』

これは『悪霊』の革命心理の苛烈な解剖に関し、ドストエフスキーが『作家の日記』で反論している言葉だ。答えではなく、問いである。もっとも、かのＫＧＢ出身者が『心の清らかな単純な人間』であるかどうかはもはや問う必要もない。

過日のドストエフスキー生誕二百年記念のオープニングセレモニー式典の最中に、彼はモスクワのドストエフスキー博物館を訪れた。彼は展示物のメッセージノートに『ドストエフスキーは天才的な思想家だ』と書き込んだ……。博物館前のフョードル・ミハイロヴィチの立像に皇帝気取りの男の真意を尋ねてみたいものだ。病める人間への洞察力では、ドストエフスキーの右に出る者はいないのだから。

今や、一国のリーダーが平然と嘘をつく。ネットの匿名社会では悪意ある文章が跋扈している。人間の善性に疑問が生じても不思議なことではない。しかも、何とも鈍感で厚かましい世の中になったものだ。警世憂国と言うと大げさに思われるが、世界や社会が不穏で、揺れ動いたり、危機に陥ったりするたびに読み直されるのが、ドストエフスキーだ。『全人類の一体化』。世界が自由と博愛と善性に満たされ、平和で一つになるのは夢のまた夢なのだろうか。はばかりながら、これを機会に改めてドストエフスキーをお勧めしたい。

《主な参考文献》

小林秀雄『ドストエフスキイの生活』新潮文庫　一九六四年
埴谷雄高『ドストエフスキイ』ＮＨＫブックス　一九六五年
米川正夫全訳『ドストエーフスキイ全集』河出書房新社　一九六九－七一年
中村健之介『ニコライの見た幕末日本』講談社学術文庫　一九七九年
中村健之介『ドストエフスキーと女性たち』講談社　一九八四年
中村健之介『ドストエフスキー人物事典』朝日選書　一九九〇年
加賀乙彦『小説家が読むドストエフスキー』集英社新書　二〇〇六年
大江健三郎ほか『21世紀ドストエフスキーがやってくる』集英社　二〇〇七年
亀山郁夫訳『カラマーゾフの兄弟１～５』光文社　二〇〇六－七年
渡辺京二『ドストエフスキイの政治思想』洋泉社　二〇一二年
アンドレ・ジイド全集第十四巻『ドストエフスキー』寺田透訳　新潮社　一九五一年
ニコライ・ベルジャーエフ『ドストエフスキーの世界観』斎藤栄治訳　白水社　一九六〇年
レフ・シェストフ『悲劇の哲学』近田友一訳　現代思潮社　一九六八年

E・H・カー『ドストエフスキー』松村達雄訳　筑摩叢書　一九六八年
アンナ・ドストエフスカヤ『回想のドストエフスキー』松下裕訳　筑摩書房　一九七四年
V・ネチャーエフ『ドストエフスキー写真と記録』中村健之介訳　論創社　一九八六年
N・F・ベリチコワ『ドストエフスキー裁判』中村健之介訳　北海道大学出版会　一九九三年
S・V・ベローフ『ドストエフスキーの妻』糸川紘一訳　響文社　一九九四年
ミハイル・バフチン『ドストエフスキーの詩学』望月哲男・鈴木淳一共訳　ちくま学芸文庫　一九九五年
コンスタンチン・モチューリスキー『評伝ドストエフスキー』松下裕・松下恭子共訳　筑摩書房　二〇〇〇年

著者プロフィール

浜本 眞司（はまもと しんじ）

1952年兵庫県淡路島に生まれる。
1977年京都大学法学部を卒業後、電機メーカーに就職。人事勤労畑を歩む。
現在は東京都練馬区在住、晴耕雨読をモットーに年金暮らし。

小説「ドストエフスキー入門」

2023年12月15日　初版第１刷発行

著　者　浜本 眞司
発行者　瓜谷 綱延
発行所　株式会社文芸社
〒160-0022　東京都新宿区新宿１－10－１
電話　03-5369-3060（代表）
03-5369-2299（販売）

印刷所　図書印刷株式会社

ISBN978-4-286-24694-9